KB208901

현자의 제자를 자칭하는 현자

1

류센 히로츠구 지음
후지 초코 일러스트
정대식 옮김

She professed herself pupil of the wise man
story by hirotsugu ryusen, illustration by fuzichoco

VR(버추얼 리얼리티), 그 시스템이 완성된 지 반 세기 정도가 지난 현재. 그것은 이제 세계 경제에 없어서는 안 될 기술이 되었다.

학교에 가는 대신 집에서 전용 단말기로 네트워크에 연결하여 가상현실로 등교해 수업을 받는다. 등하교시에 따르는 위험도 없고, 교사(校舍)를 유지하기 위한 비용도 필요 없는 가상공간에 만들어진 학교는 현실 세계의 학교를 몰아내고 있었다.

업무를 볼 때도 가상현실을 통해 거래처에 인사를 가고, 모든 것을 전자 프로그램으로 대용함으로써 서류 등의 경비도 들지 않게 되었다. 본사 등의 건물도 그 유지비보다 VR전용 서버를 관리하는 통합 시설에서 법인용 서버를 빌리는 편이 압도적으로 싸게 먹혔다.

물리적인 수요를 제외하면 모든 것이 가상현실에서 해결이 되기에 VR기술은 더더욱 비약적인 진화를 거듭해나갔다.

물론 게임 업계가 이 기술에 눈독을 들이지 않을 리 없었다. 아직 비교적 비싼 장치가 필요했지만 그래도 일반적인 가정이라면 성인이 된 기념 선물로 줄 정도의 보급률을 자랑하고 있다. 시기의 차는 있었지만 수많은 VR전용 게임이 개발되었다. 사키모리 카가미도 성인이 된 기념으로 VR장치를 선물 받은 사람 중 한 명이었다.

일은 모두 VR장치를 통해 하고 휴식시간에는 어머니가 지은 따끈따끈한 점심밥을 먹는다. 통근시간도 없고 잔업도 거의 없는 일반적인 중소기업에 취업한 그는 별다른 불만 없이 나날을 보내고 있었다.

어느 날 '아크 어스 온라인'이라는 VRMMO-RPG가 나타났다. 소리 소문 없이 개발된 그 게임의 클로즈 베타 테스트는 쥐도 새도 모르게 시작되어 존재를 알아챘을 즈음에는 이미 끝나 있었을 정도다.

카가미는 심야에 방영된 TV방송의 선전을 통해 그 마이너한 온라인 게임을 알게 되었다. 그 선전이란 소리도 움직임도 없이, VR전용 액세스 코드를 15초간 비추기만 한 것이었다.

흥미본위로 그곳에 접속해 보니 전방위가 하얀 가상현실에 '아크 어스 온라인'이라는 타이틀이 떠 있었다. 그리고 나머지 두 줄에는——.

'온라인 베타 개시. 다운로드'라는 문자만이 떠 있었다.

과장스럽지 않은 자세에 흥미가 동해 다운로드를 눌렀다. 그리고 나서 '네'를 선택하자 인스톨이 시작되었다. 온통 하얀 세계에 떠오른 지극히 평범한 폰트의 문자만으로는 그것이 어떠한 게임인지 짐작조차 가지 않았다. 하지만 흥미를 끄는 무언가가 있었다. 꼭 집어 설명할 수 없는, 군이 말하자면 강제적이라는 단어에 가까운 무언가가 조작을 속행시켰다.

인스톨은 15분 정도 만에 끝났다. 곧바로 기동시켜 보니 마치 현실 같은 세계를 배경으로 한 홈 화면이 나타났다.

이렇게 '아크 어스 온라인'에 푹 빠져 사는 나날이 시작되었다.

○

정식 서비스가 시작된 지로부터 4년. 게임에 관한 광고 등은 게임 잡지, 인터넷에서 거의 찾아볼 수 없는 상황이었지만 플레이어는 대형 온라인 게임에 육박하는 인원수에 이르렀다. 오히려 이렇게까지 플레이어가 많은데 인터넷에 정보가 나돌지 않는 것이 이상할 정도였다.

게임의 내용 자체는 흔한 판타지였지만, 그 압도적인 자유도가 엄청난 호응을 불러 일으켰다. 하지만 이 온라인 게임에는 그 무엇보다도 이상한 점이 한 가지 있었다. 바로 운영이었다. 버전업은 4년 동안 두 번 밖에 하지 않았으며 정식 홈페이지도 존재하지 않아 운영방침도 알 수 없는가 하면 개발자의 이름조차 알 수가 없었던 것이다.

하지만 그럼에도 게임의 매력은 압도적이어서 오히려 방임해 주는 편이 이것저것 할 수 있으니 좋다고 여기는 자들까지 생겨나는 형편이었다. 버그가 없다는 점 또한 무엇보다도 큰 매력으로 작용했으리라.

카가미가 플레이하는 캐릭터는 위엄 넘치는 노(老)마법사였다. 하루를 꼬박 들여 완성한 흰 머리에 흰 수염을 기른, 노련한 마법사를 방불케 하는 그 모습은 엄청난 존재감을 과시했다. 이름은

5

그가 매우 좋아하는 마법사인, 세계적으로 대성공을 거둔 영화에 나오는 교장과 반지를 둘러싼 모험 영화에 등장하는 마법사의 이름에서 따왔다. 그 이름은 덤블프. 클래스는 소환술사. 오픈 베타 개시 당시, 마술사를 택했지만 마술 습득 방법을 전혀 알 수가 없었다. 아무리 적을 쓰러뜨려도 마술은 익힐 수가 없었고, 그 흔한 설명서나 튜토리얼 같은 것도 없었다.

세계에 태어나자마자 완전 방치상태에 놓인다는 터무니없는 게임이었지만 독자적인 플레이 방법을 개척해나갈 수 있다는 점 역시 플레이어들을 매료시켰다. 그럼에도 당시에는 마술을 습득하지 못했던 것이다.

소환술사는 정령계열의 적을 쓰러뜨려 계약함으로써 사역이 가능해진다. 그 외에도 전용 소환술 퀘스트를 클리어함으로써 소환이 가능해지는 등 습득하기까지의 난이도는 높았지만 방법은 전용 게시판에 다소 실려 있었던 지라 기초는 판명된 상태였다.

물론 설명이 부족해도 너무 부족하다는 불평불만도 많았지만 엄격한 조건을 달성하면 시스템상 플레이어도 건국을 할 수 있다는 사실이 알려지자, 플레이어들의 열기는 대번에 그쪽으로 옮겨 갔다.

국왕이 되어 도시를 발전시키고 군비(軍備)를 갖출 수 있다는 것을 비롯해, 타국에 침공하고 요새를 구축해 방위하고 용병을 고용하는 등, 이야기 속에서나 보아왔던 일들을 자신들의 손으로 일궈낼 수 있다는 사실에 모두가 열광했던 것이다.

그 후로는 야심을 불태우며 건국하는 자와 그 플레이어를 동경

해 나라의 관직에 오르는 자, 자유를 사랑하여 모험가가 되는 자, 비밀결사를 창설하는 자, 그 밖에도 상인과 용병, 암살자에 이르기까지 폭넓은 플레이를 즐기게 되어 불평불만도 서서히 수그러들었다.

심지어 자유도는 거기서 끝이 아니었다. 이를테면 무기와 방어구, 약 등의 아이템류는 전설급을 비롯해 수많은 종류가 존재했지만 플레이어의 노력 여하에 따라 전혀 새로운 아이템을 만들어 낼 수도 있었던 것이다. 전설급이나 그조차도 뛰어넘는 것을 만들어낼 수도 있었다. 현실에서 가능한 것 중 게임에서 불가능한 일은 거의 없다는 말이 나돌 정도였다.

대장장이 일에 푹 빠진 어떤 플레이어는 그 이름을 모르는 플레이어가 없을 정도의 명공(名工)이 되었고 검 한 자루가 수백만에 거래되기까지 했다. 목공에 통달해 건축기술로 발달시켜 성을 지은 플레이어도 있었다. 구멍 파기에 집착했던 자는 온천을 파내어, 지금은 거대한 온천가의 총괄자가 되었다. 도장을 열어 자신이 만들어낸 검술을 가르치는 사범까지 존재했다.

어떤 스킬이 있는지, 어떤 일까지 가능한지. 술법을 구사한 새로운 스포츠를 발안한 자, 해적이라는 로망을 실현한 자, 온 대륙의 정보를 한손에 모아 정보상으로서 위험한 다리를 건너는 자. 플레이어들은 온갖 일에 도전하여 그 모든 것을 성공시켰다.

그런 가운데 넘쳐나는 수많은 스킬을 종류별로 분류해 통계한 스킬 리스트를 작성한 자가 있었다. 각 플레이어에게 찾아가 기술에 대한 상세한 설명을 듣고 책으로 정리한 것이다. 기능대전이라는 이름으로 출판된 그 책은 공전의 베스트셀러가 되어 엄청난 부를 축적하게 되었다.

실은 덤블프도 특수한 기술을 얼마간 개발한 위인이었다. 한 가지는 후위직의 결점을 보충하기 위해 시행착오를 거듭한 끝에 빚어낸 기능으로, 그것은 세컨드 클래스라 불리는 2차 직업의 개발이었다. 선술사는 폭포수를 맞고 나무에 거꾸로 매달려 하루를 버티는 등의 수행을 통해 술법을 습득할 수 있다.

참고로 서비스 개시로부터 한 달 남짓 만에 판명된 마술사의 마술습득 방법은 촉매, 그리고 쌍을 이루는 마술진이 그려진 종이를 초기마술인 '화염'으로 함께 태우는 것이었다.

그런 기적적인 게임을 시작한 지로부터 4년. 카가미는 아홉 현자의 일원이라는 나라의 중진이 되어 있었다.


어느 날, 소속된 나라의 국경 부근에 나타난 마물 무리를 토벌하게 되었다. 이러한 임무는 흔한 것으로, 같은 나라에 속한 플레이어와 당번제로 수행하고 있었다. 그리고 이번에 그 당번을 맡을 차례가 된 것이다.

거점으로 사용하고 있는 탑에서 나와 께느른하게 국경으로 향하던 도중, 현실 세계에서의 호출음과 여동생의 날카로운 목소리가 서녁 식사 시간임을 알려왔다.

저녁 식사 후, 다시금 가상현실로 다이브했다. 그리고 그 순간, 메일이 왔다는 사실을 알아챘다. 열어 보니 그 내용은 게임 내에서 사용할 수 있는 사이버 머니의 기한이 곧 끝나 소실된다는 것이었다.

아크 어스 온라인에도 다른 온라인 게임과 마찬가지로 과금 아이템이 존재했다. 취급되고 있는 것은 게임 플레이를 소소하게 보조해주는 물건들이었다.

그 과금 아이템 중, 모든 플레이어가 구입했다고 해도 과언이 아닌 인기 상품이 있었다. '화장 도구 상자'라는 아이템이다. 하나에 500엔인 그것은, 사용하면 아바타의 외형을 재설정할 수 있는 물건이었다. 이것이 잘 팔리는 이유는 그 선택 파츠가 풍부하기 때문이다.

게임 시작 시에 무료로 선택할 수 있는 외형 파츠도 수천 가지였지만 화장 도구 상자를 사용해 재설정을 할 때는 수만 가지에 이르는 파츠 안에서 고를 수도 있었다. 모든 플레이어는 우선 적당히 아바타를 만든 뒤에 로그인 하여, 화장 도구 상자를 사용해 마음에 드는 모습으로 재설정하는 것이 상식이라 해도 과언이 아니었다.

화장 도구 상자와 쌍벽을 이루는 또 하나의 인기 과금 아이템으로는 '부유대륙'이 있었다. 100미터짜리 트랙이 있는 운동장 정도 되는 넓이로 부지에서 수습이 가능한 범위 내에서라면 대개의 일을 할 수 있는 편리한 아이템이다. 게다가 하늘을 날아서 이동을 할 수 있어 지형을 무시하는 탈것으로도 활용되고 있었다. 이 '부유대륙'이 2,000엔. 과금은 1,000엔 단위로만 가능한지라 화장 도구 상자 값을 뺀 나머지 500엔이 소실 대상이었다.

4년 전 쓰고 남은 500엔인지라 그다지 미련은 없었지만 가난 뱅이 근성 때문인지 어쩐지 아깝게 느껴져 과금 아이템 리스트를 열어 보았다.

생산 관련 고급 도구가 갖춰진 장인의 방, 1,000엔. 부유대륙을 비롯해 그곳에 설치할 수 있는 건축물과 호수 등의 지형지물, 2,000엔. 이 라인업에 '화장 도구 상자'를 합친 것이 다였다.

결과적으로 선택지는 화장 도구 상자밖에 없었다. 화장 도구 상자만 사고 싶어도 최소 과금 금액은 1,000엔이다. 이것이 어른의 세계인 것이다.

그대로 소실되게 두자니 아까워 화장 도구 상자를 하나 구입. VR머니의 잔고가 0엔이 되었다.

그 후, 토벌 임무를 수행하기 위해 게임을 기동시켰다. 팔찌형 단말을 조작해 아이템 창을 열어 보니 거기에는 조금 전 구입했던 옻칠이 된 작은 상자, 과금 아이템인 화장 도구 상자가 들어 있었다. 이것을 사용한 지도 어느새 4년이 되어갔다.

당시에는 이상적인 남성상인 지금의 아바타를 만들 생각으로 머릿속이 가득했던지라 그 외에 어떤 파츠가 있었는지 전혀 기억이 안 났다.

그래서 아주 살짝 흥미가 생겼다. 화장 도구 상자를 사용해 실로 4년 만에 아바타 작성 화면을 열었다.

파츠는 '활발', '소심', '드셈', '심약함' 등의 인상 카테고리와 '미스티리어스', '장엄', '음침', '쾌활' 등의 분위기 카테고리로 일괄

검색이 가능했다.

그런 파츠 일람을 바라보다 느낀 것은 역시 지금의 덤블프는 최고라는 확신이었다.

이 아바타를 뛰어넘는 것은 존재하지 않는다. 뭐니 뭐니 해도 자신이 머릿속에 그리던 이상형을 만들어낸 것이니. 카가미가 과거 자신의 업적을 만족스럽게 바라보던 참에 시선 끝에 있던 한 단어가 눈에 들어왔다.

남자, 라는 아바타의 성별을 나타내는 단어였다. 그 순간, 어떠한 생각이 뇌리를 스쳤다. 그것은 이상적인 남성상을 완벽하게 재현해냈다. 그렇다면 이상적인 여성상은 어떨까.

성별을 남자에서 여자로 변경하자 덤블프가 소녀로 바뀌었다. 동시에 다소 낯간지러운 느낌이 가슴속에 치밀어 올랐다. 게임이라고는 하나 소녀의 모습을 지그시 쳐다보는 것이 뭐라 말할 수 없을 정도로 쑥스러웠기 때문이다.

그러한 쑥스러움을 꾹 참고…… 다소 흥분한 상태로 파츠를 골랐다. '드셈'으로 분류된 파츠를 하나씩 음미해나갔다.

이상적인 여성상을 만들기 시작한 지로부터 얼마나 시간이 흘렀을까. 충분히 만족할 만한 완성도가 된 아바타를 히죽거리며 쳐다보고 있자니 아침식사를 알리는 호출이 울렸다.

정신이 들어보니 시각은 아침 아홉 시를 가리키고 있었다.

직후, 맹렬한 수마가 그를 덮쳤다. 메뉴의 로그아웃을 누르려던 찰나, 세상이 깜깜해지더니 급속히 의식이 멀어져갔다.

# 현자의 제자를 자칭하는 현자

She professed herself
pupil of the wise man.

## 자칭하는 현자

1

# 1

아아, 그랬지. 로그아웃하기 전에 잠들고 말았다는 것과 밤을 꼴딱 새고 아침 식사 호출을 들은 뒤에 잠들고 말았다는 사실을 떠올린 카가미는 미간을 손가락으로 짚으며 하늘을 올려다보았다.

몇 시간을 잤는지 파악이 안 됐다. 하지만 여동생이 두들겨 깨우지 않은 듯한 것으로 보아 그리 오랜 시간은 아니었으리라.

졸음을 떨쳐내고자 눈을 세게 감았다가 번쩍 떠 보니 그곳은 심록이 가득한 숲 한복판이었다. 곳곳에 이름 모를 꽃들이 점새해 있고 흔들리는 나뭇가지 틈새로 웅대한 산맥이 엿보였다. 그리고 그 산간에는 둔탁하게 빛나는 은빛 탑이 언뜻 보였다.

눈에 익은 게임 속 광경 앞에서 멍하니 선 채 머릿속에 떠오른 의문을 정리하고자 턱에 손을 가져다 댄 채 께느른하게 생각에 잠겼다.

첫째, '잠아웃'이라는 인터넷 게임에서 유명한 말이 있다. 게임 도중에 잠들어버려 아바타가 아무런 반응도 하지 않게 되는 상태를 가리키는 말이다. 하지만 VR관련 매체는 잠아웃하면 자동적으로 셧아웃, 요컨대 장치의 전원이 꺼지도록 설계가 되어 있어 게임 속에서 눈을 뜨는 일은 기본적으로 있을 수 없는 일이었다.

하지만 눈에 비친 산속 탑은 아무리 봐도 '은의 연탑(連塔)'이었다. 아홉 개의 탑을 아홉 현자가 각각 점거하여 사용하고 있기에 잘못 볼 리가 없다.

가장 먼저 머리를 스친 것은 오류가 아닐까 하는 생각이었다.

하지만 이때는 '별일이 다 있네' 하는 정도에서 생각을 멈추고 말았다. 이상한 점이 또 하나 있었기 때문이다.

그것은 냄새였다. 바람이 불 때마다 풀내음이 코끝을 간질이는 듯한 위화감이 느껴졌다.

진보된 VR기술은 촉감을 그럭저럭 재현해내기는 했지만 미각과 후각은 아직 실용 레벨에 달하지 않았다. 그럼에도 코로 숨을 들이쉬었더니 뇌가 그 냄새를 명확하게 인식한 것이다. 뭔가 이상했다.

실험을 해볼 요량으로 풀을 뜯어 씹어보니 쓴맛과 떫은맛이 입 전체로 퍼졌다. 참을 수가 없어 잔뜩 분비된 침과 함께 뱉어내고는 손등으로 입을 닦았다. 미각은 끔찍하리만치 혀를 자극하였고 착실하게도 침까지 재현시켰다.

초식동물은 무슨 생각으로 이딴 걸 먹는지 모르겠다고 생각하며 평소보다 상당히 가까워 보이는 수풀로 시선을 내린 그 순간이었다. 숲속에서 느닷없이 큰소리와 땅울림, 그리고 금속을 맞부딪히는 듯한 날카로운 소리가 폭풍처럼 울려 퍼졌다.

귀에 익은 소리였다.

아아, 그랬지. 국경 부근에 나타난 마물 무리를 토벌하러 왔었다는 사실이 떠올랐다. 누군가가 운 나쁘게 조우한 거인지 아니면 누군가가 이번 당번을 대신해주기로 한 것인지.

후자일 리는 없다는 생각에 쓴웃음을 지으며 달려 나갔다. 그대로 숲을 빠져나간 곳에 펼쳐져 있는 초원에서는 눈에 익은 국장(國章)을 자랑스럽게 내건 기사가 어린애 정도 되는 키에 코와

귀가 뾰족하며 피란 얼굴을 지닌 생물을 베어 넘기고 있는 참이었다. 하지만 그 직후, 둔탁하게 빛나는 나이프를 한 손에 든 파란 얼굴의 생물이 두 마리, 세 마리 늘어나더니 그 기사를 습격하기 시작했다. 그곳은 그야말로 전장(戰場)이었다.

초원은 은색과 푸른색, 이 두 색으로 가득 메워져 있었다. 거울처럼 빛나는 갑옷으로 몸을 감싼 채 함성을 지르며 돌격하는 기사들은 아홉 현자가 소속된 알카이트 왕국의 정예, 술장(術裝)기사단이었다. 그 기사단이 상대하고 있는 적은 전형적인 마물이라 할 수 있는 고블린이었다.

그 광경을 보고서야 자신이 상당 시간 동안 잠들어 있었음을 깨달았다. 자신이 너무 늦은 탓에 기사단을 파견한 것이다.

'소환술 : 다크나이트'

술법을 발동시키자 어둑하게 빛나는 구멍이 풀숲을 뒤덮듯 열리더니 듬직한 체구의 기사가 그곳에서 밀려 올라오듯 나타났다. 소름이 끼치도록 검은, 칠흑색 풀아머에 검은 불꽃을 연상케 하는 효과가 온몸에서 뿜어져 나와 꺼림칙하게 일렁였다. 얼굴은 없고 검게 덧칠된 공간에 눈 같은 붉은 빛이 두 개 떠올라 있을 뿐이었다.

명백히 이질적인 낌새를 내뿜는 흑기사가 기사단과 고블린이 맞붙어 싸우는 전장 한복판에 느닷없이 나타났다.

정체 모를 흑기사의 등장에 발을 멈추고는 위협이라도 하듯 키익키익, 소리를 질러대는 고블린들. 여기서 의문이 또 하나 추가되었다.

고블린에게는 이러한 사고 루틴이 없었을 텐데.

그가 아는 고블린은 늘 용맹하고 과감하게, 안 좋게 말하자면 주제도 모르고 돌격해서는 토벌당하는 마물이었을 터다. 하지만 현재 눈앞에 있는 고블린들은 아무리 봐도 '두려움'을 느끼기라도 하듯 소란을 피워대고 있었다.

하지만 지금 신경 쓸 일은 아니라는 생각에 다크나이트에게 소탕 명령을 내렸다.

그러자 그곳은 순식간에 살육의 지옥이 되었다. 검은 대검이 바람을 가르고 광풍을 일으켰다. 대검을 난폭하게 내리칠 때마다 대여섯 마리의 고블린이 단말마와 함께 사방으로 흩어져 고깃덩이가 되었다.

위협을 하던 고블린들의 목소리는 서서히 절망으로 물든 비명으로 바뀌어갔다. 고블린들은 그 지옥으로부터 달아나고자 뛰었지만 소탕을 명한 다크나이트에게 자비심이란 것은 눈곱만큼도 없었다.

운 나쁘게 옆에 있던 고블린 몇 마리가 비명을 지를 새도 없이 급속하게 거리를 좁힌 검은 덩어리에 의해 찢어발겨져 허공을 날았다. 그 모습을 눈앞에서 목격한 주변 고블린들도 방어를 해야 한다는 최소한의 판단도 내리지 못한 채 검은 대검의 익격에 체액과 내장을 흩뿌리며 터져나가다시피 날아가 땅바닥을 나뒹굴더니 이내 초점을 잃었다.

근처를 일소한 다크나이트는 갑옷을 입은 유달리 커다란 고블린이 있는 집단을 포착했다.

둔탁한 금속음을 올리며 초조함 섞인 소리를 지르는 중장(重裝) 고블린은 그 중량 탓에 걸음은 느려도 그에 걸맞은 내구력을 지녔다. 고블린 중에서도 다소 영리한 몇 마리는 모자란 머리를 굴려 자신의 생존율을 올리고자 그런 중장 고블린 주변에 모인 듯했다.

하지만 그것은 살기를 머금은 흑기사를 상대로는 어리석은 생각에 지나지 않았다. 살아남을 방법은 대치한 순간에 반대 방향으로 달려 나가는 것밖에 없었던 것이다.

하지만 그것도 이제는 늦었다. 검은 칼날이 육박해 가져다준 절대적인 죽음을 눈앞에서 목격한 마물 무리는 공황상태에 빠져 집단으로서의 의의를 잃고 말았기 때문이다. 이제 고블린들은 홀로 무대를 물들이는 사냥감 역할을 떠맡을 수밖에 없게 되었다.

순식간에 벌어진 일이었다. 고블린들은 무슨 일이 일어났는지조차 이해하지 못한 채 대지를 검붉은 피로 물들였다.

다크나이트는 명령받은 대로 그 자리에 있던 모든 고블린을 말없는 주검으로 바꾸어 계약을 이행했다.

불과 2, 3분 만에 벌어진 일이었다. 평온한 바람이 부는 초원은 마물의 피로 물들어, 누가 보아도 장렬한 살육이 벌어졌음을 예상할 수 있을 법한 광경이 펼쳐져 있었다. 초원을 양분했던 색들 중 청색은 거뭇해져 땅바닥에 널브러졌고 은색은 밀집 진형을 취한 채 흑기사를 경계하고 있었다.

그곳에 나뒹굴고 있는 고블린들의 시체는 백 마리 남짓. 덤블프는 주변을 가볍게 흘끔 쳐다보고서 당번 임무를 완수했음을 확인하고는 다크나이트를 송환시켰다.

그리고 다시금 뇌리를 스쳤던 의문들을 떠올렸다. 냄새에 맛, 그리고 기억에 없는 고블린들의 행동. 거기에서 도출할 수 있는 답은 하나뿐.

세 번째 버전업이다.

설마, 세계적으로도 연구 단계에 있던 후각과 미각을 이 정도 수준으로 재현해낼 줄이야. 선뜻 믿기 힘든 일이기는 했지만 실제로 온몸이 오감을 느끼고 있었다. 크게 발달된 기술을 가장 먼저 게임에 투입하다니, 뭔가 이상한 것 같기는 했지만 그렇지 않고서는 설명이 안 되는 것 또한 사실이었다.

역시 '아크 어스 온라인' 운영진. 덤블프는 잠아웃으로 셧아웃 되지 않은 것은 분명 버전업에 따른 영향일 것이라고 결론 내렸다.

그렇게 혼자서 납득하던 차에 금속 스치는 소리가 다가오고 있음을 알아챘다.

소리의 정체는 기사단이었다. 방패에는 이 나라, '알카이트 왕국'의 국장인 거목과 달을 상징하는 문장이 새겨져 있었다.

알카이트 술장기사단이다. 특징은 갑옷과 방패다. 거울처럼 빛을 반사하는 그 갑옷은 주변 풍경과 동화하며, 그 방패는 숙버과 마물들이 토하는 브레스를 상대로 높은 방어력을 자랑하는 일품이다.

그 정예 기사단의 단장으로 보이는 인물이 후속 기사들을 한 손으로 제지하며 한 걸음 앞으로 나섰다. 다소 흰 머리가 섞인 로맨

스그레이 머리는 올백으로 넘겼고 주름이 깊은 얼굴에는 역전의 증거이기도 한 흉터가 비스듬히 그어져 있었다. 갑옷 위에는 대장의 증표인지 붉은 망토를 두르고 있었다. 덤블프만큼은 아니었지만 중후한 분위기의 사나이였다. 하지만 그 얼굴은 기억에 없었다. 자국 정예 집단의 단장을 맡은 인물은 입장상 모두 파악하고 있었음에도 불구하고.

"조금 전에 보인 검은 갑옷의 기사. 사역 계열의 술법으로 보였다만. 그건 아가씨가? 증원군, 이라고 생각해도 될까?"

단장으로 보이는 남자는 그렇게 말했다. 하지만 그것이 자신을 향한 말이라고는 생각지 않았다. 상대의 말속에는 자신의 모습과 명백하게 다른 특징이 포함되어 있었기 때문이다.

그럼 누구에게. 주변을 둘러보았다. 그러던 순간, 고블린의 시체가 기우뚱 흔들리더니 그 아래에서 무언가가 튀어나와 숲 건너편으로 도주했다.

"음, 아직 살아 있는 게…… 있었……나?"

그렇게 말을 자아낸 순간, 두 가지 위화감이 솟구쳤다. 하나는 살아남은 것이 고블린과는 명확히 다른 특징을 지녔다는 것.

"뭐야…… 이거."

그리고 나머지 하나는 방울소리처럼 귀여운 목소리였다.

덤블프는 정면에 선 대장의 거울과도 같은 갑옷에 비친 자신의 모습 앞에서 망연자실해졌다.

알카이트 술장기사단의 정식 장비, 경명개(鏡明鎧). 그 거울과도 같이 빛을 반사시키는 표면은 거울 그 자체이기도 했다. 그곳에 비친 자신의 모습을 보며 오른손을 움직여보고 왼손을 움직여보았다. 그러자 대장의 갑옷에 비친 소녀는 한 치의 오차도 없이 자신의 행동을 모방했다. 아니, 모방 정도가 아니라 완전히 같았다.

하물며 그 소녀의 모습은 눈에 익었다.

허리까지 내려온 은빛 머리에 눈가가 치켜 올라가 성격이 드세 보이는 푸른 눈, 발그스름한 뺨과 작은 코에 천진함이 남은 얼굴. 덤블프가 걸치고 있던 장비만은 그대로였지만 아무리 봐도 알맹이가 바뀌어 있었다.

그렇다, 그 알맹이는 '화장 도구 상자'를 사용해 이상적인 여성상으로 만들어낸 소녀의 모습이었던 것이다.

2

어쩌다 이렇게 된 것이란 말인가. 머릿속으로 눈을 뜨기 전의 일을 떠올리기 위해 온 힘을 다해 기억을 더듬어보았다. 마음이 딴데 간 듯한 소녀의 모습에 대장은 당황한 눈치였다.

그러던 참에 몇 명의 부하가 달려와 보고를 했다. 그것은 조금 전 고블린의 시체 아래서 튀쳐나간 마물에 관한 것이었다. 상처는 입혔으나 워낙 잽싸서 놓쳐버린 모양이었다

대장이 추격과 수색을 위해 부대를 나누도록 지시를 내리는 와중에 소녀는 작아진 자신의 두 손을 쳐다보고 있었다.

거울 갑옷에 비친 모습은 그때 자신이 직접 만들어낸 이상적인 여성상 그 자체였다.

이게 대체 어떻게 된 일이란 말인가. 작성은 했지만 완료는 하지 않았을 텐데, 하고 원인을 기억의 우물에서 끌어올리기 시작했다.

취소하고 로그아웃…….

거기까지 생각한 참에 막다른길에 봉착했다. 로그아웃하기 전이었을지도 모른다. 그 전에 잠들어버린 듯한 기분이 든다. 아니, 취소를 하기도 전에 잠든 듯한 기분이 든다.

기억이 나지 않는 당시 상황을 어찌어찌 쥐어짜내려 해봤지만 기억은 아침 식사 호출을 듣고 난 뒤부터 안개가 깔리기라도 한 듯 흐릿하기만 했다.

그런 생각을 하던 도중에 문득 생각이 나서 팔찌형 단말을 조작해 메뉴에서 스테이터스 화면을 열어 보았다. 거기에는 아바타의 여러 정보가 일람 형식으로 표시되어 있었다.

자신의 이름, 덤블프 간다도어. 그리고 클래스인 소환술사와 소속국, 거점. 마력치는 비범하지만 육체적인 부분은 일반적인 술사보다 조금 나은 정도의 스테이터스. 그것을 보충하는 장비에 따른 수정치.

모든 정보가 기억과 같아, 별다른 문제는 없어 보였다. 다른 아바타로 로그인해버린 것도 아니거니와 사라져버린 것도 아니다. 4년을 함께해온 덤블프 자신의 스테이터스였다.

이어서 스테이터스 화면 다음 페이지를 표시한 소녀는 희망이 완전히 사라져버렸다는 사실에 어깨를 늘어뜨리고는 고개를 푹 숙였다.

현자용으로 특수 주문했던 장비가 나열된 일람이다. 모든 장비가 일품으로 알카이트 왕국, 은의 연탑의 장(長)인 엘더가 됐을 때 국왕에게 하사받은 물건이었다. 모두 다 이름이 널리 알려진 일류 장인 플레이어에게 특별 주문, 생산한 것으로 딤블프밖에 가지고 있지 않았다.

문제는 옆에 자리한 아바타 표시 쪽이었다. 자신이 만들어낸 외모의 소녀가 스테이터스 화면에서 그 장비들을 몸에 두르고 있었다. 지금까지는 이곳에 중후한 나이스 가이, 딤블프가 당당히 자리하고 있었다.

이게 어떻게 된 일인가 싶어 소녀는 시험 삼아 로브 자락을 손으로 집어서 걷어 올리다시피 벗어 보았다. 그러자 동시에 스테이터스란의 해당 부분 장비도 '없음'으로 바뀌었다.

로브를 한 손으로 놀리며 훤히 드러난 몸을 확인해 보니 피부에 달라붙어 있던 나긋나긋한 은빛 머리가 두둥실 떠올랐다.

작은 손바닥에서 살며시 흘러나올 정도로 부푼 젖가슴에 티 없이 하얀 피부. 아담한 엉덩이에서 적절하게 살이 붙은 두 다리가 뻗어 있었다. 그 몸은 진정 '화장 도구 상자'로 만든 이상의 결정체였다.

"이봐아아아! 잠깐잠깐잠깐! 뭘 하는 거냐?!"

부하늘에게 시시를 마저 내린 대장이 어느새 알몸이 된 소녀의 모습을 보고 놀라서 소리를 질렀다. 그리고 허둥지둥 두르고 있던 붉은 망토를 집어 소녀의 몸을 가리듯 덮어주었다. 주변에 있던 기사들의 시선이 소녀의 망측한 모습에 쏟아졌지만 지금은

강철과 같은 자제심을 발휘해 고개를 돌린 채 침묵하고 있는 듯했다.

"나 원, 아가씨도 여자라면 그렇게 쉽게 속살을 보여서는 안 되지. 우리 기사단은 성실하고 솔직한 자들뿐이라 문제없지만, 세상에는 방심 못할 녀석들도 있으니까."

그렇게까지 과하게 반응할 일도 아닐 텐데. 그렇게 생각했지만 동시에 이 기사들의 반응을 보고는 다들 플레이어인가 싶어서 감탄했다. 그럭저럭 이름을 날릴 정도로 실력을 키운 플레이어는 NPC—논플레이어 캐릭터 종자를 데리고 다닐 수가 있다. 주변에 있는 기사들은 대장의 종자일 것이라 생각했는데, 반응으로 미루어 아무래도 아닌 모양이었다. NPC는 이런 반응을 하지 않을 테니.

그다지 믿기지는 않았고 인정하고 싶지도 않았으며 매우 유감스럽기까지 했지만 소녀는 현재 상황을 받아들이기로 했다. 뭐가 어떻게 잘못된 것인지는 몰라도 작성을 완료해버린 것이리라고.

분명 버전업에 따른 영향이리라. 그렇게 결론을 내리고는 다시 과금을 해서 '화장 도구 상자'를 사기로 마음먹었다. 하지만 500엔짜리를 사려고 또 1,000엔을 과금해야만 하다니. 소녀는 그 사실이 못마땅해 얼굴을 찌푸렸다.

망토 안에서 꼬불꼬불 로브를 다시 입고서 스테이터스 화면을 보니 화면 내의 아바타도 알몸에서 로브 차림으로 돌아와 있었다.

"그건, 조자(操者)의 팔찌인가? 아가씨는 모험가였군그래."

돌려받은 망토를 다시 걸치며 소녀의 팔을 본 대장이 중얼거리듯 말했다.

조자의 팔찌. 들어본 적이 없는 단어였다. 대장의 시선이 향하고 있는 곳으로 짐작컨대 틀림없이 단말을 말하는 것이리라. 하지만 굳이 물어볼 필요도 없는 일이었다. 이것은 플레이어라면 누구든 가지고 있을 텐데 이것만 보고 모험가라 단정 짓다니, 뭔가 이상하다는 생각이 들었다.

기사단의 대장. 심지어 정예인 술장기사단이라면 초보 플레이어일 리가 없다. 알카이트 왕국은 작은 나라였지만 그럭저럭 유별난 플레이어들이 소속되어 있는지라 그 발언에는 의문을 느낄 수밖에 없었다. 애초에 모험가라는 말 자체가 플레이어를 가리키는 것이기에.

"모험가냐 아니냐 하면, 당연히 그렇다고밖에 할 수 없다만."

납득이 가지는 않았지만 소녀는 긍정했다. 영 익숙지 않은 자신의 목소리. 귀엽고 맑은 음색에 지금까지 써왔던 말투가 합쳐지자 뭐라 형용할 수 없는 감정이 솟구쳤다.

그 말투는 정식 서비스가 시작된 뒤로 덤블프로 모험을 하는 내내 써왔던 것이었다.

역시 위엄 넘치는 겉모습에 맞는 말투를 써야 한다는 생각에 자진해서 RP—롤플레이(역할극)를 시작했던 것이다. 그리고 4년이 지난 지금, 로그인 중에는 이 말투가 완전히 입에 붙어버려 자연스럽게 입 밖으로 나오게 되었다. 버릇이란 참으로 무서운 것이라 소녀의 모습이 되어 세계관을 우선시하고자 말투를 바꾸려 해도 이상하게도 위화감이 들어서 갑자기 바꿀 수가 없었다. 하지만 그렇다고 딱히 난감할 일도 없었기에 말투를 고치려는 노력은 일찌감치 포기했다.

"그래, 모험가였군. 아가씨처럼 강한 모험가의 도움을 받게 되다니 하늘이 도왔어. 그나저나 조금 전에 봤던 검은 기사. 본 적이 없는 용모였는데, 무슨 술법이었지?"

대장은 소녀의 말에 납득하면서도 그 강력한 힘에 흥미가 동한 듯한 눈치였다. 특히 소녀의 귀여운 외모에 어울리지 않는, 흉흉한 분위기를 띤 흑기사의 정체에.

"무엇이었느냐고 한들 말이지. 보다시피 소환술이라고 할 수밖에."

말하며 '소환술 : 다크나이트'를 발동시키자 흑기사가 다시 옆에 모습을 드러냈다. 그 압도적인 위압감에 기사들이 술렁대는 가운데 대장만은 흥미진진하게 그것을 바라보고 있었다.

"소환술⋯⋯. 이것 참 훌륭하군. 그래, 무구(武具)정령인가. 특이한걸."

자신의 기억에 있는 것과 비교를 해보듯 생각에 잠긴 표정을 짓고 있던 대장은 기억 속의 그것과는 비교도 되지 않을 만큼 웅대한 흑기사의 모습을 보고는 혀를 내둘렀다.

소환술사가 행사하는 정령에는 사람들이 만들어낸 물건에 깃드는 인공정령, 자연계에 깃드는 원초정령 등이 있다.

원초정령 쪽이 상위 존재지만 인공정령은 사람이 만들어낸 물건에 깃들기에 다루기 쉽고 따르기도 잘 따른다. 전투 자체를 본분으로 삼았던 자가 사용했던 무구에 깃든 정령은 '다크나이트'라 불리고, 방어를 위한 전투를 본분으로 삼았던 자가 사용했던 무구에 깃든 정령은 '홀리나이트'라 불린다.

무구정령은 하급 소환술에 속하지만 사용이 용이하다는 이유로 계속해서 사용해온 다크나이트는 상급 소환술에 필적할 정도의 검투사로 승화되었다. 하지만 소환술의 기본이라 할 수 있는 무구정령 소환을 두고 특이하다니, 별 이상한 소리를 한다고 소녀는 생각했지만 확실히 요즘에 이런 하급 소환술을 쓰는 소환술사는 그리 흔치 않으리라. 그러니 특이하다면 특이하다고 할 수 있었다.

"그나저나, 언제 의뢰를 한 건지 원. 최근에는 이런 무리가 빈번하게 출현하니 고맙기는 하지만, 미리 말을 해줬으면 좋았을 것을."

대장은 다소 불쾌한 투로 중얼거렸지만 그 표정은 상당히 기뻐 보였다. 그만큼 마물에 대응하느라 바빴던 것이리라. 하지만 그 말에는 마음에 걸리는 부분도 있었다. 우선 마물 무리는 아홉 현자가 당번제로 충분히 대응해내고 있었다. 또한 발생 건수는 빈번하다고 할 정도도 아니었다. 자신의 차례가 오기까지 몇 개월은 걸렸을 정도니.

"흐~음, 한 달에 한 번, 많아 봐야 두 번 정도일 텐데. 그리 대단한 횟수는 아니라고 본다만."

그렇게 말하면서도 소녀는 위화감을 느끼고 있었다. 한 달에 한 번이라도 많다고 느끼는 자도 있을지 모르지만 그러한 것과는 다른, 좀 더 근본적인 상이점이 자신과 대장 사이에 있는 듯한 그런 위화감이었다.

"한 달에 한 번이라. 10년 전에는 그 정도였지만 지금은 한 달에 최소한 세 번은 토벌 명령이 떨어지지."

대장은 다크나이트와 자신의 체격을 비교해보고는 어린애처럼 풀이 죽어서는 아무렇지도 않게 그렇게 말했다.

"10년 전?"

엉겁결에 되물은 그 한마디가 바로 대장과 소녀 사이에 존재하는 상이점이었다.

"아가씨도 모험가라면 들어봤을 텐데. 10년 전에 하늘에서 날아든 마족들과의 전쟁, 삼신국(三神國) 방위전에 관한 이야기를. 그 무렵부터 마물 무리의 출현수가 두 배에 가깝게 치솟았지."

"삼신국 방위전이라……. 처음 들어보는군."

"모른다고? 흐음, 뭐 10년 전이면 아가씨는 두세 살이었을 테니 무리는 아니려나."

대장은 그렇게 말했지만 아크 어스 온라인에서의 게임 내 시간은 현실 시간과 똑같이 흘러간다. 요컨대 10년 전은 클로즈 베타 테스트조차 시작되지 않았을 시기다.

팔찌 단말기를 조작해 평소처럼 메뉴를 열어보았다. SF계열 애니메이션이나 영화 등에 자주 쓰이는 타입의 공간에 떠오른 화면은 톤인에게만 보이도록 되어 있었다. 다른 사람들 눈에는 허공을 찌르고 있는 것으로만 보일 것이다.

대장은 진지한 표정으로 메뉴를 조작하는 소녀를 아무 말 없이 바라보며 기다렸다.

메뉴에서 연표를 선택했을 때 표시되는 항목에는 이렇다 할 내용이 없었을 터였다. 하지만 소녀는 말문이 막힌 듯, 한 가지 숫자를 응시했다.

그것은 가장 최근의 사건이 적힌 항목이었다.

'아크력(曆) 2146년 4월 23일 미르스톤 국왕에게서 제2왕자 탄생. '아토르자드'라 명명되다.'

그렇게 적혀 있었다.

그 내용 때문에 경악한 것이 아니었다. 문제는 연도 쪽이었다. 허둥지둥 연표 우측상단에 표시된 현재 시각을 확인해 보니 아크력 2146년 5월 12일 오후 3시 32분이라고 적혀 있었다.

"한 가지 묻겠다만, 지금은 몇 년 몇 월 며칠이지?"

"지금? 2146년 5월 12일이지."

질문에 돌아온 답은 단말이 인식하고 있는 날짜와 일치하여, 단말 고장이 아님을 증명해주었다.

게임이 시작된 것은 아크력 2112년이다. 이는 아무리 생각해도 이상한 일이었다. 현실과 게임 시간은 동시에 진행되고 있다는 사실을 전제로 생각해보면, 이래서는 '현재'로부터 30년은 흘러 있는 셈이 되고 만다.

잠시 연표를 다시 보니 심지어 기억에 없는 역사적 사건만 나열되어 있었다. 또한 이야기에 나왔던 10년 전, 2136년 6월 24일에는 삼신국방위전 발발이라고 똑똑히 적혀 있었다.

자신의 은발을 한 움큼 집어 코끝에 가져다 대보았다. 그러자 은은한, 바닐라향 같은 소녀다운 향기가 어렴풋이 느껴졌다. 그

머리카락을 입에 머금어 보니 맛은 안 느껴져도 혀와 입술이 머리카락 한 가닥 한 가닥의 감촉을 감지해냈다.

자신이 기억하기에 VR내에서의 오감 재현은 아직 연구 단계였다. 그럭저럭 재현이 가능한 부분도 있다고는 하나 VR내에서는 기껏해야 만졌다는 것을 알 수 있는 정도가 한계다. 만약 이 정도의 감각을 재현하기 위한 버전업이 있었다면 그것도 연표에 표기되어 있어야 했다. 실제로 과거 두 차례 이루어졌던 버전업은 똑똑히 기재되어 있었다. 하지만 불과 어제 있었을 터인 버전업에 관해서는 아무런 언급도 되어 있지 않았다. 대충 과거의 로그를 슥 훑어보아도 버전업에 대한 기록은 기억 속에 있는 두 번밖에 보이지 않았다.

현재 상황은 버전업에 의한 영향이 아니란 말인가. 의문과 불안감이 동시에 샘솟았다. 풀 맛이며 감도는 향기, 미각과 후각을 명확하게 인식할 수 있는 현 상황은 대체 무엇이란 말인가.

현재 상황은 기술적으로 지나치게 비현실적인 것이었지만 실제로 느껴지는 오감은 너무나도 현실적이었다.

문득 어떠한 가설이 머리를 스쳤다. 하지만 그럴 리가 없다.

메뉴를 닫고 고개를 들자 소녀의 기이한 행동에 당황한 대장과 눈이 마주쳤다.

"아── 그래, 그러고 보니 아직 인사도 안 했군. 나는 그라이어 아스톨. 알카이트 왕국 술장기사단 1번대 대장을 맡고 있지."

거의 반사적으로 그렇게 자기소개를 한 대장 그라이어는 소녀에게 경의를 표하며 고개를 숙였다.

"그런데 상당한 실력의 술사로 보이는데, 괜찮으면 아가씨의 이름 좀 말해줄 수 있을까?"

고개를 든 그라이어는 흥미진진한 말투로 말을 이었다.

거기서 위화감이 발생했다.

그라이어는 지극히 자연스러운 행동을 취했다. 처음 만난 상대에게 자신의 이름을 밝힌다. 그리고 신경이 쓰이는 상대라면 그 이름을 묻는다. 하지만 게임 내에서는 어떨까. 상식적으로 대상을 '조사'하면 시야에 문자가 투영될 것이고 그렇게 상대의 머리 위에 표시되는 것이 이름일 것이다. 굳이 소개를 하지 않아도 전해져, 묻지 않아도 알 수 있게끔 되어 있다. 하지만 그라이어는 자신의 이름을 밝힌 것도 모자라 상당한 실력이라는 표현으로는 부족한 술사, 알카이트 왕국의 현자 덤블프의 이름을 물은 것이다.

거들먹거리려는 것은 아니다. 하지만 알카이트 왕국의 정예라는 자가 모를 이름일 리가 없었다. 그 사실이 부자연스럽게 느껴졌다.

"조사해보면 알 수 있지 않나."

어떠한 가정이 뇌리를 스쳐 시험 삼아 되물어보았다.

"으~음…….아가씨 정도의 실력자라면 유명할 테지만, 배움이 부족해서 모르겠는걸. 미안하군. 누구 이 아가씨를 아는 사람 있나?"

그라이어의 물음에 모든 이가 고개를 가로저어 본 적이 없다고 답했다.

"흠, 과연, 그렇군……."

플레이어 중에는 상대의 허락 없이 조사하는 일을 실례라 여기는 사람도 있다고 들었다. 조사해보라고 하면 그런 플레이어라도 조사를 할 것이다. 외모가 지나치게 바뀌었다지만 조사해보면 알카이트 왕국 최고 중요 인물 중 한 사람인 덤블프라는 것을 알 수 있으리라. 하지만 인원수가 이렇게나 많은데 아무도 모른다니.

그래서 떠오른 가설은 이곳에 있는 자들은 '조사'를 못하는 것이 아닐까 하는 것이었다. 그리고 그 가설은 돌아온 반응으로 미루어 신빙성이 있을 듯했다.

플레이어의 상식이 통하지 않는 상대인 데다 그 사고 자체도 플레이어의 그것과는 동떨어져 있다. 소녀는 턱에 손을 가져다 댄채 플레이어라면……이라는 인식을 고칠 필요가 있을지도 모른다는 생각을 하며 "흐~음" 하는 소리를 내며 끙끙대기 시작했다.

모은 정보를 토대로 가설을 세워보았다. 그러자 말도 안 되는 일이라 여겼던 설이 서서히 현실미를 띠기 시작했다.

"이야, 이거 정말 미안하군. 우리는 보다시피 검술밖에 재주가 없는 녀석들이다 보니, 모험가를 잘 몰라서 말이지."

입을 다문 소녀의 모습을 보고 어지간히 큰 충격을 받은 거이라 착각한 그라이시거 소녀를 달래기 시작했다. 기사단의 기사들도 어쩐지 면목이 없다는 듯한 표정을 짓고 있었다. 그러한 모습은 명확한 의지를 가지고는 있으나 플레이어는 아니라는 사실을 재인식하기에 충분한 요인이었다.

생생한 오감에 NPC라고도, 플레이어라고도 할 수 없는 자들. VR로 이 정도 수준의 현실성을 재현하는 것은 불가능하리라 판단해 처음에 세웠던 버전업에 의한 영향이라는 설을 철회했다.

그리고 나니 이번에는 도시전설이나 다름없는 설이 머리에서 떠나지 않게 되었다. 하지만 그건 더더욱 말이 안 된다며 일축하고 싶어도 현재 상태에서는 그 가능성을 완전히 부정할 수가 없었다.

그렇다, 이것이 현실일 가능성. 엉뚱한 추측이다. 하지만 완전히 부정할 만한 근거가 없다는 것 또한 사실이었다.

그때, 게임이라는 사실을 증명할 수 있는 요소가 떠올랐다. 그것은 로그아웃이다. 게임을 종료하기 위한 명령어다.

'꽤나 당황했던 모양이군.'

그렇게 자조하며 메뉴의 시스템 항목을 열어 로그아웃을 선택……하려고 했다. 하지만 할 수 없었다. 아니, 시스템 항목 자체가 사라져 있었다. 게다가 다운되었을 때를 위한 강제 종료 코드마저도 받아들일 낌새가 없었다.

이것은 결정타라 해도 과언이 아니리라.

그녀는 그렇다면 이 세계는 자신이 아는 세계가 맞는가 하는 의문에 봉착했다.

"그대는, 덤블프라는 자를 아는가?"

소녀는 판단을 내리기 위해 시간상 과거의 인물인 자기 자신의 이름을 입에 올려 질문했다.

"물론이지. 덤블프 님을 모르는 자는 이 나라에 없을걸."

그라이어는 어쩐지 자랑스러운 표정으로 답했다. 나아가 "안 그러냐, 다들" 하고 말하자 기사들도 당연하다는 듯 고개를 힘껏 끄덕였다.

"그래, 안다는 말이지."

이 답변으로 덤블프라는 인물이 있다, 혹은 있었다는 사실을 알 수 있었다. 다음은 그것이 30년 전의 자신인지, 동명이인인지의 여부를 확인할 차례다.

"그자가 어떠한 인물인지 아는가?"

그렇게 물음을 던지자 그라이어는 고개를 갸웃했다.

"어떠한 인물이냐고 한들, 조금 전에도 말했지만 이 나라 사람이라면 모르는 사람이 없을걸. 은의 연탑의 엘더로 '군세(軍勢)의 덤블프'라 불리며 타국에게는 두려움의 대상이 되었던 소환술사이자 현자님이잖아."

당연하다는 듯 말한 그 내용은 기억과 완전히 일치했다. 그리고…… 중2병스러운 이명까지도 전승되었음이 판명되었다.

"호오…… 영웅이라."

"그래, 건국 후 전쟁에서는 적군의 진군을 계속해서 막아내 승리의 계기를 만들었다고 전해지고, 엘더로 구성된 소대가 적 진영을 혼돈의 구렁텅이로 떨어뜨렸다는 이야기도 있지, 나아가 지금은 사용자가 얼마 되지 않는 정련(精練) 기술의 개발자이자 강력한 선술도 다뤘다지. 뭐, 덤블프 님 외에도 현자님들에 관한 일화는 셀 수 없이 많지만 말이야."

그라이어가 말한 일들은 자신의 기억과도 맞아떨어지는 역사상의 사건들이었다. 전쟁에 관한 이야기도 그렇고 세컨드 클래스인 선술사와 정련도 엘더 덤블프가 연구해 자아낸 기능이었다. 이는 요컨대 과거의 자신, 덤블프가 현재까지도 영웅으로 전해지고 있다는 뜻이리라.

"흐~음, 그렇군. 하여, 그 덤블프의 최후가 어땠는지는 아는가?"

최종 판단 소재로 결정타가 될 수 있는 질문을 던져보았다.

"최후……? 으~음, 죽었다는 이야기는 들어본 적이 없군……. 애초에 30년 정도 전 어느 날, 국경에 나디난 마물을 토벌하러 간 뒤로 아무도 모습을 본 적이 없는 모양이니. 고작 마물 따위에게 덤블프 님이 질 리가 없으니 당시에는 나라에서 총력을 기울여 수색을 했던 모양이지만 발견하지 못했다지."

"……그런가, 역시 그러했군."

오늘의 기억과 맞아떨어지는 대답이 돌아왔다. 그때와 이어져 있다. 그것은 이곳이 같은 세계의 30년 후라고 확신하기에 충분한 요소였다.

게임이 현실이 되었다. 어떻게 된 일인지는 모르겠지만 우선은 그렇게 매듭짓기로 하고 일단 사고를 정지시켰다.

문제는 이대로 솔직하게 자신이 덤블프라는 사실을 밝혔을 경우다. 타국이라면 모를까 소속국에서는 유명한 이름이다. 중후하고 위엄 넘치는 외모, 역전의 소환술사인 동시에 은의 연탑의 엘더. 그리고 그라이어의 말에 따르면 현재는 영웅이다.

그런 영웅이 지금은 이런…… 가녀린 소녀가 되었다. 본래 모

습으로 돌아갔을 때 주변에서 차가운 시선을 보내올 것을 상상하
자 자신이 지금 얼마나 위험한 상황에 놓여 있는지 실감이 되어
소녀는 몸을 떨었다.

필연적으로 얼버무리는 수밖에 없다고 결론을 내렸다.

그라이어 일행은 '조사'를 할 수 없는 듯 보이니 그 점을 이용하
도록 하자. 그렇게 결심한 소녀는 남몰래 득의양양한 미소를 지
었다. 그것은 완전히 자기보신과 명예를 위한 잔꾀였다.

분명 30년 전에 사라진 영웅이 소녀가 되어 나타났다 한들 선
뜻 믿지는 않으리라. 필사적으로 설명을 해서 믿게 한다 한들 어
쩌다 그렇게 됐느냐고 물어보기라도 하면, 이상적인 여성상을 만
들어 히죽거리며 쳐다보다 이렇게 됐다고 대답할 수는 없는 노릇
아닌가. 아무리 생각해 봐도 이미지에 치명적인 대미지를 입게
될 것이 뻔했다.

"그래, 이 몸의 이름을 물었지. 이름은 미라다. 아직 초심자니
모르는 것이 당연하지."

그래서 입에 올린 이름은 덤블프가 아니라 자신의 본명을 적당
히 변환시킨(일본어로 카가미는 거울(mirror)) 익명이었다.

말하며 손을 턱으로 가져다 댔지만 덤블프일 때는 있었던 턱수
염이 없어 허전함만이 느껴졌다. 소녀 미라는 앞날이 막막한 끼
름이었다

3

알카이트 왕국 국경 부근에 펼쳐진 밀레테 숲. 그 사이에 펼쳐진 초원에서는 엄청난 수의 고블린 시체가 기사들이 지핀 불 속으로 내동댕이쳐지고 있었다. 하늘로 퍼져나간 연기는 거무튀튀하여 하늘로 오르고 있음에도 불구하고 마치 지옥에서 꿈틀대는 장기(瘴氣)처럼 보였다.

"미라 공이라, 기억해두지. 그나저나 소환술사란 이 정도의 실력자였단 말인가."

"이 정도쯤은 아무것도 아니지."

뒤처리를 완전히 부하들에게 맡긴 술장기사단의 대장, 그라이어와 그 시체들을 양산해놓고는 마찬가지로 남들에게 몽땅 맡겨둔 전직 현자 미라. 두 사람은 분주하게 일하는 기사단의 면면들을 곁눈질하며 말을 이었다.

"아무리 고블린이라지만 저만한 집단을 일방적으로 유린할 만한 술법을 그 나이에 습득한 것을 보면, 꽤나 좋은 스승을 둔 것일 테지?"

그라이어는 그렇게 말하며 미라의 옆에서 대기 중인 다크나이트가 손에 든 검을 응시했다.

"흠, 뭐 대충 그런 셈이지."

스승 같은 것은 없었지만 그런 것으로 해두기로 하지. 변명을 생각하는 것이 귀찮아진 미라는 자신만만한 표정으로 곧장 긍정했다. 그러던 참에 기사 중 한 명이 그라이어에게 달려왔다.

"보고 드립니다. 도주한 마물은 아직 발견하지 못했습니다. 추격대가 일시 귀환했습니다. 수색대는 아직 수색을 계속하고 있습니다.”

“그러냐. 본 적이 없는 개체라 신경은 쓰이지만 뭐, 별수 없지. 수색은 계속하기로 하되 일단은 복귀할까.”

보고를 받은 그라이어는 전령을 불러 명령을 하달했다. 보고를 하러 온 기사는 머뭇거리며 다크나이트를 관찰했다.

“신경 쓰이냐? 그건 소환술로 소환한 무구정령인 다크나이트다.”

그라이어는 마치 자기 자랑을 하듯 자신만만하게 그렇게 말했다.

“소환술 말입니까? 그것 참 희한하군요. 무구정령이라는 건 이야기로만 들어봤습니다만…… 이 정도로 위압감이 있을 줄은 몰랐습니다.”

“음, 나도 놀랐다.”

두 사람이 그런 대화를 나누는 가운데, 미라는 그 대화에서 언급된 어떠한 점에 주목했다.

그것은 소환술을 두고 희한하다고 한 점이다. 확실히 인원수로 말하자면 적은 부류에 속한다. 참고로 가장 많은 것은 성술사(聖術士)다. 회복과 보조 술법을 다루는 클래스로 파티에서 빼놓을 수 없기에 플레이어들 사이에서 인기가 많다. 그렇다고 소환술이 희한하다고 할 정도로 보기 드문 것은 아니었을 터다.

게임이었을 때는 술사 계열 클래스를 선택한 시점에서도 최소한의 스킬은 사용할 수 있었다.

그리고 소환술사의 초기 스킬은 ‘계약의 각인’이라는 것이다.

이는 쓰러뜨린 정령에게 사용함으로써 자신의 소환정령으로 사역할 수 있게 되는 것으로 아무런 공격력도 없는 스킬이었다. 그리고 그것이야말로 소환술사가 상급자 클래스라 불리는 까닭이자 후발 주자들의 앞을 가로막는 벽이었다.

무구정령을 그냥 쓰러뜨리기만 하는 것은 어려운 일이 아니다. 지인에게 부탁하거나 용병이라도 고용하면 그만이다. 하지만 소환정령으로 삼기 위해서는 소환술사 본인이 혼자서 무구정령의 생명력을 전부 깎아내야만 한다는 제약이 있었다.

물론 미라. 아니, 덤블프도 같은 길을 걸었다. 대량의 약과 대량의 폭탄계 아이템을 사들여 '유베라디우스 고전장'에서 무구정령과 두 시간 동안 치고받은 끝에 겨우겨우 계약을 했던 것이다. 그것이 다크나이트였고 편리하기도 하거니와 처음으로 얻은 소환정령인 탓에 애착이 가서 오랜 시간을 함께하는 파트너가 되었다.

하지만 이것은 누구나 할 수 있는 일이 아니다. 게시판에서 기초지식을 익힌 자들은 난이도가 높다는 이유로 소환술사를 기피하는 경향이 있었다.

하지만 그렇다고 소환술사가 아주 없지는 않았다. 오히려 덤블프를 동경해 소환술사 캐릭터를 다시 만들거나 게시판에서 무용담을 보고 소환술사를 선택하는 플레이어도 적지 않았던 것이다.

하지만 기사단에 속한 두 사람의 대화는 소환술사의 비인기 문제가 다시 불거지기라도 한 것이 아닐까 하고 덜컥 불안해지는 내용을 담고 있었다. 더군다나 30년이나 경과했으니 아주 있을 수 없는 일은 아니었다.

30년. 결코 짧지 않은 시간이다. 그사이 대체 얼마나 많은 일들이 있었을까.

"잠깐, 좀 가르쳐줬으면 하는 게 있다만."

조금이라도 정보를 얻고 싶다는 생각에 미라는 기사단의 복귀 준비가 끝날 때까지 그라이어에게 몇 가지 질문을 던져보았다.


"그럼, 조심해서 돌아가도록."

"그건 이쪽이 할 말인데, 라고 하고 싶지만 미라 공쪽이 실력은 위니. 뭐라 할 말이 없군."

그라이어는 그렇게 말하고서 큰소리로 웃더니 오른손을 내밀었다.

"이번에는 덕분에 임무 수행이 수월했다. 기회가 된다면 그 실력으로 내 부하놈들을 단련시키는 데 부디 도움을 줬으면 하는데."

"흠, 그럼 시간이 나면 찾아가도록 하지."

미라는 농담 반 진담 반으로 그라이어의 손을 마주 잡고는 빙긋 웃었다.

"그래, 기대하지."

그렇게 말한 뒤, 그라이어 일행은 거점으로 복귀하기 시작했다. 도중에 기사단들의 비장함으로 가득한 목소리가 울려 퍼졌다.


고블린의 시체를 불태운 흔적만 남은 초원 한복판에서 미라는 자신이 얻은 정보를 정리했다.

그라이어는 질문 하나하나에 친절하고 정중하게 대답해주었다. 그렇게 얻어낸 정보는 주로 알카이드 왕국의 현황에 대한 것이었다.

국방의 요체인 아홉 현자가 맡은 엘더 중 여덟 명이 부재 상태라 대리인이 각 탑을 맡고 있다는 것. 요컨대 30년 전에 모습을 감춘 것은 덤블프뿐이 아니라는 사실이다.

덤블프가 실종된 지로부터 1년도 되지 않아 모든 엘더가 은의 연탑에서 사라졌다는 것이다. 하시만 다행스럽게도 그중 한 명인 마스터 위저드, '천재(天災)의 루미나리아'가 실종된 지 10년 만에 느닷없이 귀환했다고 한다.

엘더가 실종되었다는 사실은 나라의 상층부가 비밀에 부쳐왔지만 루미나리아의 진언에 따라 엘더 소실 사건이라는 이름으로 공식 발표가 이루어졌다. 지금도 엘더들의 보좌관과 탑의 연구원 중에서도 특출하게 유능했던 자가 엘더 대행을 맡고는 있지만 아무래도 전임과의 격차가 너무도 큰 탓에 그 책무를 고스란히 짊어지기에는 한계가 있었다고 한다.

엘더 루미나리아. 미라에게는 매우 친숙한 이름이다.

정식 서비스 개시 당시부터 같은 술식계 클래스로서 절차탁마했던 절친한 친구 중 한 명이다.

장미처럼 선명한 진홍빛 롱헤어에 강한 의지가 느껴지는 이목구비, 모델 같은 장신과 풍만한 가슴 등, 모든 이들의 주목을 모을 정도로 보기 좋은 외모를 하고 있었다. 남자의 망상을 구현화

한 존재, 그것이 미라가 아는 루미나리아였다. 그리고 안에 든 사람은 남자였던 탓에 남자끼리 허물없이 음담패설을 할 수 있었는데, 이야기를 하다보면 그 모습에서 위화감을 거둘 수 없었던 것이 기억에 새로웠다.

30년 전에 모습을 감췄다는 정황은 덤블프와 같았다. 요컨대 플레이어인 루미나리아가 플레이어인 덤블프와 같은 시기에 모습을 감췄지만 다시금 모습을 드러냈다.

시기는 다르지만 덤블프도 모습을 감춘 뒤 다시 나타났다고 말할 수 있었다. 겉모습은 변하고 말았지만.

미라의 머릿속에서 다음 목적지가 결정되었다. 자신과 같은 처지인 루미나리아는 미라가 아는 인물이자 플레이어일 가능성이 높기 때문이다. 이야기를 해보면 현재 상황에 관해 뭔가를 알 수 있을지도 모른다.

목적지는 알카이트 왕국 천마도시 '실버호른'.

대륙의 모든 술법이 모이는 땅이다.


초원에서 숲길로 들어서 실버호른을 향해 걷다보니 나뭇가지 틈새로 보이는 푸른 하늘에 붉은색이 섞이기 시작했다. 허공에 띄운 메뉴를 통해 현재 시각을 확인해보니 오후 5시가 지난 참이었다.

기억에 의하면 초원에서 실버호른까지는 걸어서 한 시간 정도의 거리였지만 아직 절반도 가지 못했다. 그것은 단순히 미라가 계속 샛길로 빠졌기 때문이다. 꽃에서 꿀을 빠는 나비를 흥미진진하게 지긋이 관찰하거나 땅을 헤집자 기어 나온 지렁이를 보고 경직된 표정을 짓는 등. 게임에서는 맛볼 수 없었던 현실감이 호기심을 자극한 탓이었다.

미라는 메뉴를 닫으며 아이템 박스에 애플파이를 넣어두었다는 사실을 떠올렸다. 마침 출출했던 참이라 아이콘을 손가락으로 건드리자 마술이라도 부린 듯 그것이 손바닥 위에 나타났다.

미라는 눈을 가늘게 뜨고서 응시했다. 그 애플파이는 벌써 아이템 박스에 넣은 지 일주일은 된 물건이다. 현재 표기를 따르자면 30년 전에 구입한 것이었지만 쉽으로 봐서는 이상해 보이지 않았다.

조금 망설여지기는 했지만 작은 코끝을 가져가보니 달콤한 바닐라향이 콧구멍 속에 퍼짐과 동시에 배가 꼬르륵 소리를 냈다.

미라는 결심을 굳히고 입을 크게 벌려 애플파이를 베어 물었다. 동시에 바삭한 식감과 사과의 새콤달콤한 맛이 입안에 퍼져 미각을 또렷하게 자극했다.

그래서 다시금 아이템 박스를 열어 이번에는 애플오레를 끄집어냈다. 이것은 술사 계열 클래스라면 누구 할 것 없이 상비하고 있다 해도 과언이 아닌 필수 아이템으로, 마력의 근원인 마나 회복 속도를 높여주는 효과가 있는, 우유에 사과 맛을 더한 드링크였다.

은은하게 사과의 달콤한 향기가 감도는, 노란색이 섞인 하얀 액체에 입을 대보았다.

"맛있군……."

저도 모르게 감상이 흘러나왔다. 입에 댄 두 가지 식품은 식감과 맛, 목 넘김에 이르기까지 아무런 문제도 없었다. 문제는커녕 지금까지 애플파이라는 것을 먹어본 적이 없었던 미라는 이토록 맛있는 것이었는가, 하고 처음 느껴본 미각에 감동하기까지 했다. 애플오레에 이르러서는 현실에서는 본 적도 없는 물건이었지만 달콤한 맛도 그렇고 풍미도 그렇고, 미라가 좋아하는 맛이었다.

미라는 "후우" 하고 한숨을 흘리고는 고개를 들어 하늘을, 천천히 흘러가는 구름을 바라보며 온몸으로 세계를 느꼈다.

머리카락을 흔드는 바람의 감촉이며 코끝을 간질이는 풀내음과 운동량에 비례해 찾아온 적절한 피로감. 그리고 애플파이와 애플오레의 맛.

있는 그대로 전해져오는 각양각색의 현실감. 이만한 상황증거가 갖춰지고 나니 신중하게 현재 상황을 파악해보려 하면 할수록 이것은 현실이라는 생각이 강해졌다.

거기서 미라는 잠정적인 결론을 내렸다.

일단은 현실이라는 것을 전제로 행동하자는 것이다. 설령 아니었다 해도 얼마간 농담거리가 생길 뿐이다. 그렇다면 문제없다. 하지만 현실일 경우를 의식하지 않고 지낼 경우, 뭔가 돌이킬 수 없는 사태가 벌어질 지도 모른다. 죽으면 정말로 죽어버릴지도 모르고, 죽이면 두 번 다시 안 일어날지도 모른다. 위기에 빠진 사람을 내버려두면 꿈자리가 뒤숭숭한 결말이 기다리고 있을 지도 모른다.

우선은 이 세계를 사는 한 사람의 인간으로서 무언가를 알고 있을 법한 루미나리아를 빨리 만나고자 다시 시선을 숲길로 던지며 걸음을 서둘렀다.

이리하여 그것이 미라의 눈앞에 모습을 드러냈다.

잿빛 몸과 사나운 눈. 날카롭게 솟은 송곳니에서는 침이 떨어졌다. 낮은 울음소리를 내며 사냥감에게 천천히 다가가는 그 모습을 미라는 본 적이 있었다.

사벨독이라 불리는 초심자가 부딪히는 첫 번째 장애물인 몬스터다.

일대는 이 사벨독의 세력권이었다. 주위에는 아무도 없고 가녀린 소녀 혼자서 도시에서 멀리 떨어진 숲길을 걷고 있다. 이는 차라리 자살행위라 해야 할 어리석은 짓이다.

그 누구도 겉모습만으로는 미라의 실력을 꿰뚫어 보지 못하리라. 기껏해야 로브 차림을 통해 술사라는 사실까지밖에 추측해내지 못할 것이다. 하지만 술사라 해도 아직 발전도상 중인 소녀, 지나가는 모험가가 있었다면 십중팔구가 그 사이에 끼어들 상황이다.

사벨독의 눈에도 그렇게 보였으리라. 그 작은 체구만 보고 약자라 판단한 것이다.

사벨독의 몸길이는 1미터를 족히 넘었고, 어른이라도 대비를 하지 않으면 위험한 상대였다.

눈에 살기를 머금은 사냥꾼이 모처럼 만난 사냥감을 놓치지 않고자 신중하게 거리를 좁혔다.

미라는 그런 상대를 향해 오른손을 내밀었다. 그리고 지금까지와 같은 감각으로 스킬을 사용한 순간, 사벨독의 눈동자는 순식간에 공포로 물들었다. 그리고 다음 순간, 그 몸은 무언가가 충돌하기라도 한 듯 찌부러져 후방에 자리한 나무들에 붉고도 커다란 꽃을 피웠다.

게임에서 사벨독은 하급 몬스터의 상위에 위치하는 수준. 요컨대 고블린 집단보다 쉽게 상대할 수 있는 존재다. 미라가 시전한 것은 세컨드 클래스인 선술사의 초기 선술 '선술 천(天) : 충파(衝破)'였다. 충격파를 전방으로 날리는 단순한 술법이었지만 미라 정도의 술사가 행사하자 작은 목숨 정도는 가볍게 날려버리고도 남을 술법이 되었다.

"문제없는 것 같군."

소환술은 사용할 수 있었으니 실험 삼아 선술을 사용해본 것뿐이다. 그리고 그 실험은 지금까지 해왔던 게임과 같은 감각으로 스킬을 사용할 수 있다는 확신을 가져다주었다.

이렇게 자신에게 튄 불똥을 데면데면하게 털어낸 미라는 뒤도 안 돌아보고 길을 재촉했다.

4

해가 지자 하늘에는 무수한 별들이 반짝였다. 늘 게임 속에서 보던 밤하늘과 변함이 없어, 도심지에 사는 자라면 저도 모르게 탄성 섞인 한숨을 흘리고 말 법한 광경이었다.

드디어 목적한 도시, 실버호른에 도착한 미라는 "수고가 많군" 하고 문지기에게 손을 흔들어주며 문을 통과하자마자 변해버린 도시의 모습을 보고 잠시 정신이 멍해졌다.

무리도 아니었다. 도시를 둘러싼 벽은 더욱 높아졌으며, 규모 또한 미라의 기억 속에 있던 도시의 규모보다 세 배는 더 커졌으니. 중앙에 우뚝 선, 도시의 상징이라 할 수 있는 아홉 개의 탑. 통칭 '은의 연탑'만이 유일하게 이 대도시가 실버호른이라는 사실을 증명해주고 있었다.

"30년이나 지났으니 그럴 만도 하지."

미라는 자신을 납득시키는 것을 최우선시하여 그렇게 중얼거렸다.

미라는 입구에서 멀어진 탑을 향했다. 일을 마치고 돌아가는 주민으로 북적대는 대로를 한숨을 내쉬며 거닐었다.

달빛과 흔들리는 가로등이 자아낸 빛에 비친 미라의 모습은 앳된 얼굴 탓에 그 장소와 너무도 어울리지 않아 사람들의 눈길을 사로잡았다.

그리고 본인은 알아채지 못했지만 미라를 시야에 둔 자들은 밤늦게 돌아다니는 소녀가 걱정되어 말을 걸려 하거나, 그 고혹적인 아름다움에 눈길을 빼앗기는 등, 가지각색의 반응을 보이고 있었다.

그도 그럴 만하리라. 미라의 외모는 이상적인 여성상이라는 명목으로 만들어낸 만큼 숨이 멎을 정도로 빼어났다. 물론 창작자 본인과 같거나 그와 비슷한 성질을 지닌 자들의 감상에 불과했지만.

분명 일부 사람들은 용케 넋을 잃지 않고 버텨냈다며 낮에 헤어진 기사들을 칭찬하리라.


대로 끝에 도달하자 4미터 정도 되는 높이의 벽과 커다란 문이 앞을 가로막았다. 그 안쪽에는 달빛에 비춰 당당히 떠오른 은의 연탑의 모습이 있었다. 올려다보면 목이 아파올 것만 같은 높이였다.

은의 연탑 부지 내에 들어가기 위해서는 이 커다란 문을 통과해야만 한다. 하지만 이 문에는 외부인의 출입을 금지하기 위한 특수한 인증술이 걸려 있었다.

들어가려면 은의 연탑의 관리국에서 발행하는, 횟수 제한이 있는 통행증이나 탑의 연구자임을 증명하는 은열쇠――실버키, 혹은 탑의 최고위 엘더라는 사실을 증명하는 아홉 개의 지팡이가 새겨진 탑열쇠――마스터키가 필요하다.

이 문이 있기에 보초 같은 것은 필요가 없어, 탑 앞에도 사람이 거의 보이지 않았다.

뭐, 엘더인 미라에게는 아무런 장해물도 되지…… 않아야 했다.

하지만 평소처럼 문 앞으로 나아가던 미라는 금세 이변을 알아챘다.

지금까지는 다가가기만 해도 자동문처럼 열렸던 문이 지금은 아무런 반응도 하지 않는 것이다. 전과 같은 감각으로 통과하려 했던 미라는 문에 부딪힐 뻔하는 바람에 허둥지둥 뒷걸음을 쳤다.

"어찌된 일이지?"

미라는 문을 올려다보며 그 앞을 어슬렁거리다가 펄쩍 뛰어보기도 하고 멀리 갔다 다가가기를 반복했다. 하지만 문은 광대를 보고도 웃지 않는, 귀여운 구석이라고는 하나도 없는 어린애처럼 굳게 입을 닫은 채 미라를 내려다보았다.

"이상하군그래."

다시금 중얼거린 미라는 문에 관한 기억을 더듬어보았다. 통행증, 실버키, 그리고 마스터키. 소환술의 탑의 엘더인 자신이 가진 것은 당연히 마스터키다. 그 사실을 떠올리고는 아이템 박스를 열어 특별한 아이템이 담긴 칸을 표시했다.

몇몇 아이템 아이콘 중에 마스터키가 있다는 사실을 확인한 미라는 그것을 끄집어내 보았다. 열쇠라 한들 꽂아 돌리는 타입이 아니라 카드의 모양새를 하고 있었다. 은색 바탕의 카드에는 아홉 개의 탑이 새겨져 있었으며 그중 하나가 은빛으로 빛나고 있었다. 이 빛나고 있는 탑이 어느 탑의 마스터키인지를 표시해주고 있었다.

열쇠에 문제는 없어 보였다. 그렇다면 어떻게 된 일일까 싶어 미라가 손가락 끝으로 지분거리며 손에 턱을 괴고 있던 참에 아무런 맥락도 없이 갑자기 문이 열렸다.

"이건…… 호호오, 과연."

마스터키를 아이템 박스에 넣자 문이 닫혔다. 다시 끄집어내자 열렸다. 지금까지는 아이템 박스에 넣고 있어도 유효했지만 아무래도 꺼내지 않으면 인식이 되지 않는 모양이었다. 미라는 그 점을 알아채고는 몇 번인가 그 일을 반복하며 변덕이라도 부리듯 문을 가지고 놀았다.

다소 생각했던 것과 달라 당황했지만 원리를 알았으니 문제는 없었다. 문을 통과한 미라는 손에 들고 있던 마스터키를 아이템 박스에 던져 넣었다.

부지 내에는 잔디밭이 펼쳐져 있었고 때때로 보이는 연구원들이 탑을 들락거리며 분주히 돌아다니고 있었다. 시간은 종업 시각을 지난 지 오래였지만 탑의 연구원들은 아랑곳하지 않는 눈치였다.

미라는 자신이 알던 시절로부터 30년이나 지났으니 어떻게 되지는 않았을까 하고 불안했었다. 하지만 이곳은 전혀 변하지 않아, 술사란 존재는 어느 시대가 되었건 맹목적이라는 생각에 한편으로는 어이가 없고 또 한편으로는 안도감이 들어 가슴을 쓸어내렸다.

넓은 부지에 원을 그리듯 배치된 장대한 아홉 개의 탑은 정면에서 봤을 때 시계 방향으로 '마술의 탑', '성술의 탑', '음양술의 탑', '퇴마술의 탑', '그림술의 탑', '사령술의 탑', '선술의 탑', '강령술의 탑', '무형술의 탑' 순서로 늘어서 있다.

그라이어가 말한 루미나리아는 마술의 극에 달한 엘더다. 따라서 만약 자리에 있다면 현자의 방이라 불리는 마술의 탑 최상층에 있으리라.

미라는 정면에 자리한 탑을 향해 걸음을 뗐다. 도중에 몇몇 술사가 미라의 모습을 보고는 어라, 하고 고개를 갸웃했다.

탑의 문을 통과하는 데는 열쇠가 필요하지 않아 미라는 그대로 안에 들어갔다.

내부는 완전히 천장이 뻥 뚫려 있어 개방감이 느껴지는 이 탑은 도너츠 형태의 시설을 위로위로 쌓아올린 결과 이러한 형태가 되었다. 그리고 나선 모든 층을 연결하는 나선 계단이 위까지 이어져 있었다.

사람이 늘어날 때마다 증축을 거듭하다 정신을 차려보니 30층에 다다랐다. 아무리 그래도 이 정도 높이를 계단만으로 오르는 건 시간이 너무 오래 걸린다는 이유로 무형술을 응용해 탑의 중심에 엘리베이터를 만들었다.

무형술(無形術)은 습득 방법에 일관성이 없는 데다 특수한 효과를 가진 것이 많다. 플레이어가 고안하기에 따라 불빛이나 동력 등, 온갖 방면에 응용할 수 있는 부류의 술법이다. 탑의 엘리베이터도 플레이어가 머리를 맞대고 지혜를 쥐어짜낸 결과물이었다.

그렇다, 이 탑은 플레이어들이 세운 것이었다.

그 역사는 실로 서비스를 개시한 지 얼마 되지 않았을 무렵. 술법의 습득 방법이 확립되지 않았던 시절부터 시작되었다.

모든 플레이어는 게임 개시 시, 세 개의 나라 중 하나를 선택해 시작하게 된다. 그 나라는 초기 삼국이라 불렸지만 일정한 랭크에 달하면 나라에서 나가야만 한다는 제약이 있었다. 하지만 나라에 소속되지 않은 플레이어에게는 여러 가지 제약이 발생하며 나라의 은혜도 받을 수 없게 된다.

우선 사망에 따른 아이템 박스 내의 모든 아이템 소실이라는 극악의 전투 불능 페널티가 발생한다. 게다가 극심한 쇠약 상태에 빠져 하루 종일 정상적으로 전투를 치를 수 없으며 국경을 넘을 때도 적지 않은 통행료를 물어야 한다.

나라에 소속되어 있으면 아이템도 소실되지 않고 쇠약 상태도 자국에서 휴식을 취하면 몇 분 만에 회복, 통행료는 짐삯 정도. 그리고 자국의 시설을 무료로 사용할 수 있는 등, 혜택은 충실했다.

하지만 물론 좋기만 한 것은 아니라 국민세라는 것이 발생하기도 했지만, 그렇다 해도 소속국 혜택은 매력적이었다. 그럼에도 불구하고 강제적으로 나라에서 추방되는 그 피도 눈물도 없는 설정에 처음에는 다들 온갖 반응을 보였지만 서서히 아크 어스 온라인이니 별수 없지, 라는 분위기로 바뀌어갔다.

하지만 그런 밑도 끝도 없는 설정을 상식으로 받아들인 참에 최초의 건국자가 나타났다. 이로 인해 초기 삼국에서 나온 뒤에도 나라에 소속국 혜택을 받을 수 있게 되었다. 그리고 건국 러시 시대를 맞음과 동시에 영토를 둘러싼 전쟁이 빈번히 발발하게 되었다.

군주가 된 플레이어는 용병으로 활약하는 플레이어를 높은 보수로 고용했고 국민으로서 나라에 소속된 플레이어 역시 전쟁에 참가했다.

나름대로 게임을 열심히 한 플레이어라면 혼자서도 NPC 병사 열 명 몫 정도의 활약은 할 수 있는 실력을 지니게 된다.

대국이 되면 국민 플레이어도 늘기 마련. 거기에 거금을 들여 상위 플레이어를 잔뜩 포섭하면 쉽게 전쟁을 이길 수 있었다. 그런 상황이 온 대륙에 만연하여 서서히 문제시되기 시작했다.

그리고 대국과 소국의 차가 커지자 건국한 직후의 소국에 쳐들어가 속국으로 삼는 등의 사태가 발생하여 신규 플레이어는 얼씬도 못할 세계가 되기 시작했다.

그런 무질서한 세계에서 군주를 맡은 플레이어들이 한곳에 모여 한 가지 조약을 체결했다.

'국력 랭크제'.

그리 불린 국가간 조약은 나라의 영토와 경제력, 군사력 등을 다섯 단계로 분류해 그에 따라 전쟁에 참가할 수 있는 플레이어의 수를 제한하는 것이었다.

이 조약의 가장 큰 특징은 전쟁 시 최대 플레이어 참가 인원수는 랭크가 낮은 나라를 기준으로 하며 참전할 수 있는 플레이어는 랜덤으로 선출된다는 것이었다.

이에는 국민 정원과 용병 정원이라는 것이 있어 최대 참가 인원수의 7할은 국민이어야만 한다는 제한이 있었다.

이로 인해 플레이어들 간의 전력은 어느 정도 균등해졌고 NPC 병사의 존재가치가 올라감과 동시에 플레이어 개인의 실력차가 전황을 크게 좌우하는 상황이 만들어졌다.

하지만 문제도 있었다. 당시 술사를 선택한 플레이어는 처음에 습득한 술법밖에 사용할 수가 없어 파티를 맺어도 초반이라면 모를까 초보 딱지를 뗄 무렵에는 걸리적거리는 존재밖에 되지 않았다.

술사는 버린 클래스라는 이미지와 이 조약으로 인해 대부분의 술사는 완전히 설 자리를 잃고 말았다. 귀중한 국민 정원에 NPC 병사 다섯 명 몫도 못하는 술사 플레이어가 선출돼서는 이길 수 있는 전쟁도 못 이기게 되기 때문이다.

이렇게 술사 플레이어의 박해가 수면 아래서 이루어졌다.

대륙 남동쪽에 자리한 알카이트 왕국은 그런 전란 속에서 세워진 소국이었다. 조약에는 건국으로부터 4개월 이내의 나라를 상대로 전쟁을 선포하는 것을 금지한다는 항목도 있었기에 곧장 전쟁에 휘말릴 일은 없었다. 하지만 주변에는 대국까지는 아니었지만 다수의 중소국가들이 존재하여 이대로 가면 절호의 먹잇감이 될 것이 뻔했다.

하지만 나라의 명운은 거기서 끝나지 않았다. 알카이트 왕국 국왕, 솔로몬과 덤블프는 오픈 베타부터 친구 사이였기 때문이다.

술사의 지위가 미묘했던 시기임에도 덤블프를 자국으로 초대한 것이 바로 솔로몬이었다.

그러자 술사를 받아들여주는 나라가 있다는 소문을 어디선가 들은 술사 플레이어들이 국민권을 얻기 위해 차례로 알카이트 왕국으로 몰려들었다.

솔로몬이라는 플레이어는 계속 덤블프를 보아왔기에 술사 플레이어의 괴로움도 알고 있었고, 거기에서 비롯된 향상심도 잘 알고 있었다.

그래서인지 솔로몬이 모여든 모든 술사들을 받아들이자 어떠한 재미있는 현상이 일어나기 시작했다.

그것은 동료 의식을 지닌 술사간의 정보 교환이었다. 술법의 습득 방법은 매우 알아내기가 힘들어 아무도 모르는 술법을 발견해내면 그 플레이어는 절대적인 우위성을 확보할 수 있었다. 정보가 고가에 팔리는 시대였다.

하지만 이곳에 모여든 동료들은 그 술법 습득방법이며 효과를 서로에게 알려준 것이다.

솔로몬 본인은 전쟁에 이기는 것을 포기하고 있었지만, 국민들은 포기하지 않았다. 술사들은 나라에서 쫓겨난 자신들을 받아들여준 알카이트 왕국에 도움이 되고자 자신의 우위성을 내버리고 개개인이 아닌 전체가 되어 강해지기 위해 힘을 합쳤다.

솔로몬은 거기서 승산을 발견했다.

영토의 일부를 술법 연구를 위해 빌려주자 모여든 술사들은 그곳에 술법 종류별로 아홉 개의 시설을 건설했다. 이것이 훗날 은의 연탑의 원형이 되었다. 소국인 알카이트 왕국에 대국의 침공조차도 막아내는 최고의 전력이 될 집단이 탄생한 순간이었다.


이 세계에서는 벌써 30년도 더 된 일이다. 감회에 젖어 있던 미라는 그대로 엘리베이터에 올라타 최상층인 현자의 방으로 향했다.

이 엘리베이터라는 것은 현실의 엘리베이터와는 달리 투명한 튜브 안을 마법진이 그려진 얇은 원형 석판이 오르내리는 것이었다. 층별로 엘리베이터까지 통로가 뻗어 있어 올려다보면 꼭 똑바로 세운 생선뼈처럼 보인다 하여 피시 본(fish bone)식 엘리베이터라 불리게 된 것 또한 30년도 더 된 일이었다.

## 5

마술의 탑 최상층, 현자의 방이라 불리는 그 층은 엘더의 개인실과 연구실, 집무실, 그리고 보좌관실로 나뉘어 있다.

미라는 엘리베이터 앞뒤를 가로막았던 투명한 필터가 위아래로 열리기를 기다려 정면 쪽으로 내렸다. 반투명한 튜브 통로를 건너 원형 복도로 나와 바로 앞에 있는 것이 연구실이다.

"이봐, 루미나리아. 없나~. 대답해라~!"

미라는 작은 주먹으로 문을 연타했다. 그러자 탑 복도에는 소녀의 방울 같은 목소리와 한계를 넘어 박살날 듯한 문의 비명소리가 울려 퍼졌다.

루미나리아라는 인물은 엘더가 됐을 때부터 로그인 중에는 연구실에 틀어박혀 있는 일이 많았다. 요컨대 가장 있을 확률이 높은 것은 이곳이었다.

그렇기에 미라는 곧장 연구실 문을 두드린 것인데, 평소처럼 "작작 좀 두드려, 작작 좀!" 하고 루미나리아가 문을 열고 나와 자신을 걷어찬다는 한 편의 콩트 같은 반응이 없기에 주먹을 멈추고 귀를 기울여보았다.

"없나~?"

가끔씩 자리를 비울 때는 대부분 주변 숲에서 가까이 있기 꺼림칙한 실험을 하고는 했다.

'분위기 파악 못 하는 녀석 같으니.'

미라는 마음속으로 혼잣말을 하고는 턱에 손을 가져다댄 채 어떻게 할까 생각에 잠겼다.


"누구신가요?"

미라가 문 앞을 우왕좌왕하며 탑의 주인이 돌아올 때까지 여기서 기다릴까 고민하기 시작한 참에 문득 후방에서 차분한 여성의 목소리가 들려왔다. 귀에 익은 목소리였다.

뒤를 돌아보니 척 봐도 비서 같은 차림새를 한, 안경이 어울리는 금발 세미롱헤어의 미녀가 의아하다는 표정과 푸른 눈동자로 미라를 쳐다보고 있었다.

"오오, 오랜만이구나, 리탈리아. 루미나리아가 어디 갔는지 아느냐?"

미라가 리탈리아라 부른 미녀는 엘더 직속 보좌관이었다.

엘더가 된 자에게는 그 연구와 잡무를 보좌하기 위한 NPC가 나라에서 파견된다. 요컨대 리탈리아는 루미나리아 직속 보좌관인 셈이다.

그리고 그녀는 엘프라는 종족이기도 했다. 장명종(長命種)으로 매우 긴 기간에 걸쳐 그 아름다움을 유지하기에 종종 선망의 눈빛을 받기도 하는 종족이었다.

하지만 아크 어스 온라인에서 플레이어는 인간 이외의 종족을 선택할 수가 없기에 NPC 전용이었다. 그 밖에도 드워프며 난장이, 세이렌, 늑대인간에 거인과 같은 유명한 종족과 고양이 귀와 꼬리를 제외하면 인간과 거의 같은 메오우족, 강인한 육체를 지닌 갈리디아족 등, 다양한 종족이 NPC로 존재했다.

"당신은 누구신가요? 이 층에 올라오는 방법은 엘리베이터밖에 없고, 최상층으로 오는 방법은 일부 사람밖에 모를 텐데요."

팽팽한 긴장감이 감돌더니 리탈리아의 눈동자가 짙은 경계의 빛을 띠기 시작했다.

"글쎄 이 몸은…… 아차, 그러했지……."

미라는 현재, 과거의 장엄한 모습이 아닌 소녀의 모습이었다는 사실을 떠올렸다. 누구인지를 묻는다는 것은 리탈리아 역시 '조사'를 하지 못한다는 뜻이다.

덤블프라는 사실을 밝힌들 믿어줄 것이라는 보장은 없다. 그 이전에 본래 자신을 알고 있었던 이들에게 그 근엄했던 덤블프가 이런 소녀의 모습이 되어 즐기는 녀석이었다는 식으로 보이는 것은 무엇보다도 견디기 힘든 일이었다.

하지만 그것은 루미나리아에 한해서는 사소한 일이기도 했다.

아닌 게 아니라 루미나리아 본인이 '그런 짓'을 누구보다도 즐기고 있으며 그런 모습을 셀 수 없을 성도로 눈앞에서 보아온 미라의 입장에서 말하자면 자신의 현재 상태는 귀여운 축에 속한다고 자신 있게 말할 수 있었다.

하지만 지금과 같은 상황은 미처 예상치 못했다.

미라는 리탈리아의 말을 듣고서야 새삼 엘리베이터 조작법을 떠올려보았다. 열성 팬이 들이닥치지 못하도록 마련된 최상층에 가기 위해 필요한 특수한 수순들을.

물론 엘더인 미라도 알고 있었다. 그래서 여기까지 온 것이었으나 그것은 리탈리아의 입장에서는 눈앞에 있는 소녀가 어떻게 이 층까지 올 수 있었던 것일까 하고 의아해할 이유가 되기도 하리라.

자신의 정체를 밝히지 않은 채 현자의 방을 견학하러 온, 지나가던 소환술사라고 둘러대 봐야 통하지 않으리라.


'그렇다면.'

미라는 턱을 손가락으로 쓸며 지혜를 쥐어짜냈다. 절대로 자신의 정체를 들키지 않은 채 엘리베이터의 특수 장치를 알고 있어 이 자리에 있는 것을 정당화 할 수 있으며 앞으로도 그럭저럭 자유롭게 출입할 수 있을 법한, 상황에 들어맞는 변명이 없을지를 생각했다.

그러다 문득 한 가지 묘안이 떠올랐다.

"그대, 덤블프를 아는가?"

미라는 그렇게 말을 꺼내고는 자신만만한 표정으로 리탈리아를 올려다보았다.

"당연히 알지요. 소환술의 탑의 엘더 님이신데!"

그렇게 즉답한 리탈리아의 목소리는 다소 들떠 있었다.

"그래, 그렇지. 이 몸은 말이지, 그 덤블프의 제자다. 스승에게서 루미나리아…… 님에게 몇 가지 전언을 부탁받아서 말이지. 그것을 전하러 온 참이다."

미라는 표정 하나 바꾸지 않고 새빨간 거짓말을 늘어놓으면서도 속으로는 가슴을 졸이며 리탈리아의 반응을 살폈다.

"덤블프 님의……?! 그렇다면 확실히……. 아니, 하지만 덤블프 님에게 당신 같은 제자분이 있다는 이야기는 들어본 적이 없어요."

이름을 댄 순간, 리탈리아는 동요한 기색이 역력한 표정을 보였다. 30년 전, 행방불명된 듯한 인물의 제자가 나타났으니 당연하다면 당연한 일이었다.

"그럴 만도 하지. 30년 전에 모습을 감춘 뒤에 제자가 된 것이니."

"모습을 감춘 뒤에?! 그러면, 덤블프 님은 이 나라에 돌아오신 건가요?!"

물어뜯기라도 할 듯한 기세로 미라에게 다가와 눈을 빛내는 리탈리아. 그 기세에 미라의 표정이 다소 무너졌다.

"암, 그렇고말고. 허나 사정이 있어 지금은 움직이지 못하는 상태지. 그래서 이 몸이 대신 오게 된 게다."

"그런가요. 덤블프 님이……. 그나저나 움직이지 못하는 상태라니, 대체 어떤 상태이시기에?"

"아~…… 음, 그게."

미라는 급조한 핑계였던지라 상세한 내용을 캐물어 당황했지만, 한 가지 적당한 변명을 생각해냈다. 그것은 아직 자신이 덤블프였을 적에 자주 했던 행동이었다. 이 세계가 지금까지의 역사를 계승하고 있다면 통할지도 모른다.

"새로운 소환정령을 키우기 위해 환수의 도시에 틀어박혀 있거든."

과연 통할까 싶어 미라는 다소 불안한 투로 말했다.

"……또 새로운 소환정령을. 과연 덤블프 님이세요. 때때로 모습이 안 보이신다 싶으면 환수의 도시에서 정령의 정련을 하고 계셨죠. 그런 부분도 변함이 없으시군요. 그렇다면 움직이지 못하시는 게 당연하죠. 아아, 덤블프 님. 빨리 얼굴이 뵙고 싶어요."

대답이 궁해 내뱉은 변명이었지만 이야기를 들은 리탈리아는 납득이 간 듯 고개를 끄덕였다. 이를 통해 미라는 자신이 과거에 취했던 행동이 이 세계에 기억이라는 형태로 똑똑히 남아 있다는 확신 또한 얻을 수 있었다.

환수의 도시. 그곳은 플레이어들에게는 유명한 사냥터였다.

도시라 한들 사람이 살고 있지 않은 그곳은 고대 도시의 폐허로, 다종다양한 몬스터며 환수 등이 가득한 필드 중 하나였다. 이곳에서는 몬스터를 쓰러뜨리면 쓰러뜨릴수록 태고적부터 도시에 깃들어 있는 축복을 얻을 수가 있어서 성장 속도와 회복 속도, 적의 레어아이템 드롭률 등이 상승한다는 특성이 있었다. 출현하는 적의 폭도 넓어 고랭크 플레이어들의 단골 사냥터이기도 했다.

문제는 한번 도시에서 나가면 축복도 리셋되어 버린다는 점이다. 따라서 환수의 도시에서 사냥을 할 때는 기합을 단단히 넣고 아이템을 잔뜩 챙겨가서 틀어박혀 한계까지 사냥을 하는 것이 플레이어들 간의 상식이었다.

"아~ 그렇게 된 게다. 하여 루미나리아…… 님은?"

때는 지금이다 싶어 가벼운 황홀경에 빠져 있는 리탈리아에게 미라가 물었다.

"글쎄요. 현재, 루미나리아 님은…………. 아니아니아니…… 안 되지, 안 돼요. 확실히 덤블프 님답기는 하지만, 덤블프 님을 잘 알고 있는 자가 제자를 사칭하고 있을 뿐일 수도 있으니까요. 뭔가 증거가 될 만한 게 있으신가요?"

리탈리아는 예전에 루미나리아와 함께 나라를 떠받쳤던 덤블프를 존경하는 수준을 초월해 숭배하고 있었다. 덤블프가 살아 있음을 암시하는 듯한 말에서 광명을 얻기라도 한 듯 표정이 확 밝아졌던 그녀는 허둥지둥 표정을 수습하고는 그것이 진실인지 아닌지를 확인하는 것이 우선임을 밝혔다.

"증거라. 흐~음…… 이거면 알아보기 쉬울까?"

미라는 잠시 생각하다 증거가 될 법한, 덤블프만이 가지고 있을 만한 물건을 아이템 박스에서 끄집어냈다. 물론 그것은 아홉 개의 지팡이가 새겨진 은색 카드, 마스터키였다.

"이건…… 소환술의 탑의 마스터키군요! 그럼 역시 당시의 덤블프 님의……. 성함을 여쭈어봐도 괜찮을까요?"

마스터키가 소환술의 탑의 것이라는 사실을 확인하자마자 리탈리아의 얼굴에 미소가 번졌다.

"이 몸은 미라다. 리탈리아, 그대에 관한 이야기는 스승님께 들었다. 헌데, 루미나리아 님은 이곳에는 안 계시는 게냐?"

"네, 현재 루미나리아 님은 루나틱 레이크에 나가 계세요. 내일까지는 돌아오실 거예요."

"으~음, 그러했나. 그렇다면 별수 없지. 내일 다시 오는 수밖에."

없다는 걸 어쩌겠는가. 지금부터 루나틱 레이크로 가는 것도 귀찮다고 생각한 미라는 내일이면 돌아올 테니 그때 다시 오면 된다고 결론을 내렸다.

"그래! 벌써 밤이니 제 방에 오지 않으시겠어요? 괜찮으시다면 루미나리아 님이 돌아오실 때까지 묵으셔도 좋아요. 그러면서 가능하다면 덤블프 님에 관한 이야기 좀 들려주셔요!"

갑자기 사냥감을 노리는 고양이 같은 표정으로 다가가는 리탈리아. 반사적으로 흠칫 놀라 뒷걸음을 치다 뒤에 있던 문에 부딪힌 미라는 경직된 표정으로 시선을 피했다.

리탈리아는 덤블프에 관한 이야기가 듣고 싶은 것뿐이었지만, 미라는 되는대로 변명을 내뱉어놓은 상태였다. 어디서 들통이 날지 모를 이야기를 질질 끄는 것은 상책이 아니다.

"아니, 그 외에도 볼일이 있어서 말이지. 내일 다시 오도록 하지."

미라는 망설임 없이 그렇게 말했다. 일찌감치 철수하는 것이 지금은 최선의 선택이다.

"아아, 그럴 수가……. 오늘 밤이 아니라 지금 조금만이라도 괜찮아요. 미라 님, 30년 전에 무슨 일이 있었는지 혹시 들으셨나요? 덤블프 님께서는 지금까지 어디서 뭘 하고 계셨는지도 좀 말씀해주세요!"

"그것도 다음 기회에. 스승님께 분부 받은 용무가 우선이라서 말이다!"

매달리다시피 달라붙는 리탈리아를 떼어낸 미라는 엘리베이터로 몸을 날려 1층으로 내려갔다.

미라는 이번과 같은 여차할 때를 대비해 제법 그럴싸한 변명을 지어두기로 했다.

자신이 내뱉은 말을 약간 후회하며 위를 올려다본 미라는 투명한 튜브에 달라붙다시피 있는 리탈리아의 표변한 모습에 땅이 꺼져라 한숨을 내쉬었다.

"좀 더 지적인 인상이었는데 말이지."

미라가 알고 있는 NPC 리탈리아는 저러한 행동을 하는 성격이 아니었다. 좀 더 똑 부러지는 비서 같은 인상이었던 것이다. 30년이라는 세월 탓인지, 이쪽이 본모습인지. 미라는 쓴웃음을 지으며 턱에 손을 가져다 댄 채 지나쳐 가는 각 층을 바라보고 있었다.

10초 정도 만에 1층에 도착한 그녀는 기합을 다시 넣는 김에 "힘들 내거라~" 하고, 스쳐 지나가는 연구원들에게 응원의 한마디를 던졌다.

미라고시는 덤블프였던 시절의 버릇 같은 것이었지만, 스쳐 지나가던 소녀에게서 갑작스럽게 성원을 받은 연구원들 중, 누구인지는 모르겠지만 오늘은 밤을 새도 좋으니 분발하자며 기합을 넣은 연구원이 몇 명 있었다는 사실을 미라는 알지 못하리라.

마술의 탑을 나선 미라는 그대로 소환술의 탑에 들어갔다. 내일이면 루미나리아는 돌아올 테지만 그때까지 직접 확인해두고 싶은 것이 있었던 것이다. 리탈리아에게 다른 볼일이 있다고 한 것은 아주 거짓말도 아니었다.

그 볼일이란 거점으로 사용했던 현자의 방을 확인하는 것이다. 예전과 다름없이 사용할 수 있다면 그곳에서 하룻밤을 보낼 수도 있으리라.

소환술의 탑 안은 마술의 탑과 같은 구조로 되어 있었다. 고요한 내부에는 무형술에 의한 빛이 일렁이고 있어 낮보다도 밝았다. 미라는 눈부신 빛에 조금 눈을 찌푸리고는 나중에 광량 조절이라도 할까 생각하며 엘리베이터를 조작하여 최상층으로 향했다.

도중에 지나친 각 층은 마술의 탑과는 달리 연구원이 보이지 않아 한산했다. 그 광경에 미라는 소환술이 희한하다고 했던 기사의 말을 떠올렸다.

소환술사의 인원수가 눈에 띄게 줄었다. 그렇게 실감한 미라는 은퇴한 동료들을 배웅했을 때와 같은, 어쩐지 착잡한 심정에 사로잡혔다.

6

소환술의 탑 최상층. 마술의 탑과 같은 구조로 된 복도에는 각

각의 방 역시 같은 방식으로 배치되어 있어, 미라는 헤매지 않고 개인실 앞으로 향했다.

붉은 융단이 깔린 복도에는 다크나이트와 비슷한 검은 갑주가 장식되어 있었다. 덤블프였을 적에 참가했던 전쟁의 공적을 치하하는 의미에서 하사된 물건이었다.

이 두 개의 갑주 사이에 개인실 문이 있다. 미라는 갑주를 흘끔 쳐다보고는 눈앞에 자리한 중후한 문을 향해 손을 뻗었다.

"어이쿠, 그랬지, 그랬어."

문득 손을 멈췄다. 미라는 영 어색하다는 생각을 하며 아이템 박스에서 마스터키를 끄집어내 문 앞에 내밀었다. 그러자 문손잡이 주변에서 주인의 귀환을 기뻐하기라도 하듯 철컥, 하는 작은 소리가 나더니 잠금장치가 풀렸다.

몸이 다소 달아올라 있는 터라 차갑게 느껴지는 문손잡이를 돌려 개인실로 들어간 미라는 이유 모를 위화감을 느꼈다.

우선 방에 들어가서 신고 있던 부츠를 벗기는 했으나 현관처럼 신발장이 없었던지라 적당히 내동댕이쳤다. 게임에서는 신발을 벗는 일이 없었지만 현실감이 넘쳐나는 현재, 실내에서 신발을 신고 있자니 답답하고 불편했던 것이다.

맨발로 익숙한 구조의 실내로 나아가자 바닥의 8할을 점거하고 있는 마수왕 그링가네스스의 모피로 만든 깔개가 눈에 들어왔다. 황금색으로 빛나는 모피는 부드럽지만 매우 튼튼해, 위에서 격투기 대련을 해도 흠집 하나 안 날 정도였다. 이 진귀한 물건은 일찍이 은의 연탑의 엘더들이 다 함께 마수왕 토벌 투어라는 축제를 벌였을 때, 덤블프의 몫으로 받은 모피를 장인에게 가공해달라고 부탁했던 것이었다.

마수왕 클래스의 소재쯤 되면 최상급 장비를 만들 수 있는 고급 소재였다. 그것을 황당하게도 바닥 깔개로 만들어달라고 부탁을 하는 덤블프를 본 일류 가죽 세공 장인이 십여 차례나 "정말 괜찮겠어?"라고 물어왔을 정도로 그냥 바닥깔개로 쓰기에는 아까운 모피였다.

어떤 의미에서는 추억의 물건이라 할 수 있는 것이 복종의 뜻을 표하기라도 하듯 땅바닥에 엎드려 있었다. 그 밖의 소품도 덤블프였을 때 모았던 기억이 있는 것들뿐이었다.

하지만 놓여 있는 장소 등이 조금씩 달라져 있었다.

"이건, 마리아나가 했나."

미라는 이 위화감의 원인을 자아낸 인물이 누구인지 짚이는 바가 있었다. 그것은 소환술의 탑의 엘더, 덤블프의 직속 보좌관이다.

그도 그럴 것이, 이 개인실에 들어올 수 있는 것은 두 사람밖에 없기 때문이다. 마스터키를 지닌 엘더 본인과 그 보좌관이다. 이 방의 주인이었던 자는 30년간 자리에 없었다. 그렇다면 남는 사람은 한 사람뿐. 미라는 보좌관인 마리아나가 평소처럼 청소를 해주고 있었던 것이리라 예상했다.

미라가 아는 마리아나는 그런 인물이었던 것이다. 사냥에서 돌아와 방 안에 자리한 몇 개의 수납함 중 하나에 전리품을 적당히 집어넣어두면, 다음에 로그인 했을 때에는 아이템을 종류별로 각

수납함에 분류해주었고 방을 어지럽혀도 다음 날에는 정리를 해주었다.

덤블프는 엘더가 되고 나서 정리라는 것을 전혀 해본 적이 없었다. 러브코미디에 등장하는 소꿉친구 계열의 히로인을 방불케하는 꼼꼼하고 남을 잘 챙기는 성격의 소유자. 그것이 마리아나였다.

위화감의 원인인 소품 배치로 말하자면 마리아나가 달마다 바지런히 옮겨 왔던지라 늘 있는 일이라 할 수 있었다. 점술이니 풍수 같은 것에 집착하는 타입이라기에 내버려뒀더니 그렇게 되었다.

설마 30년 동안이나 이렇게 해왔던 건가, 하는 생각이 들어 문득 마리아나가 조금 걱정되었다.

하지만 그것도 내일 확인하도록 해야지, 하고 피로를 호소하는 몸에게 휴식을 주기 위해 기억을 더듬어 침실로 향했다. 게임으로 플레이했을 적에는 졸리면 로그아웃해서 본인의 침대에서 자면 그만이었지만 지금은 상황이 달랐다. 로그아웃을 못 하니 이곳에서 이대로 자는 수밖에 없다. 문제는 침실을 사용해본 적이 없는 탓에 어디였는지 알 수가 없는 것이다.

개인실에 있는 몇몇 방 중 하나일 것이라는 당연한 사식밖에 모르는 미디는 내키는 대로 문을 열어보았다.

첫 번째 방은 컬렉션 룸. 온 세계를 돌아다니며 모아온 진귀한 물건들이 죽 늘어서 있었다.

두 번째 방은 정련실. 덤블프가 개발한 정련기술에 관한 지식의 결정체와 소재로 가득했다.

세 번째 방은 창고. 무기와 방어구, 실험으로 만들어낸 정련품 등이 깔끔하게 정렬되어 있었다. 아이템을 적당히 방치해두는 덤블프의 성격을 아는 자가 이 방을 봤다면 무슨 짓을 해서건 마리 아나를 손에 넣고 싶어하리라.

그리고 네 번째 방은 화장실이었다. 문을 엶과 동시에 이 세계에 오고 나서 아직 볼일을 본 적이 없다는 사실을 떠올린 미라는 아랫배에서 밀려드는 익숙한 생리현상의 징조에 경직되었다.

잊었던 것은 아니다. 잊고 싶었던 것뿐이다. 조짐은 실버호른에 도착하기 전부터 잔물결처럼 밀려들고 있었다.

하지만 미라는 결코 그것을 인정하고 싶지 않았다. 왜냐하면 이러한 소녀의 몸으로 그것을 해버리면 돌이킬 수 없게 되리라는 것을 자각하고 있었기 때문이다.

하지만 참는다고 해결이 될 문제가 아니었다. 오히려 참으면 참을수록 몸에 좋지 않다. 실제로 그것을 하기 위한 모든 준비가 갖춰진 시설은, 생각하지 않으려 애써 왔던 일을 사해(死海)처럼 부상시켜 한계가 머지않았다며 충고를 해왔다.

미라가 각오를 굳히고 화장실 문을 닫자, 곧 물이 흐르는 소리가 자그마하게 울렸다.

'루미나리아가 들으면 박장대소를 하겠구나.'

그때의 표정을 떠올리며 쓴웃음을 짓던 미라는 화장실을 돌아보며 무의식적으로 자신의 배에 손을 가져다 댔다.

"뭐, 이게 정상일 테지. 누가 보아도 이 몸은 당연한 행동을 한 것뿐이야."

미라는 듣는 이도 없거늘 자기 자신을 납득시키듯 중얼거렸다.

처음이라는 가장 험한 고비를 넘긴 미라의 표정은 상쾌하리만치 맑아져 있었다.

이건 이거대로 나쁘지 않다는 비뚤어진 감정도 생겨났지만 애초에 소녀의 정신은 정력 넘치는 건강한 사람이었다. 별수 없는 일이다. 미라는 솔직히 살짝 흥분했다는 것에는 의심할 여지가 없으니 차라리 당당해지자고 마음을 바꿔 자신을 정당화했다.

그러고 나서 한껏 의기양양해진 미라는 다섯 번째 방, 욕조에서 모든 장비를 벗어던져 홀딱 벗은 상태로 입욕을 마쳤다.

'머리가 기니 시간이 걸려 못 쓰겠군.'

미라는 따뜻한 물에 몸을 담그고 나니 다소 잠기운이 달아난 것을 느끼며 알몸 상태로, 은빛으로 빛나는 머리카락의 물기를 타월로 닦았다.

몸에 적당히 타월을 두르고는 가죽제 소파에 그 아담한 엉덩이를 그대로 깔고 앉아 아이템창을 열었다. 방에서 입을만한 옷이라도 들어 있지 않을까 확인하기 위해.

목욕을 한 뒤 로브에 피와 흙먼지 등이 묻어 있는 것을 보고 만 것이다. 미라는 결벽증은 아니었지만 아무리 그래도 갓 목욕을 한 상태로, 그 로브를 빨지도 않고 입고 싶지는 않았다.

일람을 살펴보던 참에 한 가지 아이콘에서 시선이 멈췄다.

그것은 '선녀의 날개옷'이라는 아이템이었다.

이것은 선술사용 퀘스트인 '선녀 전설'을 클리어하면 퀘스트 보수로 손에 넣을 수 있는 특수 장비 아이템이다. 효과는 선술사 전용 스킬이 강화된다는 것이었지만 그래픽이 덤블프에게 너무도 어울리지 않은 탓에 창고에 처박아뒀던 물건이었다.

덤블프였을 때에는 장비의 외견에도 상당히 집착했었다. 성능보다는 위엄 넘치는 마법사 같은 풍모가 우선. 그것이 신조였던 탓에 아무리 성능이 좋아도 자신의 외모에 맞지 않으면 장비하지 않았다.

하지만 지금은 어떠할까, 미라는 생각했다. 하늘하늘한 진정 천의무봉(天衣無縫)한 옷이다. 소녀가 된 지금의 모습이라면 위화감은 없을지도 모른다는 생각이 들어 옷을 두른 자신의 모습을 상상해보았다.

쇠뿔도 단김에 빼라고, 아이템 박스에서 선녀의 날개옷을 끄집어낸 미라는 그것을 걸쳐보았다.

그 옷은 얼핏 보면 큼지막한 사이즈의 베이비돌 같은 형상을 하고 있었다. 옷자락은 미라의 장딴지 근처까지 왔고 소매는 팔뚝 중간 정도. 옅은 복숭아색을 띤, 빛을 반사하는 옷감은 비단결 같이 매끄러워 선녀의 옷이라는 이름에 걸맞은 일품이었다. 덤블프뿐만 아니라 뭇 남자 아바타가 입기에는 상당한 저항감이 드는 장비이리라.

"흠, 이거 제법 괜찮군."

밤의 어둠이 지배하고 있는 바깥과 실내를 나누는 창문은 선명하지는 않았지만 모습을 확인하는 데는 문제가 없을 정도로 빛을 반사시켰다. 미라는 그 창문을 거울삼아 맨살에 옷만 걸친 소녀의 모습을 보고는 넋이 나간 사람처럼 미소를 지었다. 그것은 다소 엉큼한 미소였지만 미라의 모습으로 그러니 엉큼하다기보다는 깜찍한 악동 같다는 표현이 더욱 어울릴 듯했다. 그만큼 천진한 미소 수준에 머무르고 있었다.

미라는 그 후, 방 안을 구석구석 조사해 당초의 목적지였던 침실을 발견했다. 그러고는 그와는 별개로 몇 벌의 로브를 창고에서 끄집어내서는 갈아입을 옷으로 소파에 아무렇게나 던져두었다. 그것들은 덤블프였던 시절에 사용했던 물건들이었다. 장식과 색감이 좋아, 위엄과 고급감이 감도는 그 로브들은 마음에 들어 특별히 아껴두었던 일품들이었다.

빨래는 어쩔까 하던 미라였으나 마리아나가 있다면 맡겨버리자는 생각에 평소처럼 아무렇게나 벗어서 방치해두기로 했다.

미라는 창가로 다가가 먼눈으로 눈 아래 밝혀진 가로등을 바라보며 자그마하게 하품을 했다. 그리고 나서 허리에 손을 얹은 채 가볍게 기지개를 켜자 눈꺼풀이 무거워지는 것이 느껴져 메뉴를 통해 시간을 확인했다.

시각은 오후 열 시가 넘었다. 평소였다면 이제 본격적으로 시동이 걸릴 시간이었지만 숲속을 계속 걸어 다닌 탓인지 그 작은 몸에는 피로감이 착실히 축적되어 있었다. 입욕에 의한 각성효과도 일시적인 것이었던 터라 미라는 작은 입을 살며시 벌려 두 번째 하품을 하고서는 두 눈을 손등으로 비볐다.

어찌되었건 미라가 이곳에 온 것은 거점이 어떻게 되었는가를 확인하기 위해서만이 아니었다. 같은 상황에 빠진 듯 보이는 플레이어 중 한 명, 루미나리아를 만나러 온 것이다. 하지만 리탈리아의 말에 의하면 그 인물은 내일이 돼야 돌아온다고 한다. 현재 상태에서 할 수 있는 일은 이제 없다고 결론을 내린 미라는 누가 잡아당기기라도 한 듯 침실로 가서 침대에 쓰러졌다. 그 포근한 반발력은 소녀의 작은 몸을 살며시 되밀어냈다. 마리아나의 손에 의해 매일 정돈되고 있는 것으로 보이는 그 침대는 주인을 애타게 기다리는 마리아나의 마음, 그 자체이기도 했다.

○

　알카이트 왕국 수도인 루나틱 레이크. 초승달 같은 형태를 한 커다란 호수에 면한 안쪽 중심 부근에 왕이 사는 알카이트 성이 있다.
　국왕인 솔로몬은 그날 업무를 마무리 짓고는 가죽제 의자 등받이에 온몸을 기대고서 처리를 마친 서류가 얹어진 책상을 지긋지긋하다는 투로 걷어찼다. 그러자 반동으로 의자의 다리에 붙어 있던 바퀴가 드르륵, 가벼운 소리를 내며 솔로몬을 창가까지 옮겨다주었다.
　무형술 조명 아래서 솔로몬은 왼팔에 낀 은색 팔찌를 손가락으로 만지며 허공을 노려보았다.
　소유자만이 볼 수 있는 공간에 비춰진 화면에는 흰색과 회색으로 구분된 문자가 늘어서 있었다.

"덤블프……."

그것은 솔로몬이 매일 확인하고 있는 화면이었다. 그리고 거기에는 덤블프라는 이름이 하얗게 표시되어 있었다.

솔로몬은 고개를 들더니 의자를 돌려 바로 뒤에 자리한 창문을 통해 어둠과 정적이 지배하고 있는 밤으로 시선을 돌렸다. 멀찍이 희미하게 보이는 산 너머에는 천마도시 실버호른이 있다. 나라의 영웅들의 도시다. 솔로몬이 뇌리에 떠오른 그 도시를 그리던 참에 조심스럽게 문을 두드리는 소리가 솔로몬의 의식을 현실로 돌려놓았다.

"들어와라."

"실례하겠습니다."

문을 열고서 인사를 올린 남자는 알카이트 왕국의 전령관 중 한 사람이었다. 실내로 한 걸음을 내디딘 그 남자는 한 장의 편지를 손에 들고 있었다.

솔로몬이 표정만으로 계속하라 재촉하자 남자 전령관은 손에 든 편지를 펼쳐 그 내용을 읽었다.

"보고 드립니다. 술장기사단의 그라이어에게서 들어온 정시 보고입니다. 국경 부근에 출현한 마물 무리를 확인. 이를 모험가 소녀의 힘을 빌려 소탕. 하지만 본 적이 없는 개체가 도주하여, 현재 수색 중. 추신, 모험가의 이름은 미라. 긴 은발을 지닌 아름다운 소녀라고 합니다."

보고를 받은 솔로몬은 전령관이 눈치 채지 못할 정도로만 눈살을 찌푸렸다. 지금까지 출현한 마물 무리는 알카이트 왕국 근방에 서식하는 마물들만으로 편성되어 있었다. 나라의 경비를 맡고 있는 기사단이 나라 주변에 서식하는 마물을 모를 리는 없으니, 본 적이 없는 개체가 있었던 것은 명백히 부자연스러운 상황이라 할 수 있었다.

"무리가 행군하던 중에 우연히 섞인 건가, 아니면……. 흠, 모르겠군."

솔로몬은 한숨을 내쉬고는 사고를 포기했다. 그리고 고개를 든 참에 여전히 보고서를 손에 들고 있는 전령관과 눈이 마주쳤다.

"아직 보고할 게 남았나."

"네."

"좋아, 말해봐라."

"실버호른의 마술의 탑 보좌관인 리탈리아로부터 마술 통신을 통한 연락이 들어왔습니다. 해당 지구에 덤블프 님의 제자를 자칭하는 미라라는 소녀가 나타났다고 합니다."

"그 녀석의 제자……라고?"

솔로몬은 팔찌가 띄운 화면으로 시선을 떨궜다. 거기에는 덤블프의 이름이 표시되어 있었다. 그리고 이 이름은 어제까지 30년 동안 회색으로 표시되어 있었던 이름이다.

흰색으로 변한 과거의 영웅이지 친구의 이름. 그리고 그 제자를 자칭했다는 소녀. 그리고 술장기사단과 함께 무리를 소탕한 모험가. 둘 다 미라라는 이름을 쓰고 있다.

"이것 참, 이런 우연이 다 있나."

조금 전까지의 사무 작업으로 인해 피폐함으로 가득했던 솔로몬의 눈빛이 강한 기쁨의 빛으로 밝아졌다.

"속히 실버호른까지 사자를 보내어 그 미라라는 소녀를 정중히 모시라고 전해라. 적절한 인물을 보내도록."

"알겠습니다. 바로 조치하겠습니다."

보고서를 접고 인사를 올리고서 방을 나서는 전령관에게서 시선을 뗀 솔로몬은 다시금 창문을 통해 먼 거리에 자리한, 탑이 있는 도시 방향을 바라보았다.

달빛을 흡수하기라도 하듯 칠흑 같기만 한 산들과는 대조적으로, 루나틱 레이크의 상징인 호수가 성 주변에서 달빛을 머금은 채 물보라처럼 빛나고 있었다.

7

이른 아침 시간, 한 대의 마차가 새벽을 알리는 새 지저귀는 소리를 요란한 말굽소리로 흩뜨리며 실버호른의 대로를 질주했다.

새벽부터 알카이트 왕국의 국장을 펄럭이며 똑바로 은의 연탑으로 향하는 그 모습을 본 주민들은 무슨 일인가 싶은 눈빛으로 그 마차를 배웅했다.

녀음 속에서 뇌를 자극하는 빛을 느낀 소녀는 수면 아래에서 일렁이던 의식을 천천히 부상시켰다.

천장 달린 침대 위에서 상체를 일으킨 미라는 흐트러진 얇은 옷 매무새를 고치며 잠에서 덜 깬 뇌의 각성을 재촉하듯 작은 입술을 벌려 공기를 깊이 들이쉬었다.

하지만 아직 채 가시지 않은 잠기운에 지는 바람에 시야를 차단하고 벌렁 드러누워 다시금 수면 아래로 잠행하기 시작했다.

그로부터 얼마 후, 의식이 흐릿해지기 시작했을 즈음. 새 지저귀는 소리조차 들리지 않는 탑 최상층에 자리한 조용한 방에 일정한 리듬으로 희미한 소리가 일정한 리듬으로 몇 번이나 울렸다.

정적을 깨는 불협화음에 반강제로 현실로 끌려나온 미라는 초점이 맞지 않는 몽롱한 눈을 뜨고 일어나 고급스럽기 그지없는 낯선 실내를 보고서 물음표를 띄웠다.

"여긴……."

엉겁결에 높은 음색의 목소리를 흘리고 나니 어제 있었던 일들이 간헐천(間歇泉)처럼 머릿속에 솟구쳤다. 동시에 현기증과도 같은 가벼운 상실감을 느낀 소녀는 "그러했지……" 하고 자신의 현재 상황을 재인식하며 중얼거렸다.

미라는 침대 위에서 작고 익숙지 않은 몸을 움직여 가장자리에 걸터앉은 채 한숨을 내쉬었다. 그러자 들쳐 올라간 옷에서 불쑥 튀어나온 소녀의 아름다운 두 다리가 눈에 들어왔다. 커튼 틈새에서 스포트라이트처럼 쏟아진 햇볕을 받아, 보다 하얘지고 보다 존재감이 커진 속살을 본 미라는 말문이 막혔다.

미라는 사춘기 소년처럼 저도 모르게 뺨을 붉힌 채 그 속살을 바라보며 감촉을 확인하려는 듯 손가락을 뻗었다. 적절한 탄력과 부드러움이 느껴지는 소녀의 피부, 그것을 만지고 있다는 또렷한 촉감. 뇌에 전해진 그 전기신호는 지금이라는 시간이 어제의 연속이라는 사실을 명확히 인식시켜 의식을 하늘 높이 각성시켜주었다.

"……그나저나, 아침부터 무슨 소리지?"

머리가 맑아지기 시작한 미라는 이상한 리듬의 소리가 잠에서 깨기 전부터 들려오고 있다는 사실을 알아채고는 귀를 기울였다.

통통통. 딱딱한 무언가를 두들기는 듯한 소리가 나더니 누군가의 목소리가 멀리서 들려왔다. 수가 여럿이라는 것을 알아챈 미라는 무슨 일이 있었나 싶어 침실을 나섰다.

잡다했던 공기 진동은 문에 다가가자 목소리도 알아들을 수 있게 된 동시에 그 의도도 명확하게 이해할 수 있을 정도로 또렷하게 형태를 이루어 미라의 귀에 전해졌다.

"미라 님, 안 계시나요. 미라 님."

"리탈리아 님, 정말 이곳에 덤블프 님의 제자님이 계시는 겁니까?"

먼저 들려온 것은 고상한 분위기를 띤 여성의 목소리와 들어본 적 없는 남자의 목소리였다.

"틀림없어요. 소환술의 탑의 마스터키를 가지고 계시기도 했고, 어젯밤에 은발 소녀가 이 탑으로 들어가는 걸 봤다는 분의 증언도 확보했어요. 그렇다면 분명 이곳에서 하룻밤을 보내셨을 거예요."

"하지만 그 후에 여관으로 가셨을 수도 있지 않은지?"

"마스터키가 있는데 굳이 여관에서 묵을 필요는 없어요. 설비도 전부 갖춰져 있으니까요. 제가 매일 청소를 했으니 부족한 건 없을 거예요."

그때 여성이라기보다는 소녀의 것이라 해야 할 목소리가 추가로 밖에서 들려왔다.

목소리의 주인공은 남자 한 명과 여자 두 명. 그중 여자의 목소리는 어디선가 들어본 적이 있었지만 명확히는 기억이 나지 않아서 얼굴을 보면 알게 되리라는 생각에 미라는 문을 열었다.

"뭐냐, 리탈리아와 마리아나가 아니냐."

다소 올려다보는 모양새로 상대를 확인한 미라는 낯익은 그 두 사람의 얼굴을 흘끔 쳐다보며 잠기운이 남은 눈을 손등으로 문질렀다. 그러다 나머지 한 사람. 한 걸음 뒤에서 직립한 채 대기 중이던 군복을 몸에 걸친 남자와 눈이 마주쳤다. 오른쪽 어깨 근처에는 알카이트 왕국의 완장을 두르고 있었다.

"그대는……?"

"미라 님! 차림새가 그게 뭐예요!"

"당신은 저쪽 보고 계세요!"

문에서 나타난 미라의 모습을 순간적으로 멍하니 쳐다본 리탈리아는 거의 알몸이나 다름없는 미라의 몸을 감싸다시피 해서 남자의 시선으로부터 보호했다. 동시에 메이드의 모습을 한 트윈테일 소녀는 사파이어처럼 반짝이는 머리카락을 나부끼며 얇은 옷에서 흘러나온 미라의 몸에서 눈을 못 떼던 군복 차림의 남자를 억지로 우향우 시켰다. 둔탁한 소리를 내며.

남자는 땅바닥에 바싹 엎드린 듯한 자세로 벽을 쳐다보게 되었다. 그 등 뒤에서는 미라가 리탈리아의 품에 안겨 방 안으로 연행되고 있었다.

"이게 대체 무슨 짓이냐?!"

문이 닫히더니 미라의 몸은 가죽제 소파에 안착했다. 강제적으로 방 안으로 끌려 들어온 이유를 알 수가 없어서 당혹스러운 표정으로 리탈리아를 올려다보며 물었다.

"그건 제가 할 말이에요. 아무리 현자의 방이라지만 손님이 오는 일도 있으니 이런 차림새로 나오시면 안 돼요!"

리탈리아는 다소 화가 난 투로 그녀의 복장 상태를 꾸짖었다. 그 말을 들은 미라는 자신이 무엇을 입고 있었더라 하고 시선을 내려다보았다. 그리고 선녀의 날개옷은 옷이라고 하기에는 무리가 있으며 속옷이라 하기에도 지나치게 비쳐 보인다는 사실을 깨달았다.

원래부터 개인실에 있을 때는 편한 복장으로 있을 때가 많았고, 지금 있는 다른 옷이라고 해봐야 자기 전에 갈아입을 옷으로 준비해둔 전투용 로브 정도밖에 없었다. 처음에 입고 있었던 현자의 로브도 결국은 전투용이었다. 지금의 차림새보다 쾌적한가 하면 분명 그렇지 않으리라. 애초에 외출할 때 입고 가고자 준비한 것이었지, 방에서 입을 생각은 눈곱만큼도 없었던 것이다.

"유감스럽게도 마땅히 입을 게 없어서 말이지."

미라는 별 수 없지 않느냐는 투로 당당히 말했다.

"여기 있어요. 하다못해 이걸로 맨살을 가려주세요. 그러지 않으면 욕정을 품은 변태가 덮쳐들지도 모르니까요."

리탈리아는 그렇게 말하더니 소파에 걸쳐져 있던 적색과 흑색으로 된 로브를 집어 미라의 머리에 뒤집어 씌웠다.

꾸물꾸물 옷에 머리를 통과시킨 미라는 그 로브의 사이즈가 전혀 맞지 않는다는 사실을 알아챘다. 옷자락은 바닥에 닿고 소매는 손가락조차 밖으로 나오지 않았던 것이다. 수습이 되기는커녕 덤블프에게 딱 맞았던 로브의 품은 미라에게는 너무 넓어서 가슴팍이 확 벌어지는 모양새가 되어 알몸 상태일 때와는 다른 요염함을 연출하고 있었다.

"헐렁헐렁한데."

"그건 덤블프 님의 옷이니 사이즈가 안 맞는 게 당연한 거예요."

메이드 소녀는 그렇게 말하며 자신의 머리를 묶었던 머리끈 하나를 풀어 로브의 품이 좁아지도록 고정시켜주었다. 가슴께를 리본처럼 장식한 붉은 머리끈은 미라를 더욱 소녀처럼 보이게 했다.

"꼴이 영 말이 아니구나……."

마음에 들었던 디자인의 로브가 머리끈 하나로 위엄이라고는 찾아볼 수 없게 되었다는 사실에 미라는 어깨를 늘어뜨렸다.

"미라 님. 당신이 덤블프 님의 제자라는 게 정말인가요?"

메이드 소녀는 미라의 옷깃을 바로잡아주며 한 줄기 희망에 매달리는 듯한 눈빛으로 가만히 그녀를 쳐다보았다.

"음, 그렇다. 마리아나, 그대 이야기도 들었다."

숨결이 느껴질 정도로 바싹 다가선 소녀. 사파이어처럼 맑은 푸른 머리와 눈동자, 미라와 그리 다르지 않은 체구. 나비 같은 모양새의 얇은 날개가 등에서 떨리고 있었다. 이 날개는 어른이 되어도 인간의 아이 같은 모습을 유지하는 요정이라는 증거로 바람이 아니라 대기 중의 마나를 타고 상공에 날아오르기 위한 것이다.

그리고 이 요정족 소녀가 바로 덤블프의 직속 보좌관인 마리아나였다.

"다행이에요. 덤블프 님……."

안도한 표정을 지은 마리아나의 눈동자가 살며시 젖어들더니, 붉어진 뺨을 식혀주려는 것인지 물방울이 연거푸 흘러내리기 시작했다.

느닷없이 울음을 터뜨린 소녀의 모습을 보고 크게 당황한 미라는 가만히 있을 수가 없어져 반쯤 무의식적으로 그녀의 뺨을 향해 손을 뻗었다. 하지만 손이 닿기 전에 마리아나가 흘린 눈물의 의미를 알아채고는 그 손을 물러 자신의 턱을 매만졌다.

갑작스레 모습을 감춘 덤블프를 생각하며 눈물을 흘리는 소녀. 그 소녀를 속이고 있다는 죄악감과도 같은 감정이 마리아나를 어루만지는 일을 주저케 한 것이다.

눈물을 본 미라는 순간적으로 말해버릴까 했다. 하다못해 마리아나에게만은 진실을 밝힐까. 하지만 그만두었다. 어떻게 설명해야 안니는 말인가. 수인인 덤블프가 이러한 모습이 되었다는 사실에 충격을 받지는 않을까. 과연 그녀는 사실을 받아들이고 지금까지처럼 대해줄까.

지금까지는 그냥 보좌관으로만 접해왔지만 자신을 걱정해 눈물을 흘리는, 확립된 자아를 지닌 인간이 된 마리아나를 어떻게 접해야 할지 미라는 아직 잘 알지 못했다.

자신을 따라주는 소녀에게 거절당하고 싶지 않다는 이기심과 걱정을 끼치고 싶지 않다는 생각이 승강이를 벌였다. 목구멍까지 올라왔던 말이 천천히 흩어져 침묵으로 변하자 미라는 이기적인 변명을 늘어놓으며 뚜껑을 닫아버렸다.

소매에 숨은 손을 한심한 심정으로 바라보던 미라는 조용히 시선을 보냈다. 리탈리아는 그에 응하듯 마리아나의 뺨을 살며시 어루만지며 "다행이네요"라고 속삭여주었다.


"죄송해요. 이제 괜찮아요."

마리아나가 마음을 진정시킨 참에 귀에 익은 리듬이 실내에 울렸다.

"저어, 리탈리아 님, 마리아나 님. 이제 됐습니까?"

잠시 후, 우물거리는 듯한 남자의 목소리가 들려왔다. 마리아나가 강제적으로 몸을 돌리게 한 군복 차림의 남자가 제정신을 차리고는 왕에게 부여받은 임무를 수행하기 위해 재기동한 것이다.

"네, 지금 가요."

리탈리아는 그렇게 답하고는 본래의 목적이었던 미라에게 시선을 던졌다. 정작 본인은 헐렁헐렁한 소매를 흔들며 소파 등받이에 몸을 기댄 채 기지개를 켜던 참이었다.

"그래, 무슨 일이냐. 저 녀석은 국군 병사로 보인다만."

"네, 어제 미라 님과 만난 뒤 솔로몬 폐하께 보고를 드렸어요. 그러자 곧장 미라 님과 만나고 싶다는 답변이 왔죠. 저 분은 수도에서 마중을 온 사자분이세요."

"호오, 솔로몬이라……."

알카이트 왕국의 솔로몬 왕. 플레이어 중 한 명이자 이 나라의 건국자. 더불어 덤블프를 자국으로 초대한 친구이기도 하다. 미라에게는 루미나리아보다도 오래 알고 지낸 친구 중 한 명이었다.

하지만 그러한 사정을 알 턱이 없는 리탈리아와 마리아나의 눈에는 솔로몬 왕을 이름으로만 부르는, 불경하게 비칠 수도 있는 미라의 대담한 태도가 한껏 발돋움질을 하고 싶어 하는 사춘기 특유의 행동 같아서 귀엽게만 보였다. 게다가 덤블프와 같은 미라의 말투는 부모 흉내를 내는 어린애를 연상케 했다. 미라로서는 알 수가 없는 사실이었지만.

"루미나리아 님도 아직 저쪽에 계시니 알현한 뒤에 만나실 수 있을 거예요."

"흠, 그러냐. 그렇다면 가보도록 할까."

솔로몬이 있다는 것은 루미나리아와 마찬가지로 플레이어일 가능성이 있음을 뜻했다. 그렇게 생각한 미라는 부름에 응하기로 하고 소파에서 일어났다.

하지만 문으로 향하려던 참에 리탈리아와 마리아나가 그녀를 제지했다.

"잠시만요, 미라 님."

"음, 이번엔 또 뭐냐?"

"로브를 입기는 했지만 그 상태로 보내드릴 수는 없어요."

리탈리아가 말한 '그 상태'라는 것은 바닥에 끌리는 옷자락과 손도 나오지 않은 소매. 요컨대 사이즈가 맞지 않는 로브를 입은 상태를 말한다.

"미라 님, 가만히 계셔요. 금방 끝낼 테니까요."

미라에게는 리탈리아의 눈이 요사스럽게 빛나는 듯 보였지만 그 손아귀로부터 달아날 새도 없이 붙잡히고 말았다. 그 후, 신이 난 듯한 리탈리아와 어디서 꺼냈는지 모를 대량의 리본을 손에 든 마리아나가 미라의 옷자락을 끌어올리고 소매를 걷었다.

미라는 얼마간 저항을 시도해보았으나 두 사람의 훌륭한 연계에 밀려 장식을 당하고 말았다.


"문제는 속옷이네요."

"네, 맞아요."

표면 정돈을 대강 마친 두 사람은 미라가 날개옷 한 장만 입고 나온 순간을 떠올리고는 로브 속을 어떻게 할까 생각했다. 그와 동시에 옷 갈아입히기 인형이 되어 있던 소녀의 등줄기에서 오한 이 무지막지한 속도로 퍼져 나갔다. 생각조차 하기 싫은 단어가 튀어나왔기 때문이다.

지금은 로브를 입어 속살을 감추고 있지만 애초에 처음에는 알몸이나 다름없다고 할 수 있는 모습이었던 것이다. 속옷을 입었던 기억은 눈곱만큼도 없었다. 요컨대 현재, 미라는 노팬티 노브라 상태인 것이다.

두 여자가 눈앞에 있는 소녀를 그러한 상태로 그냥 둘 리가 없었다.

잠시 생각에 잠겨 있던 마리아나가 무언가 떠올랐는지 "그게 있었어요. 잠시 기다려주세요"라고 말하더니 어젯밤에 미라가 정색하고 돌격했던 욕실이 있는 문을 열고 들어갔다.

그랬던 마리아나가 무언가를 손에 들고 돌아왔다. 언뜻 보기에 하얀 천으로 된 옷 같았지만 미라는 본 적이 없는 물건이었다. 그런데도 어쩐지 어디선가 본 적이 있는 것 같다는 생각이 들어 기억을 더듬어보았다.

"어머, 마침 좋은 게 있었네요. 자아, 미라 님."

리탈리아가 재촉하듯 그렇게 말하더니 두 손으로 미라를 가뿐히 들어 올렸고, 마리아나가 "실례할게요"라고 말하고 반강제로 손에 든 것을 입혔다. 그 과정에 미라의 의지가 개입할 여지는 전혀 없었다.

미라는 자신에게 입힌 그것을 보고서야 그 반바지 형태의 물건이 무엇이었는지 생각났다. 고스로리풍 옷 등에서 자주 보이는 속옷, 드로어즈라는 물건이었다.

"왜 이런 게, 이 몸…… 아니, 스승님의 방에 있었던 거지……?"

간신히 목구멍을 비집고 나온 말은 가장 먼저 떠오른 의문이었다.

속옷이라는 종류의 장식품은 분명 있었지만 과거의 덤블프에게 여성 속옷을 수집하는 취미가 없었고 그러한 것을 방에 뒀던 기억도 없었던 것이다. 속옷 중 자신이 가지고 있던 것은 강 거슬러 오르기 축제에서 모은 일곱 빛깔의 훈도시(일본 전통 남성 속옷) 정도였다.

"덤블프 님의 개인실은 욕실이 커서 기분이 좋아요."

"확실히 번듯하기는 하다만……."

"제 속옷이에요."

"그……그러냐……."

그 순간, 완전히 저항할 의지를 잃고 덜컥 고개를 늘어뜨린 미라는 완전한 옷 갈아입히기 인형이 되었다.

수많은 리본으로 장식된 로브는 옷자락이 플레어스커트처럼 접혀 있었고, 소매에는 적절하게 묶은 리본이 둘러져 있었다. 얼핏 보면 마법소녀 같은 모양새가 되었지만 리탈리아와 마리아나는 그 완성도를 보고 큰일이라도 해낸 듯 만족스럽게 고갯짓을 주고받았다. 하지만 미라의 표정은 그것과는 반비례되는 쓴웃음에 쓴웃음을 덧입힌 듯한 표정으로 굳어져 있었다.

"자, 미라 님, 가시죠."

"사자 분께서 기다리세요."

"갈아입고 싶다만."

"더 이상 기다리시게 할 수는 없어요."

"이 몸이 기다리게 한 건……."

"그건 사람새로 계신 게 잘못이죠."

"아무리 그래도 그렇지……."

이 두 사람이 뭉치면 승산은 눈곱만큼도 없다는 생각이 들어 체념한 미라는 시선을 떨군 채 마법소녀 같은 로브 차림새를 한 자신을 흘끔 쳐다보고는 "꼴이 영 말이 아니군" 하고 땅이 꺼져라 한숨을 내쉬었다.

"그럼 가죠."

리탈리아가 앞장서서 문을 열자 군복 차림의 남자가 처음에 봤을 때처럼 직립 자세로 대기하고 있었다. 약간 뺨이 붉어져 있기는 했지만.

미라가 개인실을 나서자 마리아나가 조용히 문을 닫았다. 남자는 리본투성이 로브 차림이 된 미라를 구석구석 쳐다보더니 그 변화에 놀란 반면, 조금 전에 봤던 살색이 대부분을 차지했던 미라의 모습이 뇌리에 떠올라 조금 전과 같은 감정에 사로잡혔다.

그것을 순식간에 알아챈 마리아나는 용조차도 침묵시킬 것 같은 시선으로 남자를 노려보았다. 직립해 있던 남자는 다소 기가 죽은 듯했지만 가볍게 헛기침을 하고는 오른손을 가슴에 대고서 인사를 했다. 이것은 알카이트 왕국에서 사용되는 군대식 경례였지만, 그것을 본 미라의 표정은 미묘하게 굳어져버렸다.

그도 그럴 것이 이 군대식 경례라는 것은 알카이트 왕국 건국 직후, 절망적으로 보였던 첫 전쟁에서 승리했을 때 기분이 최고조에 달한 그들이 다 같이 생각해냈던 것이었다. 말하자면 신이 난 나머지 제정신이 아니었을 때 설정한 것이었다. 미라는 전쟁 당시의 분위기와 심정상, 나란히 경례를 하는 병사들의 모습은 장관이었다는 것을 기억했지만 아무리 그래도 그것을 일대일로 받고 있자니 헛웃음밖에 안 나왔다.

"처음 뵙겠습니다. 저는 알카이트 왕국의 전차단 부단장을 맡고 있는 갈렛 아스톨이라 합니다."

"미라다."

"덤블프 님의 제자, 미라 님이시군요. 국왕 폐하의 전언을 가지고 왔습니다."

미라가 짧게 답하자 갈렛은 자세를 유지한 채 그렇게 말을 이었다.

"말씀은 전해두었어요. 미라 님은 폐하와의 회담을 흔쾌히 받아들이기로 하셨어요."

리탈리아가 시선을 맞추려 하지 않는 갈렛의 얼굴을 들여다보며 그렇게 말했다.

"오오, 정말입니까. 감사합니다. 그러면 밖에 마차를 준비해두었으니 어서 가시죠."

겉으로나마 진지한 표정을 되찾은 남자는 그렇게 말하더니 다소 달아나는 듯한 모양새로 미라를 마차 앞까지 안내했다.


"가시는 길 조심하셔요."

"미라 님, 가능하면 나중에 덤블프 님 이야기를 들려주시겠어요?"

"흐~음, 글쎄. 다음에 만났을 때 얘기하도록 하지."

"감사합니다. 기다릴게요."

"음. 그럼 이만."

미라는 두 사람에게 가볍게 손을 흔들어주어 작별인사를 하고는 마차에 오르며 다음에 만나면 덤블프에 관해 뭐라고 설명을 할지 머리를 쥐어짜기 시작했다.

8

실버호른과 수도 루나틱 레이크를 잇는 숲. 한 대의 마차가 포장된 공도를 바퀴와 편자소리를 내며 질주했다.

두 필의 말로 구성된 그 마차는 시급한 일에 사용되어 요인 전용 천리마차라 불렸다. 원래 손님을 마중하고 배웅하는 일에 사용되는 것은 아니었지만 솔로몬 왕이 그만큼 미라를 빨리 보고 싶어 한다는 뜻이리라.

그런 마차에 몸을 실은 미라는 창밖으로 흘러가는 경치를 보며 "이것 참 굉장하구나, 빠르구나" 하고 첫 마차 여행을 즐기고 있었다.

게임이었을 적에는 장거리를 이용할 때, 부유 대륙을 이용했지만 현재는 그것을 이용하기 위한 메뉴를 열 수가 없었다. 메뉴에서 사라져버린 시스템 항목에 부유대륙을 이용하기 위한 명령어가 있었기 때문이다.

하지만 명령어가 있었다 해도 이 세계에서 부유대륙을 쓸 수 있을지는 의문이었다. 자신이 처한 현재 상황처럼 보다 현실적으로 변한 것이라고 여기면 그렇게 고민할 만한 문제도 아니라 생각한 미라는 현재 상황을 즐기기로 했다.

실버호른을 나선 지 두 시간 남짓, 미라는 다소 불안한 눈치로 시선을 이리저리 굴리고 있었다. 그 원인은 어젯밤에도 직면했던 생리현상이었다.

특히 마차의 자잘한 진동이 아랫배에 보다 큰 위기감을 주고 있었다. 그 때문에 결국 참을 수가 없게 된 미라는 마부석으로 고개를 내밀었다.

"이봐, 근처에 작은집은 없나?"

"작은집, 말씀이십니까? 들어본 적이 없는데 뭔가를 파는 곳입니까? 이제 곧 실버원드니 말씀해주시면 사오겠습니다."

"아니, 가게가 아니라……. 뭐, 굳이 말하자면 꽃을 따러 가는 곳인데……."

"꽃, 말씀이십니까. 그러고 보니 숙녀분을 뵙는데 배려가 부족했군요. 알겠습니다, 조금 늦었지만 실버원드에 도착하면 들러서 사도록 하죠."

"아아, 방금 전에 한 말은 예를 든 거다! 측간 말이다, 측간."

"으음…… 죄송합니다만, 실버원드에 그런 이름의 꽃집은 없었던 것 같습니다."

"아니, 글쎄! 변소, 화장실, 뒷간 말이다! 아아…… 그냥 여기면 된다, 나무 뒤에서 해결할 테니 멈춰다오!"

"예……? 아…… 아아! 그런 뜻이었습니까!"

지금까지 함께해왔던 몸이었다면 조금 더 버틸 수 있었으리라. 아직 빈 소녀가 된 몸은 급격하게 한계를 호소하기 시작했고 미라는 그것을 본능적으로 감지했다. 이대로 가면 지리고 말리라.

마부를 맡은 군복 차림의 남자, 갈렛의 등을 초조함에 몇 번이나 쿡쿡 찔러 숲속 적당한 곳을 가리키며 정지시키도록 재촉했다.

호흡이 척척 맞는 두 필의 말이 천천히 걸음을 늦췄다. 하지만 미라는 마차가 완전히 멈추기 전에 뛰어내려 적당한 나무 뒤로 달려가 로브 자락을 걷어 올렸다. 직후, 자신의 하반신을 가린 드로어즈를 보고 움직임이 멎었다. 하지만 멎은 것은 손뿐이었다. 두 다리는 다소 안짱다리가 된 채 분주하게 발을 굴러댔다.

'어떻게 벗는 게야~!'

초조한 마음과는 달리, 자신의 의지와는 무관하게 입게 된 드로어즈가 미라를 방해했다. 당연히 미라로서는 처음 보는 속옷인데다 자신이 입은 것이 아닌 탓에 어떤 구조로 되었는지 확인을 하지 못했다. 고무줄 같은 것으로 허리에 걸쳐져 있는 것도 아니라 억지로 내리려 하면 골반에 걸린다. 미라는 잡아 찢어버릴까도 싶었지만 직전에 생각을 바꿨다. 아무리 그래도 빌린 물건을 찢을 수는 없다. 하지만 빌린 물건에 지리는 것은 더더욱 안 될 일이라는 생각에 초조함만이 가속되었다.

미라는 드로어즈의 허리 부분에 손가락을 걸친 채 옆으로 잡아당기며 벗어보고자 했으나 실패했다.

온몸에서 땀이 솟구치는 감각 속에서 그 가느다란 손가락이 걸린 부분이 눈에 들어왔다. 그리고 얼마나 당황했으면 이렇게 당연한 걸 알아채지 못했던 걸까 싶어 쓴웃음을 지었다.

허리에 달린 레이스 근처에 나비매듭으로 끈이 묶여 있었던 것이다. 냉정히 생각해보면 금방 알 수 있는 일이었지만, 익숙지 않은 몸에 처음 겪는 일들로 가득한 상황이라 뇌내 처리가 정체되고 만 듯하니 무리도 아니었다.

알고 보니 별것 아니었지만, 좌우간 임계점이 코앞까지 다가와 있었다. 서둘러 그것을 풀고서 무릎까지 벗어 주저앉음과 동시에 느껴진 만족스러운 개방감에 미라는 안도하며 가슴을 쓸어내렸다.

미라는 두 번째 행위로 인해 이제 완전히 이 몸에 적응했다고 생각했지만, 머지않아 그 생각이 착각이었음을 알아채게 되었다. 볼일을 마치고 일어나 드로어즈를 다시 입으려 한 순간, 그러고 보니 여자는 닦아야 한다는 사실이 떠올랐기 때문이다.

'어쩌면 좋을까.'

소지품에는 휴지는커녕 그것을 대신할 것도 없었다. 만약을 위해 아이템 박스도 열어보았지만 먹을 것을 제외하면 몇 가지 정련 관련 아이템과 소재 아이템 정도밖에 안 들어 있었다.

메뉴를 닫은 미라는 근처에 대용품이 될 만한 것은 없나 찾기 시작했다. 숲속, 나뭇가지 사이로 빛이 들이치고 작은 동물이 낸 소리가 바스락바스락 울렸다. 무성하게 자란 풀숲 사이에서는 형형색색의 꽃들이 고운 얼굴을 내밀고 있었다.

자연으로 가득한 숲을 대강 둘러본 미라는 큼지막한 하얀 꽃잎을 한 장 집어서 다시 주저앉아 휴지 대신 사용했다.

"미안하다, 오래 기다리게 했군."

흐뭇한 표정으로 두 필의 말을 쓰다듬던 갈렛의 등 뒤에서 미라가 다소 들뜬 목소리로 말을 붙였다.

"아닙니다, 알아채지 못해 죄송합니다."

몸을 돌린 갈렛은 진지한 표정을 짓더니 고개를 숙이며 그렇게 사죄했다.

"괜찮다, 괜찮아. 이 몸의 표현도 잘못됐던 것 같으니."

자신의 성장에 기분이 좋아진 미라의 표정은 밝았다. 갈렛은 그것을 보고 안심한 표정으로 객차의 문을 열었다.

"우선 실버윈드에서 아침을 먹도록 하죠."

"음, 그게 좋겠군."

미라가 마차에 오르자 갈렛은 두 마리 말의 마구를 확인하고서 마부석에 올라탔다.

측간 소동으로부터 약 한 시간 뒤. 마차는 실버윈드에서 멀지 않은 지점을 순조롭게 달리고 있었다. 하지만 순조로운 것은 마차뿐이었고, 미라는 지금 미처 생각지 못했던 고난에 직면해 있었다.

'뭐냐, 이건, 따끔따끔해. 지끈지끈해~!'

마차 안, 미라는 좌석 위에 널브러져 지금까지 경험해본 적이 없는 다리 사이 아랫부분을 무언가로 지지는 듯한 고통에 몸부림쳤다.

위화감을 느끼기 시작했을 때는 부위가 부위인지라 여성 특유의 무언가가 아닐까 싶었다.

하지만 서서히 심해지는 고통을 참지 못하고 드로어즈를 벗고 위화감의 근원을 확인하고서야 그 원인을 추측할 수 있었다.

'독이라도 있었던 겐가……'

도달한 답은 한 장의 꽃잎이었다. 아닌 게 아니라 미라는 그것 외의 원인이 떠오르지 않았다. 여성 특유의 증상 등일 경우에는 무엇이 원인일지 짐작조차 안 되었다.

대충 원인을 파악한 그녀는 어떻게 해결할 수 있는 게 없을까 싶어 아이템 박스를 열어 확인했다. 그리고 몇 가지 상비하고 다녔던 아이템들 중 약 하나를 끄집어냈다.

그것은 상태 이상을 회복하고 어느 정도의 부상을 치유하는 '만능연고약'이라는 치료약이었다.

미라는 약간의 저항감을 느끼며 좌석 구석에 몸을 웅크리고서는 지푸라기라도 잡는 심정으로 연고를 바르고 효과가 나타나기를 기다렸다.

예상이 들어맞았는지 머지않아 꽃잎의 독에 의한 증상은 연고의 해독 작용으로 치유되었다.

한시름 놓은 미라는 좌석에 드러누운 채 "지긋지긋하구나……" 하고 중얼거렸다.


그리고 꽃잎 소동으로부터 약 10분 뒤. 마차가 서서히 정지하더니 마부석에서 갈렛이 고개를 돌리며 말했다.

"미라 님, 실버인드에 도착했습니다. 식당으로 가시겠습니까? 아니면 제가 뭔가를 사올까요?"

미라는 잠시 생각하다가,

"모처럼 왔으니 식당으로 가도록 하지."

평소였다면 냉큼 사오라고 했을 테지만 그렇게 답했다.

애초에 지금까지는 대부분의 일을 VR로 해결할 수 있는 생활을 하고 있었다. 하늘 아래를 걷는 일이 드물 정도로, 업무는 물론이고 VR로 장을 보면 택배로 받아볼 수 있는 시대였던 것이다.

하지만 지금, 이 세계는 다르다. 숲을 걷고 사람과 마주하며 흔들리는 마차에 몸을 싣는다. 처음 느껴보는 감각이라 할 수 있는 그러한 일들은 지금까지의 생활에 비하면 압도적으로 불편했다. 하지만 미라는 지금 그 모든 것을 즐겁다고 느끼고 있었다.

지나친 편리함은 인간의 마음을 좁게 만드는 법이라고 느낀 미라는 최대한 많은 것들을 경험하고 싶다는 생각에 마차에서 푸른 하늘 아래로 나갔다.


실버윈드. 루나틱 레이크와 실버호른 사이에 위치한 산맥 골짜기에 있는 농업과 임업, 채굴 등을 생업으로 하는 자들의 도시로 알려졌다. 수도, 그리고 나라 최대의 군사력의 중계지점인 탓에 그럭저럭 큰 규모의 도시로 성장했고 교역도 활발히 이루어졌다.

미라가 현재 있는 장소는 도시의 상업 지구에 자리한 주차장. 넓은 잔디밭에 몇 대의 마차가 세워진 마구간이 늘어서 있었다.

주차장은 기본적으로 유료였지만 천리마차가 세워진 구역은 왕국 전용 주차장인 탓에 요금이 부가되지 않는다. 왕족과 귀족, 혹은 그와 관련이 있는 특별한 자가 타는 마차가 서는 곳이기 때문이다.

그런 이유에서 주차장과 그 부근에 있던 자들의 시선이 쏠리는 것도 무리는 아니었다.

사람들의 이목은 그중에서도 심상치 않은 분위기를 자아내는 소녀에게 집중되었다. 그 하얀 피부와 매끄러운 은발, 드세 보이는 눈동자에 리본이 잔뜩 달린 로브를 입은 미라의 모습을 본 이들은 말문이 막혔다. 아니, 그 소녀에게 걸맞은 말이 떠오르지 않았다고 해야 할까.

산에 둘러싸인 실버윈드라는 도시에서 미라는 몸을 풀어보듯 크게 기지개를 켜며 하늘을 올려다보았다.

시야 속을 가로지르듯 날아가는 새들을 눈으로 좇다가 숲 곳곳에서 날아오르는 새들에게로 시선을 옮겨 다시 좇았다. 그러다 보니 자연스럽게 몸이 빙글빙글 돌았지만 본인은 전혀 알아채지 못했다.

이런저런 수속을 밟고 오겠다는 갈렛의 말을 흘려들으며 시선을 내린 미라는 주변에서 느껴지는 이질적인 낌새를 알아채고는 시선을 피하듯 잔디밭을 바라보았다.

'쳐다보고 있군. 이 옷이 이상하다고 비웃고 있는 것일 테지. 분명 그럴 게야.'

마치 애니메이션 속 캐릭터 같은 복장이 판타지 세계에 어울릴 리가 없었다. 그렇게 생각한 미라가 시선에서 달아나고자 애를 쓰던 참에 갈렛이 이야기를 마치고 돌아왔다.

"오래 기다리셨습니다. 미라 님, 뭐 드시고 싶은 거라도 있습니까?"

갈렛이 그렇게 묻자 미라는 그 몸 뒤에 숨으며 "그대에게 맡기도록 하지"라고 답했다. 그리고 좌우간 빨리 이 자리를 벗어나고 싶다는 뜻을 담아 등을 쿡쿡 찔렀다.

"그럼 제 단골집으로 안내하도록 하죠."

소녀가 무언가를 보채듯 갈렛을 재촉하는 모습은 마치 부녀지 간처럼 보여 흐뭇하기 그지없었다.

주차장에서 나와 도시의 대로를 통해 샛길로 들어선 미라와 갈 렛은 한 식당 겸 여관 앞에 도착했다.

"이곳입니다. 좁은 곳이기는 합니다만, 맛은 보장합니다."

미라가 올려다본 것은 한 목조 건물이었다. 스윙 도어에는 '황 혼의 길목정(亭)'이라는 가게 이름이 큼지막하게 적혀 있었다. 서 부극에서 흔히 볼 수 있는 점내가 훤히 들여다보이는 타입의 문 이었지만 미라의 키로는 천장밖에 보이지 않아 내부 상황을 알 수는 없었다.

"오랜만에 와놓고서는 좁으니 어쩌니, 실례되는 소리만 해대 네."

느닷없이 등 뒤에서 들려온 여성의 목소리에 두 사람이 고개를 돌려 보니 그곳에는 두 손에 장바구니를 든 20대 정도의 여성이 갈렛을 노려보며 서 있었다. 소박하지만 미인으로 삼각건 아래로 보이는 밤색 머리카락이 어깨에 걸려 있었다. 백색과 청색으로 된 앞치마에는 '황혼의 길목정'이라는 자수가 놓여 있어, 이 가게 의 관계자임을 말해주고 있었다.

"어라, 셰리. 오랜만이야."

"누가 아니래. 얼굴 좀 자주 비춰…… 가만, 그 귀여운 애는 누구야?!"

장바구니를 내려놓은 셰리는 갈렛의 옆에서 자신을 올려다보고 있는 미라를 보자마자 자연스럽게 손을 머리 위로 뻗어 마구 쓰다듬어댔다.

"뭣, 그만두지 못할까!"

셰리의 손을 떨쳐낸 미라는 이 눈앞에 있는 여성도 자신을 어린애 취급하는 인종이라고 판단하고는 갈렛을 방패삼아 그 몸을 숨겼다.

"뭐니, 애. 귀여워라~!"

갈렛 뒤에서 경계심 어린 표정을 지은 미라의 작은 동물 같은 모습이 셰리의 모성본능을 더더욱 자극했다.

"이 분은 미라 님이십니다."

"흐응, 미라라고 하는구나~. 귀여워라~. 미라야~."

셰리는 더더욱 표정이 풀어져서는 들러붙을 기세로 미라와의 거리를 좁혔다.

"셰리. 미라 님이 싫어하니 그쯤 하시죠."

"그래, 맞다."

뒤에 숨은 채 말을 잇는 미라. 그 모습은 폭주를 더더욱 가속시킬 법한 것이었지만 셰리는 미움을 살만한 일은 최대한 피하자는 생각에 자제하기로 했다.

"있지, 있지, 갈렛. 그래서 미라랑 뭐 하고 있는 건데?"

풀어진 표정을 다잡아 수습한 셰리는 갈렛에게 의문의 눈초리를 보냈다.

"루나틱 레이크로 바래다드리고 있는 중입니다만, 아침을 아직 안 먹어서."

"그래서 우리 가게에 온 거구나. 잘했어."

셰리는 장바구니를 다시 들더니 스윙도어를 열어 두 사람을 안내했다.

"자, 카운터 자리가 비었으니까 거기서 기다려. ……근데 미라, 아직도 화났어?"

셰리는 여전히 갈렛의 뒤에 숨은 채 경계를 풀지 않고 있는 미라를 다소 유감이라는 듯한 표정으로 바라보았다.

"미라 님은 이 정도 일로 화를 내실 분이 아닐 겁니다."

갈렛이 말한 대로 미라는 화가 난 것이 아니다. 그저 단순히 어린애 취급을 받는 것이 부끄러웠을 뿐이다.

하지만 여성이 쓸쓸한 표정을 짓게 두는 것은 자신의 뜻과 어긋나는 일인지라 미라는 갈렛의 뒤에서 나왔다.

"이 몸을 어린애 취급하지 말도록."

그러고는 그 한마디만을 내뱉었다. 하지만 셰리에게는 그것이 어른인 척하고 싶은 소녀의 모습으로만 보여, 이번에는 힘껏 끌어안고 싶은 충동에 사로잡혔다.

"미라, 귀여워!"

말 떨어지기 무섭게 셰리는 장바구니를 내던지고는 있는 힘껏 미라에게 달려들었다. 꼭 끌어안긴 미라는 직접적인 애정표현인 탓에 억지로 떼어내지도 못하고 "그래, 마음대로 해라……" 하고 한숨 섞인 투로 말했다.

## 9

황혼의 길목정에서 식사를 마친 미라는 셰리에게 받은 베리오
레로 목을 적셨다.

베리의 신맛과 단맛이 적절히 섞인 우유의 궁합은 완벽해, 미라
의 표정이 자연스럽게 풀어졌다. 물론 셰리가 그 순간을 놓칠 리가
없었다. 아니, 아예 미라의 일거수일투족에 "미라 귀여워어~"를
연호하고 있었다.

익숙해진 탓일까, 아니면 포기했기 때문일까. 어느 쪽인지는
확실치 않았지만 미라는 셰리를 굳이 내치려 하지 않고 그냥 마
음대로 하도록 두고 있었다.

갈렛은 그런 두 사람을 흐뭇하게 바라보며 이 여관의 점장이자
셰리의 아버지인 바르카와 담소를 나누고 있었다.

"그래서, 우리 딸은 언제 데려가줄 텐가."

농담 섞인 투로 말하면서도 눈은 전혀 웃고 있지 않은 바르카
의 말에 갈렛은 쓴웃음을 지을 따름이었다. 요컨대 이것이 이 여
관에 잘 들르지 않는 원인이기도 한 것이리라.

셰리와 같은 색의 단발머리를 하고 있는 이 바르카라는 남자는
산에서 단련된 듬직한 몸으로 매우 섬세한 요리를 만들었다.

두 사람이 먹은 식사의 내용은 오는 길에 꿩이라도 봤는지 갈
렛이 주문한 로스트치킨과 채소를 흰 빵 사이에 넣은 치킨 샌드
위치. 그리고 셰리가 미라에게 먹이려고 가져온 푸딩 타르트였
다. 양쪽 모두 바르카가 만든 것으로 맛은 물론 겉모습에도 신경

을 쓴 기색이 역력했다. 그래서 갈렛은 맡기겠다고 했을 때, 자신의 사정은 염두에 두지 않고 이 여관을 소개한 것이리라.

"그럼 슬슬 가실까요."

미라가 베리오레를 다 마셨을 즈음, 갈렛은 허브티를 비우며 자리에서 일어났다.

"에이~ 좀 더 느긋하게 있다 가~."

가게에 들어오고 나서 처음으로 미라에게서 시선을 뗀 셰리가 입술을 비죽 내밀며 말했다.

"그럴 순 없죠. 지금은 업무 중이니까요."

갈렛은 그렇게 말하며 지갑을 꺼내어 카운터에 정확한 대금을 내려놓았다.

"음, 가도록 하지."

"아앙, 미라야아."

셰리가 눈을 떼기 무섭게 미라는 그녀의 옆을 빠져나갔다. 셰리는 그런 그녀의 뒷모습을 서운한 눈빛으로 바라보며 카운터를 정리하기 시작했다.

"그럼, 잘 먹었습니다. 다음에 또 오죠."

"잘 먹었다."

"또 오라고. 아가씨도. 언제든 베리오레를 준비해놓고 기다릴 테니까."

리본투성이 로브를 바로잡으면서도 미라는 베리오레라는 말에 반응했다.

"흠, 그럼 이 아이가 없을 때 실례하도록 할까."

잠시 생각한 뒤, 미라는 최대한의 타협 라인을 제안했다.

"미라야, 심술부리지 마~."

"대개 오전에는 장을 보러 나가니 그때가 좋을 것 같군."

"호호오, 기억해두도록 하지."

"아빠까지——."

아군이 아무도 없다는 현실의 뜨거운 맛을 본 셰리는 작위적인 티가 팍팍 나도록 카운터에서 비틀댔다.


황혼의 길목정을 나선 두 사람은 그대로 주차장으로 돌아갔다. 미라는 호기심 어린 시선이 다시 자신에게 집중되기 전에 황급히 마차에 올라탔다. 관리원이 잘 돌보아줬는지 두 필의 말은 기분이 좋아 보였다. 말들은 하네스를 장착시키자 지금까지의 피로감은 눈 녹듯 사라졌다는 듯 힘찬 소리로 울었다.

달리기 시작한 마차의 창문을 통해 미라는 실버원드의 마을 정경을 흥미롭게 둘러보았다.

'30년 새에 만들어진 도시란 뜻이려나.'

실버원드라는 이름의 도시는 미라의 기억에 없었다. 시대의 흐름을 느끼는 한편, 흘러가는 신선한 풍경에 마음이 들떴다.

마차는 대로를 지나 도시를 빠져나가더니 숲길로 들어섰다. 그대로 똑바로 이어진 길을 오른 끝에 탁 트인 장소에 도달했다. 정면은 벽처럼 높이 솟구친 단애 절벽으로, 그 일부는 무수한 돌 블록으로 보강되어 있었다. 공도는 그 중심에 있는 반월형의 커다란 구멍 안으로 이어져 있었다.

미라는 마차에 탄 채 숲에서 탁 트인 장소로 나왔구나 싶었던 찰나에 주변이 어둑해져서 깜짝 놀랐다. 창문에서 보이는 돌벽은 안쪽으로 한없이 이어져 있었고 입구로 보이는 빛은 서서히 작아지고 있었다.

미라는 그 장소와 상황, 그리고 귀 울림이 일어났다는 사실을 통해 마차가 터널에 들어온 것이리라 짐작했다.

하지만 루나틱 레이크와 실버호른 사이에 있는 산에 터널 같은 것이 있었던 것 같지는 않아서 미라는 마부석으로 고개를 내밀었다.

"이러한 터널이 있다니, 굉장하군. 언제 생겼지?"

"베네딕트 터널 말씀이십니까? 분명 이 터널은 30년 전에 솔로몬 님의 지시로 착공이 시작되어 5년이라는 세월에 걸쳐 완성되었다고 들었습니다."

"호오, 그러했나."

'그 녀석. 일은 잘하고 있군.'

미라는 그대로 정면으로 눈을 돌려 같은 간격으로 늘어선 무형술 조명이 터널 안을 비추고 있는 것을 보고는 임금님다운 공적이라는 생각이 들어 미소를 지었다.

루나틱 레이크와 실버호른은 산맥으로 가로막혀 있어 왕래하기가 매우 불편했다. 이동수단의 주류가 마차 등일 경우, 이 터널에 난 공도는 필수라 할 수 있으리라.

그리고 미라는 갈렛의 정보에서 한 가지 단어를 건져 올렸다. 그것은 솔로몬의 지시와 30년 전이라는 단어였다. 요컨대 덤블프가 사라진 30년 전부터 지금까지 솔로몬은 이 세계에서 살고 있었다는 뜻이다.

남은 일은 플레이어였던 솔로몬 본인인지 아닌지를 확인하는 것뿐이다.

터널을 지나 산맥을 넘을 수 있다면 머지않아 도착하리라는 생각에 미라는 좌석으로 돌아가 천편일률적인 창밖 풍경을 바라보았다.

메아리치는 편자와 바퀴 소리, 단조로운 풍경, 적절한 포만감과 요람 같은 진동. 이 모든 것이 절묘하게 맞물린 결과, 미라는 꾸벅꾸벅 고개를 흔들다가 작고도 고른 숨소리를 내기 시작했다.

터널을 빠져나오자 전방에는 푸른 하늘이 펼쳐져 있었고 그 하늘색을 비춘 초승달 모양의 호수가 멀리 보였다.

호수에 면한 중심 부근에는 알카이트 왕국의 국왕, 솔로몬이 사는 알카이트성이 있으며 호수 주변에는 수도 루나틱 레이크가 펼쳐져 있었다.

미라를 태운 마차는 현재 산을 내려와 기슭에 펼쳐진 숲을 지나 땅거미가 옅게 깔린 라게드 고원을 달리고 있었다.

초원에는 녹음과 무수한 바위가 뒤섞여 있었고, 그곳에 숨은 작은 동물들이 때때로 고개를 내밀어 무슨 일인가 하는 눈으로 마차를 지켜보았다.

태양이 기울어져 빛이 차내로 쏟아져 들어올 즈음, 미라는 멍하니 잠에서 깨어 손등으로 눈을 문지르며 빛에서 달아나기라도 하듯 반대쪽으로 몸을 붙였다. 그러고서는 살며시 하품을 하며 창틀에 팔을 놓고 턱을 괴었다. 미라는 눈앞에 있는 것은 빨리, 멀리 있는 것은 느리게 흘러가는 풍경을 바라보며 갈증을 호소하는 목을 적시기 위해 애플오레를 끄집어내 병을 기울였다.

창문에서 들어오는 바람은 미라의 은빛 머리를 흔들고 막 낮잠에서 깨어나 다소 달아오른 몸을 쓰다듬듯 스쳐 지나갔다.

"호오, 이쪽도 커졌군그래."

시선을 전방으로 돌린 미라는 멀리 보이는 전방에 넓게 펼쳐진 초승달형 호수에 면한 커다란 도시 정경(靜境)을 보자마자 감탄사를 흘렸다.

라게드 고원에서 내려다본 수도 루나틱 레이크는 성벽이 보름달처럼 크게 원을 그리듯 호수를 통째로 둘러싸고 있었다. 도시는 미라가 기억하는 것보다 훨씬 컸다.

그러한 가운데 상당히 눈에 띄는 건조물을 발견한 미라는 다시금 마부석으로 고개를 내밀었다.

"이봐, 도시에 있는 저 커다란 건물은 무엇이지?"

"커다란 건물 말씀이십니까?"

미라가 도시 쪽을 가리키며 말을 붙였다. 갈렛은 소녀의 신이 난 듯한 옆얼굴을 보더니 덩달아 마음이 들떠 그녀가 가리킨 방향을 확인했다.

가장 먼저 눈에 들어오는 커다란 건물은 중앙에 자리한 알카이트성. 하지만 미라가 그런 초보적인 질문을 할 리가 없다는 생각에 갈렛은 성을 제외한 것들 중 눈에 들어온 커다란 건물이라 할 수 있는 건조물 네 개를 확인했다.

도시 내부. 거리적으로 왕성에서 성벽의 중간 부근, 동서남북에 위치한 장소에 유달리 눈에 띄는 특징적인 시설이 존재했다. 그것은 루나틱 레이크에 사는 자들이라면 모르는 사람이 없는 시설이었다.

"아아, 오행(五行)기구 말이시군요."

"오행기구라?"

"네, 저 시설은 솔로몬 님이 발안한 오행도시 계획을 토대로 한 것으로, 베네딕트 터널과 같은 시기에 건조된 시설입니다. 남쪽의 폐기물 처리장, 동쪽의 알카이트 학원, 북쪽의 창약(創藥)연구소, 서쪽의 장인공방국 순으로 건조되었죠. 그것들을 합쳐서 오행기구라 부릅니다."

"호오오, 과연."

목화토금수라는 풍수 등에 사용되는 음양오행 사상. 교토 등에서도 볼 수 있는 도시조성을 이렇게까지 재현해낸 솔로몬의 정책의 일단을 본 미라는 그 녀석 다운 생각이라며 대번에 납득했다.

솔로몬의 풍수 애호는 게임 중에 발생한 어떠한 사건에서 비롯되었다. 그 후로 열심히 공부를 하여 미라에게 사사건건 금전운이 어떠네 업무운이 좋아지네 하는 소리를 하고는 했다.

납득한 미라는 좌석으로 돌아가서 다시금 창틀에 팔을 얹고 턱을 괴었다. 때 이른 철새 무리가 느긋하게 구름을 넘는 광경을 바라보며 애플오레를 입에 댔다.

날씨도 좋고 한가로운 고원을 배경으로 마차에 몸을 싣고 있는 현재 상황.

당황스러운 일도 있었지만 굳이 말하자면 지금 이 상황은 '행복'한 부류에 들어가는 것이 아닐까. 미라는 점점 그런 생각이 들기 시작했다.

다 마신 애플오레의 병을 발치 구석에 둔 미라는 새로운 애플오레를 두 개 끄집어냈다. 그러고는 마부석으로 불쑥 얼굴을 내밀고는 "그대도 마시겠나?" 하고 그것을 가렛에게 권했다.

"감사합니다, 미라 님."

마치 부하에게 캔커피를 건네듯 내민 애플오레를 가렛은 기꺼이 받아들었다.

"이봐, 그대는 왜 군에 들어갔나?"

미라는 은근슬쩍 물었다. 뭐든 좋으니 이야기를 하고 싶은 기분이었던 것이다.

"군에 들어간 이유 말씀이십니까."

가렛은 "글쎄요……" 하고 중얼거리며 애플오레를 입에 대더니 그 절묘한 맛과 마음이 푸근해지는 듯한 감각에 반사적으로 "이거, 맛있군요"라는 말을 흘리고 말았다. 미라는 "그렇지?" 하고 의기양양한 표정으로 답했다.

"역시 아버지의 영향이랄까요."

"호오. 아버님도 종군하고 계신가?"

"네. 이렇게 말하자니 쑥스럽지만, 제 동경의 대상이십니다. 아버지는 술장기사단 1번대 대장으로 어릴 적부터 그 뒷모습을 보고 자랐지요."

그렇게 말한 가렛의 눈은 동경심으로 가득한 소년처럼 순수하게 빛나고 있었다.

"효자로군. 말씀드리면 분명 아버님께서도 기뻐하실 게야."

"아뇨아뇨, 아무리 그래도 얼굴 맞대고는 이런 소리 못 합니다. 방금 한 말은 비밀입니다, 미라 님."

입가에 손가락을 가져다 대며 말하는 갈렛의 표정은 몹시 온화하여 진심으로 아버지를 존경하고 있다는 사실이 전해졌다. 다소 어린애를 타이르는 듯한 몸짓 같기도 했지만, 마음이 훈훈해진 미라는 그것을 관대하게 봐주기로 했다.

"아버님은 행복한 분이시로군."

아들에게 이토록 존경을 받을 수 있다는 건 아버지로서 더없이 행복한 일일 테지. 미라는 갈렛의 아버지가 부러워졌다.

"그럴까요?"

"음, 이 몸도 아버지였다면 그대 같은 효자를 얻고 싶었을 게야."

"미라 님의 경우에는 아버지가 아니라 어머니가 아닐까요."

"아~ 그러려나……."

갈렛의 지적에 미라는 다소 머뭇거리며 쓴웃음을 지은 채 답했다.

아버지가 아니라 어머니. 전혀 생각해본 적도 없었지만 부모가 된다면 그렇게 되겠지. 미라는 자신의 삶을 돌이켜 보았다.

애들이 싫지는 않았고, 오히려 자신에게 아이가 생기면 뭘 하며 놀까, 어떻게 이름을 지어줄까 생각했던 시기도 있었다. 미라는 그런 일들을 떠올려보았다. 그것도 이제는 먼 과거의 일이었다.

미라는 부모가 되지 않더라도 지켜볼 수 있다면 그로 족하지 않을까 하는, 일종의 깨달음을 얻었다. 그때 일은 그때 생각하기로 하고 지금은 새로운 형태의 제2의 인생을 즐기자. 그녀는 그렇게 결론을 내리고는 두 번째 애플오레를 비웠다.

10

미라를 태운 마차는 서서히 속도를 늦추더니 당당히 솟구친 문 앞에서 정지했다.

고원에서 내려다봤을 때는 수도를 둘러싼 동그라미로만 보였던 성벽. 가까이서 올려다본 그것은 국방에 주력하는 알카이트 왕국의 의지를 훌륭히 체현한 듯 보였다.

미라는 마차 창으로 몸을 내밀어 벽을 올려다보고는 기억 속에 있는 30년 전 모습과의 차이에 마음이 들떠 "참으로 커졌군"이라고 말했다.

벽만 봐도 이만큼 달라졌다. 수도 쪽은 얼마나 바뀌었을까. 미라는 그러한 세계의 변화를 즐기기 시작했다.

천리마차가 멈춘 문은 알카이트 왕국의 정문이 아니라 왕성까지를 일직선으로 잇는 마차 통로로 이어진 전용 문이었다.

문지기 위사(衛士)와 갈렛이 몇 마디를 나누더니 커다란 문이 둔탁하고도 중후한 소리를 내며 열렸다.

위사가 손을 흔들어 신호를 보내자 문 꼭대기에 있는 벨이 높은 소리로 울렸다. 그러자 그에 호응하듯 멀리서 벨이 돌림노래를 하듯 울려 퍼져 천리마차가 도착했음을 멀리까지 알렸다.

마차 통로와 교차된 총 다섯 곳의 횡단길을 일시적으로 차단하기 위해 각소에서 검정과 황색으로 된 막대를 들고 나온 위사들이 통행자들을 막기 시작했다. 천리마차는 나라에 중요한 안건이 있을 때 사용되는 특별한 마차로 알려졌다. 그 때문에 상당히 엄중한 경계 태세가 취해졌다.

"이것 참, 거창한 환대로군."

마차 창에서 몸을 내밀어 완전히 열린 문 너머에 뻗어 있는 외가닥 통로에 위사들이 같은 간격으로 늘어서 있는 모습을 본 미라는 사태의 중대함을 느끼고는 부담스럽다는 투로 중얼거렸다.

마차는 천천히 달리기 시작해 서서히 속도를 높여 나갔다. 불과 몇 초 만에 최고 속도에 달하자 도시 풍경이 빠르게 후방으로 흘러갔다.

요란한 소리를 내며 질주하는 천리마차를 신기하다는 눈으로 지켜보던 도시 주민들은 마부인 갈렛의 모습을 보고는 얼마나 중대한 일이기에, 하는 생각에 흥미 어린 시선을 보냈다.

서서히 창밖으로 보이는 풍경에 생활감이 감돌기 시작한 참에 미라는 그중에서도 유달리 커다란 건물을 발견했다.

'가까이서 보니 그냥 그렇군.'

그것은 오행기구 중 하나인 장인공방국이었다. 예스러운 독일

건축물을 방불케 하는 건물이 당당히 자리한 그 모습을 보고 우선은 오행기구 순례를 해보기로 관광 일정을 정한 미라였다.

그로부터 다시 얼마간 마차에 몸을 맡기자 풍경이 지나가는 속도가 서서히 느려지기 시작하더니 왕성 앞 성문에서 정지했다.

"드디어 도착했나."

미라는 계속 앉아 있기만 해서 굳어버린 몸을 풀 듯 기지개를 켜며 다 마신 애플오레의 빈병을 슬그머니 발치 구석에 밀어두었다.

"수고하셨습니다. 미라 님."

갈렛은 객차 문을 열고서 인사를 올리더니 에스코트를 하듯 손을 내밀었다.

"수고 많았다."

미라는 곧장 "필요 없다"라고 말을 이으며 갈렛의 손을 살며시 밀쳐내고 훌쩍 뛰어 땅에 발을 디뎠다. 올려다본 왕성은 기억과 같았고 이곳만은 변하지 않았구나 싶어 안심 반, 실망 반인 표정으로 시선을 내렸다.

그리고 직후, 말문이 막혔다.

천천히 열리는 문 안쪽에서는 마차 통로보다 훨씬 성대한 마중이 기다리고 있었기 때문이다.

성문에서 왕성까지의 통로 양 옆에는 검을 눈앞에 세운 기사들이 미동도 하지 않고 정렬해 있었고, 그 뒤에는 창을 손에 든 기사들이 정렬해 있었다. 그것도 모자라 병사들이 같은 간격으로 국기를 들고 있었다.

"이거 정말…… 거창한 환대로군그래."

"솔로몬 님이 그만큼 미라 님의 내방을 기뻐하고 계시다는 뜻입니다."

"그 녀석 말인가…….."

한숨 섞인 투로 말한 미라는 이유 모를 위화감을 느꼈다.

"덤블프 님이라 하면 나라의 영웅이시니까요. 그 제자님을 모시는 것이니 이 정도는 당연하죠."

"흐음~ 그런 겐가."

"그렇고말고요. 그럼 미라 님, 가시죠."

두 사람이 마차에서 떠나자 성 직속 사육사가 천리마차를 마구간으로 옮겨 갔다.

미라가 갈렛의 에스코트를 받는 모양새로 문을 지남과 동시에 태고소리가 격하고도 리드미컬하게 고막을 울리기 시작했다. 기사들이 검을 비스듬히 치올려 성문과 성을 잇는 통로에 아치를 만들었다.

"이거 정말…… 거창하군그래."

"어쩐지 저까지 조금 기분이 좋군요."

미라에 대한 성대한 환영 속에서 일개 안내역인 갈렛이 기분 좋은 미소를 보내왔다.

"나 원, 그대도 참."

그 구김 없는 성격에 미소를 지은 미라는 갈렛의 인간성에 호감을 가짐과 동시에 이러한 부하를 둔 솔로몬을 마음속으로 칭찬했다.

두 사람은 고적대가 내는 듣기 좋은 소리에 등을 떠밀려 호들 갑스러운 아치를 지나, 그대로 성 안으로 들어갔다. 입구에서 대기 중이던 두 위병은 "알현실까지 안내하겠습니다"라고 말하며 인사를 올렸다. 미라는 남의 눈에 띄는 것을 그다지 좋아하지 않았기에 이제 좀 조용해지겠다 싶어 안심하며 뒤를 따랐다.

위병이 알현실 문을 열자 고상한 꽃향기가 감돌았다. 미라의 정면 바닥에 깔린 융단은 흑색, 청색, 녹색, 적색, 백색이 같은 간격으로 구분되어 있었다.

알현실에 있던 것은 다섯 명. 그곳에서 가장 눈에 띄는 정면에 자리한 몇 층계 위에 있는 왕좌에는 한 소년이 앉아 있었다.

금빛을 띤 두 눈에 살짝 걸쳐진 옅은 녹색의 머리 위에는 무수한 보석으로 장식된 왕관이 얹어져 있었다. 얼핏 보면 어울리지 않아 보이기도 했지만 호화로운 의상을 몸에 두르고 왕좌에 앉은 소년의 모습은 놀랄 만치 그럴 듯하여, 나라를 다스려온 30년간의 관록을 온몸으로 표출하고 있었다.

개구쟁이 같은 표정으로 미라를 바라보는 이 소년이 바로 알카이트 왕국의 국왕이자 덤블프의 친구, 솔로몬 왕이었다.

그 모습은 미라의 기억하는 것과 같았다. 차이가 있다면 의상이 전보다 다소 호화로워진 정도뿐이었다.

솔로몬왕의 앞, 층계 아래를 지키듯 서 있는 것은 범상치 않은 분위기를 풍기는 기사와 검은 로브를 두르고 후드를 뒤집어쓴 술사였다. 술사는 미라를 바라보며 부드럽게 미소를 던졌다. 하지만 기사 쪽은 영웅 덤블프의 제자가 평범한 계집아이라는 것을 확인하자마자 낙담한 듯 한숨을 내쉬었다.

갈렛은 한 걸음 앞으로 나가 무릎을 꿇고는,

"엘더 덤블프 님의 제자, 미라 님을 모셔왔습니다."

라고 보고하며 인사를 올렸다.

"수고가 많았습니다. 물러가도 좋아요."

위풍당당하게 왕좌 옆에 서서 한마디를 내뱉은 남자의 이름은 슬레이만. 단정한 얼굴에 금발이 눈길을 끄는 엘프족이다.

갈렛은 "실례하겠습니다"라고 말하며 옆쪽으로 이동했다.

"처음 뵙겠습니다, 미라 씨. 저는 슬레이만. 솔로몬 폐하의 보좌관입니다."

"미라다."

시선만 움직여 슬레이만을 쳐다본 미라는 간결하게 답했다. 갈렛은 그 옆에서 왕의 어전인 이 자리에서도 변함없는 미라의 태도에 성대하게 당황하고 있었다.

하지만 그런 갈렛의 마음 같은 것은 알 리가 없는 미라는 팔짱을 끼고서 턱에 손을 가져다 댄 채 솔로몬을 조사했다.

솔로몬을 주시하는 미라의 시야에는 아무런 정보도 뜨지 않았다. 하지만 시선을 옮겨 바라본 슬레이만의 풀네임이며 스테이터스는 확인할 수 있었다.

'이게 대체, 어떻게 된 일인지……'

"죄송합니다만 우선은 당신이 진정 덤블프 님의 제자라는 걸 확인하고 싶습니다만, 그래도 되겠습니까?"

두 사람의 차이점에 관해 생각하기 시작한 미라의 의식을 슬레

이만의 말이 현실로 복귀시켰다.

"음, 상관없다."

미라는 아이템 박스에서 마스터키를 끄집어내서 "이거다"라고 말하며 그것을 손에 든 채 슬레이만에게 다가갔다.

하지만 그 순간, 더는 못 참겠다는 듯 기사가 느닷없이 뛰쳐나와 발검하더니,

"그 이상 다가오지 마라! 네놈, 불경함을 용납하는 데도 한도가 있다!"

그런 호통 소리와 함께 미라 앞에 칼을 겨누었다.

알카이트 왕국 근위기사단 단장을 맡은 기사 레이나드. 그는 알현 직전에 솔로몬왕으로부터 상대가 다소 예절을 지키지 않더라도 신경 쓰지 말라는 분부를 받았다. 그래서 무릎을 꿇지 않은 것이며 말투를 보고도 부글부글 끓어오르는 감정을 억누르며 참고 있었다. 하지만 그도 모자라 허락도 없이 왕에게 다가가려 하는 것을 보고 결국 인내심이 끓는점을 돌파하고 만 것이다.

미라는 몰랐지만 왕에게 다가가도 되는 거리라는 것이 있었다. 그 거리는 계급 등에 따라 다르며 손님은 특별한 예외를 제외하면 검은 융단 앞으로 나가서는 안 된다고 정해져 있었다.

"뭐냐, 가까이 가지 않으면 건네줄 수가 없는데."

"옆에 있는 위병에게 건네주면 된다!"

과거에는 어깨를 나란히 했던 솔로몬과 덤블프. 미라로서는 친구를 만나러 온 것뿐이었다. 잠깐 이야기를 했으면, 하는 생각으로 머릿속이 가득했던지라 나라의 최고위 인물과 알현한다는 것

이 얼마나 중대한 일인지에 관해서는 아예 생각지도 못했다.

'귀찮군.'

당시와 같은 태도로 말을 했던 미라는 기사의 분노 섞인 표정을 보고서야 지금은 상황이 다르다는 사실을 실감했다. 이러한 공적인 자리에서의 예의범절이라고는 조금도 모르는 미라는 난감하게 됐다는 듯 칼끝을 손가락으로 집은 채 마스터키를 기사에게 내밀었다.

"그랬나. 미안하게 됐군. 뭐 알았다. 하지만 모처럼 왔으니 이걸 전해주지 않겠나?"

"네놈…… 얼마나 더……. 일단은 물러서라!"

격앙된 기사는 손에 든 검에 힘을 실었다. 하지만 평범한 소녀에게 잡혔을 뿐인 검이 움직이지 않자 레이나드는 경악스러운 표정을 지었다.

"레이나드, 그걸 가져와라."

소년의 목소리가 옥좌에서 짧게 울렸다.

"하지만 솔로몬 님. 이자는 너무도 불경합니다!"

"미리 말해뒀을 텐데. 그 정도는 예상했다. 아니면 너는 이 이상 나를 기다리게 할 셈이냐?"

솔로몬의 눈총을 받은 레이나드가 위축되는 모습을 본 미라는 들켰더라는 하나 비난한 짓을 한 것 같다는 생각을 했지만 마스터키를 낚아채듯 받아드는 그의 태도를 보고는 '뭐, 아무렴 어때' 하고 생각을 고쳤다.

미라가 잡고 있던 칼끝을 놓았다. 레이나드는 로브 사이로 슬쩍 보일 뿐인 하얗고 가녀린 팔을 흘끗 노려보더니 수상한 술법이라도 사용한 것이리라 결론을 내리고는 미라에 대한 경계의식을 한층 더 강화시켰다.

그러던 가운데 갈렛은 일단 분위기가 수습되는 것을 보고는 어찌어찌 험악한 사태가 벌어지지 않았다는 사실에 내심 가슴을 쓸어내렸다.

미라가 본래 서 있던 위치까지 돌아오는 동안 레이나드에게서 마스터키를 받아든 솔로몬은 그것이 소환술의 탑의 마스터키가 틀림없음을 확인했다.

"이건 덤블프의 것이 틀림없다. 스승이 제자에게 건네줬다면 의심할 여지는 없겠군."

솔로몬이 그렇게 말하고는 대기 중이던 위병에게 마스터키를 건네 미라에게 가져다주게끔 했다.

미라는 마스터키를 받아 아이템 박스에 넣고는 아직도 자신을 노려보고 있는 레이나드에게서 달아나듯 시선을 이리저리 굴렸다.

"확인도 했겠다 자리를 옮기도록 하지. 덤블프의 제자여, 30년간 자리를 비웠던 스승에 대해 여러모로 이야기를 듣고 싶은데. 괜찮겠나?"

"음, 좋지."

미라는 하늘에서 내려온 동아줄이라도 발견한 듯 즉답했다.

"그러면 내 집무실이 좋겠군. 이곳보다는 차분하게 이야기를 할 수 있을 테니. 나머지 자들은 퍼레이드 부대의 연회에 참석하도록."

솔로몬이 그렇게 말하자 다시금 레이나드가 한 걸음을 내디뎠다. 동시에 미라의 표정에 쓴웃음이 떠올랐다.

"솔로몬 님. 아무리 덤블프 님의 제자라고는 하나, 그러한 정체 모를 자와 단둘이서만 계시는 건 위험합니다. 부디 저를 동석시켜주셨으면 합니다!"

레이나드는 미라를 흘끔 쳐다보더니 예를 다한 자세로 솔로몬에게 진언했다.

'답답하군그래.'

미라는 확실히 자신은 정체 모를 사람으로 보일지도 모른다고 생각하면서도 레이나드의 과도한 충성심을 보고는 진저리를 치듯 고개를 가로저었다.

"레이나드, 너는 내가 이런 계집아이보다 못하다고 말하고 싶은 거냐."

솔로몬은 심상치 않은 기백을 두른 채 레이나드에게 말했다. 솔로몬왕은 소년의 모습을 하고 있지만 폼으로 30년 동안 나라를 다스려온 것이 아니었다. 정치도 중요하지만 무용(武勇)이 나라의 행방을 크게 좌우하는 세계. 그 세계에서 일국의 왕으로서 군림해온 솔로몬의 실력을 모르는 이는 없으리라.

"이, 이닙니다. 선부당한 말씀이십니다! 그저 이자는 수상한 술법을 사용하니 만에 하나를 대비하고자 합니다."

레이나드가 말한 수상한 술법. 미라는 이에는 전혀 짚이는 바가 없었다. 그도 그럴 것이 레이나드가 술법이라고 착각하고 있는 것뿐이기 때문이다. 체격적으로 앞서 있는 자신이 가녀린 소녀에게 힘으로 밀릴 리가 없다는 것을 전제로 한 자기중심적인 결론이다. 실제로는 미라의 장비 보정에 따른 힘의 증강이 원인이었지만 미라 본인도 레이나드가 무엇을 보고 수상한 술법이라고 하고 있는지 알 수가 없었기에 변명할 방도가 없었다.

"미라라고 했지. 내게 해를 입힐 생각이 있느냐?"

"그런 짓을 해서 무엇 하게. 이 몸은 그대와 이야기를 하러 온 것뿐이야."

미라의 답변에 솔로몬은 다소 즐거운 듯한 미소를 지었다.

"그렇다는군. 나도 이야기하고 싶은 게 많다. 이해해줄 수 없겠느냐, 레이나드."

"하지만 만에 하나 솔로몬 님의 몸에 무슨 일이 생기면, 저는……."

레이나드는 주먹을 움켜쥐었다. 하지만 지금까지 침묵을 지키고 있던 술사가 그런 일진일퇴의 대화를 가로막았다.

"그럼 이렇게 하면 어떨까요. 저와 레이나드 님은 집무실 앞 복도에서 대기. 무슨 일이 생기면 그때 달려가면 됩니다. 미라 님이 아니라 설령 덤블프 님이라 해도 저희가 들어갈 새도 없이 솔로몬 님을 어떻게 할 수 있을 리 없잖아요?"

"으, 으으음…… 그건 그렇지만."

"그럼 그렇게 하기로 하죠. 저도 실은 연회에 끼고 싶었지만 레이나드 씨의 상태가 너무 그러니 별수 없이 어울려드리죠. 저와 레이나드 씨. 그 정도면 충분하지 않을까요."

그렇게 제안한 술사는 미소를 지은 채 레이나드의 어깨에 손을 얹었다.

"그거 좋은 생각이군. 미안하구나, 요아힘. 조만간 다시 연회를 열도록 하마."

솔로몬은 크게 고개를 끄덕이고서 한숨을 돌린 뒤, 자리에서 일어났다.

"아뇨아뇨, 그러실 것까진 없습니다. 레이나드 씨에게 얻어먹으면 되니까요."

"우으윽……."

레이나드는 뭐라 대꾸도 못하고 표정을 구겼다.

"그럼 갈까."

세 사람은 그렇게 말하는 솔로몬의 뒤를 따라 집무실이 있는 복도를 걸어갔다.


11


왕의 집무실은 왕성 5층, 호수가 훤히 내다보이는 장소에 있다. 지금은 그곳에 미라와 솔로몬, 단둘이 있었다. 측근인 기사 레이나드와 술사 요아힘은 문 앞 복도에서 대기 중이다.

전 세계의 역사며 기술, 온갖 문헌이 들어찬 책장에 둘러싸인 방에서 솔로몬은 가죽을 씌운 의자에 편히 등을 기대고 있었다. 미라는 서적에 파묻히다시피 자리한 소파 구석에 앉아서 그 방을 가볍게 둘러보았다.

"그나저나, 지저분하기도 하군."

"일이 너무 많아서 정리할 겨를이 없거든."

상대가 소녀라지만 도무지 왕 같지 않은 편한 말투로 말하는 솔로몬. 그리고 미라는 이미 신분이 다르다는 사실을 완전히 잊고 있었다.

"후우, 이제 좀 편히 얘기하겠네."

"음, 그렇군."

그렇게 말한 두 사람은 앉은 자세를 바로하며 서로 시선을 주고받았다.

"우선 확실히 해두고 싶은 게 하나 있는데 말해도 될까?"

솔로몬은 미라를 가만히 바라보며 둘째손가락을 세웠다.

"흠, 뭐냐."

미라는 소파에 놓인 거추장스러운 서류들을 닥치는 대로 발치로 이동시켜 안정적으로 앉을 수 있게끔 하며 귀만 기울인 채로 답했다.

"너…… 덤블프지."

그 말과 동시에 미라는 손에 든 서류들을 바닥에 쏟으며 경악으로 가득한 눈동자로 솔로몬을 바라보았다. 어떻게 하면 최대한 자신의 이미지, 인간성에 대미지가 적은 방법으로 그 사실을 무난하게 이야기할 수 있을까 생각 중이었기 때문이다. 그런데 설마, 거의 기습 같은 모양새로 상대가 먼저 이야기를 꺼내리라고는 상상도 못했다.

무언가를 떠보려는 듯한 의도도 느껴지지 않는 거의 확신을 하고 있는 듯한 솔로몬은 장난기 가득한 얼굴로 빙긋 웃고 있었다.

그리고 그 표정은 미라가 아는 솔로몬과 차이가 없어서 지금 눈앞에 있는 소년이 자신과 함께 절차탁마해온 친구 본인이라는 것을 확신하기에 충분했다.

이유는 모르겠지만 오히려 잘됐다. 굳이 여기서 얼버무릴 필요도 없었다. 이미지는 둘째치고 우선은 현재 상황 파악을 최우선시해야 한다고 결론을 내린 미라는 떨어뜨린 서류를 방치한 채 다시 소파에 깊이 몸을 묻었다.

"용케 알아봤군."

미라는 짧게 긍정했다. 솔로몬은 그 말에 입가를 씩 치올렸다.

"그 모습, 격차 장난 아니다!"

솔로몬은 입가를 억누른 채 키득키득 웃기 시작하더니 미라의 모습을 흘끔흘끔 엿보고는 다시 연신 웃음을 터뜨렸다.

"다 이런저런 사정이 있다."

미라는 부루퉁해져서 뚱한 표정으로 그런 솔로몬을 노려보았다.

"그래도 그렇지 너무 변했잖아. 뭐, 너답기는 하지만. 너다운 로리 소녀야."

"상관 마라."

솔로몬은 요율을 익느느니 나시 한 번 미라의 온몸을 훑어보고는 그렇게 단언했다. 미라는 토라진 듯 고개를 홱 돌린 채 입술을 비죽 내밀었다.

아무리 봐도 나라의 최상위 술사와 나라의 최고위 인물이 대화를 나누는 상황으로는 보이지 않으리라.

"그래, 우선 설명 좀 해다오. 이 세계는 무엇이지?"

미라는 몹시 단순하고 솔직한 물음을 던졌다.

한바탕 웃고 난 솔로몬은 자세를 바로잡으며 머릿속에서 정보를 정리하고서는 한마디로 잘라 말했다.

"그건 나도 몰라."

"모른다? 30년이나 지내놓고 아무것도 모르겠다는 게야?"

솔로몬의 대답에 미라의 눈이 슬쩍 휘둥그레졌다.

"글쎄. 정확히 말하자면 이 세계는 게임이 아니라 현실이지만, 이곳이 우리가 태어난 지구가 있는 우주의 어딘가인지, 아니면 전혀 다른 섭리에서 비롯된 세계인지. 거기까지는 아직 판명되지 않았다는 뜻이야."

"그렇군. 하지만 뭐, 역시 현실이기는 한 게로군?"

"그건 틀림없지 않을까. 30년이나 의식이 또렷한 상태로 지냈는데 꿈이라니, 백일몽치곤 너무 길잖아."

솔로몬은 어깨를 으쓱하며 책장의 일부, 현실이 되고 나서 30년 동안 일어난 일에 관한 자료가 정리된 부분으로 시선을 옮기고는 그 방대한 양을 보고 "정말 애 많이 썼네, 나"라고 자신을 칭찬했다.

"뭐, 이 몸은 아직 꿈이라 여길 수 있을 정도지만 말이지."

"하루 이틀 된 일이라면 그럴 수 있겠지만 유감스럽게도 현실이야."

하루 이틀 된 일. 그 말을 들은 미라는 몹시 신경 쓰였던 질문이 떠올랐다.

"헌데 솔로몬이여. 어찌하여 이 몸이 덤블프 본인이라는 걸 안 게지?"

미라는 거의 힌트를 주지 않았던 것으로 기억한다. 굳이 꼽자면 마스터키 정도였지만 스승에게서 받았다는 변명은 제법 그럴싸할 터. 실제로 리탈리아와 마리아나는 그것을 보고 납득했다. 애초에 30년 동안 행방불명 상태였던 자가 느닷없이 나타나리라고는 아무도 예상치 못하리라. 하지만 솔로몬은 단번에 정답을 간파해냈다.

미라는 그렇게 확신한 이유가 있을 거라는 생각에 그 답을 물었다.

"음~ 글쎄~. 자세히 말하자면 길어지겠지만 간단히 말하자면 우리 술장기사단한테 괴물 수준의 다크나이트를 다루는 소환술사, 미라라는 소녀를 만났다는 보고를 받았거든. 게다가 그 직후에 덤블프의 제자라는 미라라는 소녀가 탑에 나타났다는 얘기도 들었고."

"그것만으로 알아챈 게냐?"

"아니, 그 정보는 어젯밤에 확인한 프렌드 리스트에 지금까지 오프라인 상태였던 네 이름이 온라인으로 바뀐 걸 본 직후에 받은 거야."

"프렌드 리스트라?"

물론 미라가 모를 리가 없었다. 등록한 동료가 게임 중인지 아닌지를 확인할 수 있는 일람을 말한다.

미라가 의아해한 것은 그 프렌드 리스트가 메뉴 어디 있기에, 하는 생각이 들었기 때문이다. 그 항목이 있으면 리스트를 보고자 했을지도 모른다. 하지만 지금까지 그런 생각은 해본 적이 없었다. 왜냐하면 프렌드 리스트는 메뉴에서 사라진 시스템 항목에 들어 있었기 때문이다.

하지만 솔로몬은 그 프렌드 리스트로 미라가 온라인 상태가 되었다는 것을 확인했다고 한다.

"시스템 항목 자체가 없어졌는데, 어떻게 확인했다는 게지?"

"아아, 그렇지. 어제 막 왔으니 세임이었을 때의 사용법밖에 모르는구나."

솔로몬은 그렇게 말하더니 왼팔에 찬 팔찌의 메뉴를 여는 위치로 손가락을 가져가더니 그대로 계속 누르고 있었다. 그러자 솔로몬의 눈에만 보이는, 메뉴와는 다른 화면이 투영되었다.

"이렇게 하면 돼. 해봐."

미라는 본 그대로 메뉴를 길게 눌러보았다. 그러자 지금까지와는 다른 화면이 표시되어 거기에 있는 항목들을 확인할 수 있었다.

"호호오…… 이건."

나열된 항목은 위에서부터 '프렌드 리스트', '맵', '가호'였다.

"이건 본 적이 없는 항목인데……."

미라는 그렇게 말하며 허공에 떠오른 맵이라는 항목을 선택해보았지만 화면이 새하얗게 되기만 할 뿐 아무런 변화도 일어나지 않았다.

"이봐라, 솔로몬. 맵이란 건 뭐냐. 이런 항목은 본 적이 없는 것 같은데."

미라는 시험해 봐도 알 수가 없었기에 물어보는 게 빠르겠다 싶어 질문을 날렸다. 솔로몬은 화면을 닫으며 미라에게로 시선을 옮겼다.

"맵은 새로 추가된 항목이야. 아이템 박스의 중요품에 지도를 넣어두면 그 항목을 통해 간단히 검색할 수 있어서 편리해."

"호오, 그렇게 사용하는 건가. 그거 편리하겠군."

미라는 그 설명을 듣고는 곧장 새로운 항목이 얼마나 편리한 것인지를 이해했다.

그도 그럴 것이 원래 광대한 세계를 무대로 한 게임에서는 필수라 할 수 있는 맵 기능이 아크 어스 온라인에는 없었던 것이다. 있는 것이라고는 초기 삼국에서 판매되고 있는 조잡한 대륙도뿐인데 그마저도 가장 지도가 필요한 초보자들은 엄두도 못 낼 정도의 가격으로 팔리고 있었다. 훗날 플레이어들이 상세한 지도를 제작했지만, 그래도 지역별로 지도를 꺼내서 펼쳐야만 확인할 수 있었다. 물론 자신의 현재 위치 등도 마킹되지 않는 물건이었다.

"그렇지? 너도 지도를 가지고 있다면 중요품으로 이동시켜두는 게 좋을 거야."

그 말에 곧바로 아이템 박스를 연 미라였으나 지도는 한 장도 없었다.

"아아, 그랬지. 전부 부유도(島)에 두었지."

"어이쿠. 그럼 많이 불편했겠네."

미라가 말한 부유도란 2,000엔짜리 과금 아이템인 부유대륙을 뜻했다. 미라는 아이템 박스가 뒤죽박죽이 된다는 이유로 모두 다 부유대륙에 있는 나무집에 보관했었다. 던전이 되었건 미궁이 되었건 필드가 되었건 어딘가로 갈 때는 대부분 부유대륙으로 날아갔기에 이동 시간 중에 필요한 지도를 끄집어내는 식으로 사용했던 것이다. 그랬던 것이 지금은 조금 후회되었다.

미라는 그러던 참에 궁금했던 것이 한 가지 더 생각났다.

"그러고 보니, 과금 관리 항목이 안 보이는데."

미라가 그 말을 입에 담자 솔로몬은 의미심장한 미소를 지으면서도 어두운 목소리로 답했다.

"과금 관리 항목은 사라져버린 것 같아. 그리고 메시지 박스랑 셧다운이랑 로그아웃도."

과금 관리란 말 그대로의 의미로 모든 과금 아이템을 관리하기 위한 항목이다. 부유대륙으로의 이동도 이 항목을 통해 하게끔 되어 있었다. 그것이 사라졌다는 것은 부유대륙을 이용할 수 없게 되었음을 의미하기도 했다.

"뭐……라고……?"

"나도 처음에는 절망했어. 부유도에 성검을 색깔별로 다 모아 뒀었으니까……. 아, 지금 생각해도 상당히 우울해지네……."

그렇게 두 사람은 얼마 동안 램프형 조명이 내뿜는 적절한 불빛 속에서 허공을 바라보며 잃어버린 물건들에 관한 추억을 돌아보았다. 벽에 드리운 그림자는 두 사람의 마음을 나타내기라도 한 듯 옅고 미덥지 못하게 흔들리고 있었다.

"그나저나 뭐. 그래서 급히 이 몸을 불러들였다 이거로군."

상처는 깊고도 깊었으나 미라는 어찌어찌 제정신을 차렸다.

"그래, 맞아. 타이밍이 너무 좋았거든. 모습이 변한 건 화장 도구 상자를 썼다는 뜻일 테고. 아주 가능성이 없는 일은 아니었으니까."

과거의 상처를 다시 봉인한 솔로몬은 눈앞에 있는 현실과 마주했다.

"이렇게 될 줄 알았다면 쓰지 않았을 것을……."

"그렇게 신경 써가며 스샷 찍고 멋진 포즈 사진집까지 만들었을 정도니 그 할아버지가 어지간히 마음에 들었구나 싶기는 했지만……. 어쩌다 변경해버린 거야?"

"뭐어, 그건…… 이야기하자면 길다만."

미라는 결국 과금 잔액의 유효 기간이 곧 끝난다는 메일이 와서 화장 도구 상자 말고는 500엔으로 할 수 있는 것이 없었다는 부분까지 말했다. 그다음인 이상적인 여성상을 만들어보자는 생각에 밤을 꼴딱 샌 일은 얼버무리고 어디까지나 흥미본위로 화장 도구 상자에서 고를 수 있는 파츠를 확인하고 있었다고 설명했다.

"그러다 그렇게 되어버린 거구나."

나리도 아니었겠디고 믿히는 솔로몬의 얼굴에는 희미한 연민의 빛이 떠올라 있었다.

"음. 결정을 누른 기억은 없다만 중간에 잠아웃 해버려서 말이지."

"호오. 네가 잠아웃을 하다니 별일이 다 있네. 어지간히 열중했 었나 봐?"

"정신이 들어보니 밤을 꼴딱 샜더군."

그제야 미라는 아주 제대로 말실수를 해버렸다는 사실을 알아 챘다. 오랜 지인인 솔로몬은 진작부터 미라가 뭔가를 얼버무리고 있다는 사실을 눈치채고 있었던 것이다. 솔로몬은 그것을 증명하 기라도 하듯 입가를 치올렸다.

"어지간히 본격적으로 만든 모양이네, 그 미라라는 애"

"……이 몸의 최고 걸작이다…….."

"응응, 다시 한 번 말할게. 너다운 로리 소녀야."

솔로몬은 입가를 일그러뜨려 장난질을 성공시킨 어린애처럼, 하지만 그보다는 훨씬 엉큼해 보이는 미소를 지었다.

일찍이 어떤 아이돌을 좋아한다느니, 이 캐릭터가 좋다느니 하 는 이야기로 밤을 지새웠던 두 사람이었다. 서로의 취향을 이해 하고 있기에 솔로몬은 미라의 취향이 고스란히 묻어난 외모임을 간파해낸 것이다.

미라는 지금까지 예로 들었던 취미 폭로와는 달리 머리끝부터 발끝까지 직접 만든 자신의 모습을 객관적으로 상상해보았다. 그 러자 현재 모습은 걸어 다니는 성적 취향 간판이나 다름없다는 생각이 퍼뜩 들어 소파의 등받이에 힘없이 몸을 던졌다.

"솔로몬이여. 화장 도구 상자를 가지고 있진 않으냐?"

미라는 지푸라기라도 잡는 심정으로 말했다.

"있어, 봐."

솔로몬이 의미심장한 투로 말하며 아이템 박스에서 끄집어낸 일본풍의 검은 상자는 틀림없이 '화장 도구 상자'였다. 옻칠이 되어 있어 윤기가 자르르 흘렀다.

순간 어안이 벙벙해져 그 상자를 바라보던 미라는 갑자기 일어나 솔로몬에게 돌격했다.

"넘겨다오~!"

"어이쿠!"

미라가 달려들자 솔로몬은 의자에 앉은 채 쓰러졌다. 그 와중에 미라의 옷에 달린 리본에 걸린 책상 위 소품들이 요란한 소리를 내며 바닥에 쏟아졌다.

"솔로몬 님, 무슨 일입니까!"

커다란 소리가 나자마자 잽싸게 반응해 문을 벌컥 열어 재낀 레이나드는 그의 예상을 까마득히 초월한 광경에 할 말을 잃었다.

두 사람은 뒤엉켜 있었다. 미라가 솔로몬을 깔고 앉듯 그 위에 올라타서 화장 도구 상자를 쥔 솔로몬의 손을 두 손으로 붙잡고 있는 상황이었다. 얼핏 보면 미라가 덮치고 있는 것처럼도 보였지만 문제는 솔로몬 쪽이었다. 미라의 몸을 지탱하기 위해 내민 손은 정확히 부드럽게 부푼 언덕을 장악하고 있었고 다리는 소녀의 하반신을 노출시키려는 듯 스커트처럼 된 로브의 옷자락을 들어 올리고 있었던 것이다.

"아니, 아무 문제도 없다."

솔로몬은 태연한 투로 그렇게 말했지만 누가 어떻게 보아도 매우 문제가 있는 상황이었다.

"그런 거였나. 네놈, 드디어 본성을 드러냈군!"

레이나드가 당연하다는 듯 폭주하기 시작했다. 그의 머리를 식히는 것은 조금 늦게 방에 얼굴을 들이민 요아힘의 일이었다.

"에이, 레이나드 씨. 침착하게 관찰해보죠. 자아, 잘 들으세요. 얼핏 보면 미라 님이 자빠뜨린 것처럼 보이지만, 솔로몬 님의 손을 잘 보세요. 제대로 주무르고 계시잖아요?"

그 말을 듣고 확인을 한 레이나드는 눈썹을 움찔하며 고뇌에 빠졌다.

"으, 그러고 보니……. 하지만……."

요아힘은 반론을 이어가려 하는 레이나드를 손으로 제지하고는 자신이 추리한 바를 입에 담았다.

"이건 요컨대, 의자 위에서 알콩달콩한 시간을 보내던 참에 균형을 잃어 지금 상황에 이르게 된 걸 겁니다! 솔로몬 님은 여성에게 관심이 없으신 줄로만 알았는데, 비슷한 외모를 가지신 분이 취향이었던 거군요. 납득했습니다. 이로써 알카이트 왕국의 훗날도 걱정 없겠군요."

요하임은 어쩐지 현재 상황을 즐기는 듯한 미소를 지은 채 레이나드를 타일렀다.

"하지만, 요아힘. 저렇게 작은 계집아이가 상대인데, 다른 이가 납득할까?"

"덤블프 님의 제자님이라면 흠잡을 데가 없는 지위 아닙니까."

"으음, 듣고 보니."

미라와 솔로몬은 그렇게 멋대로 단정해 이야기를 매듭지으려

하는 두 사람의 이야기를 듣고서야 지금 자신들이 어떤 자세로 있는지를 겨우 이해했다.

솔로몬에게 얼굴을 바싹 붙인 채 올라탄 상태인 미라. 최고로 부드러운 감촉을 손으로 맛보고 있는 솔로몬. 두 사람은 그러한 요소들과 레이나드와 요아힘의 언동을 통해 답을 도출해냈다. 그리고 두 사람은 동시에 마주 보고는 서로를 걷어차다시피 해서 크게 거리를 벌렸다.

"기다려라, 그대들. 아무래도 착각을 하고 있는 것 같은데!"

"음, 그래, 맞다. 나는 넘어지는 미라에게 휘말려든 것뿐이지 그럴 의도는 전혀 없었다고."

허둥지둥 자세를 바로 한 두 사람은 변명을 해보았다. 하지만 조금 전 상황을 목격한 레이나드와 요아힘에게는 전혀 설득력이 없는 소리로 들렸다.

"아, 솔로몬 님. 일단은 양식 있는 행동을 취해주세요."

"왕국을 위해……. 후사를 위해……."

요아힘은 쓸데없는 소리를 하고 레이나드는 미래를 그리며 조용히 집무실을 나가 살며시 문을 닫았다.

"나중에 긴급회의를 해야겠네……."

"그대도 힘들겠군."

"너두 날 만할 치지기 아니잖아.

"이 몸이야, 그 화장 도구 상자로 본래 모습으로 돌아가면 그만이지."

오해를 풀 방법을 생각하기 보다는 냉큼 원래대로 돌아가는 편이 빠르다. 미라는 솔로몬의 손에 있는 화장 도구 상자를 가리키며 말했다.

"아~. 그건 무리야. 이게 과금 아이템이라는 걸 잊은 거야?"

"그건 안다. 확실히 이제 과금은 못하니 귀중한 물건이라는 사실은 알고말고. 사용하게 해준다면 무슨 일이 되었건 그대를 위해 성심성의를 다해 진력하겠다고 약속하지. 그러니."

마치 먹잇감을 노리는 새끼 고양이처럼 솔로몬에게 손을 뻗는 미라.

"과금 아이템 취급 규정. 타인에게는 양도할 수 없다."

솔로몬은 그렇게 말하며 화장 도구 상자를 든 손을 미라에게 내밀었다.

"하지만 왜. 이렇게 건네받으면…… 가만, 어떻게 된 게야."

미라는 솔로몬의 손에서 화장 도구 상자를 낚아채려 했지만 소매에서 손가락만 빠져나온 손은 3차원 영상에 농락당하기라도 하듯 허무하게 허공을 가를 뿐이었다.


12


"이게 어찌된 일이지?"

미라는 믿기지가 않는다는 표정으로, 문자 그대로 검은 상자를 통과하는 자신의 손을 바라보았다.

"보다시피 이래. 현실이 됐다지만 원래 있던 규칙은 유효해. 이 화장 도구 상자와 같은 양도 불가 아이템은 다른 사람에게 건네줄 수 없고, 네가 지닌 마스터키 같은 소유자 권한이 제한된 아이템은 양도는 가능하지만 힘을 써서 **빼앗지는** 못해."

"요컨대, 화장 도구 상자는 직접 손에 넣지 않으면 사용할 수가 없다는 게냐?"

눈앞에 있을 터인 상자에 얼굴을 바싹 붙이며 눈을 가늘게 뜨는 미라.

"그래. 뭐어, 지금 상황에서는 과금 아이템을 손에 넣는 것 자체가 불가능해 보이지만 말이야."

"그럴 수가……."

그러한 대화를 마친 뒤, 미라는 소파에 정면으로 엎어졌다. 체념과도 비슷한 감정에 지배된 머릿속은 이제 어떤 식으로 변명을 하는 게 좋으려나, 하는 생각을 하기 시작했다.

"예외는 없으려나?"

미라는 고개만 들어 실낱같은 희망에 매달려보았다.

"근 30년 동안 들어본 적이 없어."

"그럴 수가……."

그 희망도 역사가 느껴지는 답변에 맥없이 꺾이고 말았다. 미라는 소파에서 뒹굴며 과거의 웅대했던 모습을 떠올리고는 망상의 세계로 도망치고자 눈을 감았다.

"나두 어떻게든 케주고 싶찌빈, 이셋빈은 부리야."

"정말로 그리 생각하는 게냐. 내심, 이 몸을 비웃고 있는 건 아니고?"

소파에서 뒹굴거리며 부정적인 생각을 마구 쏟아내는 미라의 모습은 토라진 어린애의 모습 그 자체였다.

"아니아니, 그럴 리가. 이곳에 온 지 얼마 안 됐다면 이 나라를 잊지는 않았을 것 아냐. 너희가 지켜준 덕에 이 나라는 타국과 대등한 관계를 맺을 수 있었어. 그렇게 해준 너를 비웃을 리가 없잖아…… 안 그래?"

솔로몬은 소파에 드러누운 미라의 모습을 흘끔 쳐다보더니 목구멍까지 치밀어 오른 웃음을 억누르며 표정을 지어 보였다.

하지만 미라는 솔로몬의 입가가 미세하게 떨리고 있는 것을 놓치지 않았다.

"것 봐라, 역시 비웃고 있지 않으냐."

"미안, 미안. 하지만 어떻게든 해주고 싶다는 얘기는 진짜야."

그렇게 말한 솔로몬은 평소처럼 부드러운 미소로 미라를 바라보았다. 미라는 그런 솔로몬을 토라진 얼굴로 노려보았다.

"아~ 그런데 소중한 기둥인 너희 현자가 지금은 부재 상태라는 거 알아?"

솔로몬은 시선을 피하며 애써 화제를 바꾸듯 그렇게 말했다.

그것은 덤블프가 없어진 시기로부터 1년도 채 되지 않아 다른 엘더들도 모습을 감췄다는 알카이트 왕국 최대의 사건에 관한 이야기였다.

"음, 그라이어에게 들었다. 듣자하니 모든 이가 때를 같이하여 사라졌다더군. 허나 지금으로부터 20년 전에 루미나리아가 돌아왔다기에 사정을 듣고자 탑으로 찾아갔더랬지."

"그래, 그랬구나. 그래서 탑에 간 거였구나. 뭐, 그 얘기까지 들었다니 오히려 잘됐네. 자아, 그럼 나라 최강의 창과 방패인 너희가 없으면 이 나라는 어떻게 될까?"

솔로몬은 퀴즈 방송 사회자 같은 말투로 말했다. 미소를 띤 그 얼굴에는 어렴풋이 그늘이 드리워져 있었다.

"과연…… 그렇겠군."

어떻게 될지는 쉽사리 상상이 갔다. 미라는 살며시 눈을 가늘게 뜨고서 턱 끝을 손가락으로 지분대며 드러누운 자세 그대로 생각에 잠겨 신음소리를 냈다.

아홉 현자의 후원을 살려 결코 침략 전쟁에 나서지 않음으로써 타국과의 알력을 피해온 알카이트 왕국. 토지는 풍요롭고 왕 역시 탐욕스럽지 않았기에 무언가를 빼앗을 필요가 없어 국방에만 주력하자 타국도 자연스럽게 교역을 요청해오게 되었다.

하지만 그런 나라의 기둥이 사라진 것이다.

공식적으로 발표된 것은 루미나리아가 돌아온 20년 전이었지만 아무리 아홉 현자의 일원이라 해도 혼자서 나라의 모든 일을 짊어지는 것은 무리일 것이다.

결과, 유익한 대지를 얻고자 한 타국의 개입이 증가해서 전쟁까지는 일어나지 않았지만 거듭된 마찰로 서서히 나라는 피폐해졌다.

이것이 현재 알카이트 상국이 처한 상황이었다. 한 명이라 해도 만약 아홉 현자가 돌아왔다면 그 영향력은 이루 가늠하기 어려우리라. 하물며 집단전에서는 현자 중 제일이라 이름 높은 군세의 덤블프라면 더더욱.

"이건 왕으로서의 의견인데 말이야, 우선 너는 이 나라의 영웅이야. 존재만으로도 영향력은 절대적이겠지만 그런 사람이 이런 로리 소녀가 되어버렸다는 이야기를 공공연히 떠들고 다니기엔 좀 그렇잖아?"

"우……우으으."

지금 현자의 제자를 칭하고 있는 것도 결국은 마찬가지로 자기보신을 위한 것이었기에 미라는 아무 말도 못하고 입을 다물었다.

"실력은 동일인물이니 변함없겠지만 인상이 전혀 다르잖아. 만약 네가 처음부터 그런 모습이었다면 전혀 문제될 게 없었을 테지만 이 나라에 뿌리내린 네 이미지는 그야말로 노련한 술자였고 현자라는 칭호에 부끄럽지 않을 풍모를 지니고 있었으니까."

그렇게 자신의 이상적인 남성상을 칭찬하는 소리에 기분이 좋아진 미라는 신이 나서 의기양양한 포즈로 솔로몬에게 시선을 보냈다.

"그렇지? 지금도 최고 걸작이었다고 자랑스럽게 말할 수 있을 정도니 말이지."

"그런 영웅이 이런 여자애가 됐다면 이미지가 어떻게 될 것 같아?"

그 말을 들은 미라는 상상해보았다. 존경하는 인물. 예를 들어 덤블프라는 이름의 모티브가 된 인물이 한참 어린 소녀가 되었을 경우를.

"…………못 미덥겠군."

그렇게 중얼거린 미라는 자신이 놓인 상황을 완전히 이해했다.

"그렇겠지? 나로서는 덤블프가 나라에 돌아왔다고 선언하고 싶지만, 그런 사정 때문에 지금의 네 모습을 공표할 수가 없어. 화장 도구 상자의 존재를 일반인들은 모르니까."

"흐음~ 선언만 하고 모습은 보이지 않을 수는 없을까?"

미라는 묘안이 떠올랐다는 표정으로 불쑥 소파 위에서 자세를 바로잡았다.

"그건 어렵지 않을까. 30년 만에 영웅이 귀환했는데. 온 나라에서 성대한 파티가 벌어질 텐데 주빈이 출석하지 않을 수는 없잖아. 흥분이 식고 나면 분명 다른 나라에서 정탐을 오기도 할 테고."

솔로몬은 딱 잘라 묘안을 부정했다. 그와 동시에 미라도 충격을 받은 듯 소파에 엎어져서 또다시 뒹굴거렸다. 솔로몬이 말한 것처럼 30년이나 행방불명되었다면 그 귀환을 축하하는 차원에서 파티가 열리는 것이 당연한 흐름이었다. 진실인지 어떤지를 파헤치려는 첩자도 나타나리라. 결과, 덤블프가 없다는 사실이 알려지면 타국의 불신을 사게 되리라는 것은 불을 보듯 뻔했다.

하지만 솔로몬은 애초에 미라를 만난 순간부터 덤블프의 귀환을 발표할 생각은 없었다. 본론이 있는 것이다. 그것을 말하기 위해 솔로몬은 미라가 드러누운 소파로 다가갔다.

자신의 곁에 선 솔로몬의 미소에 숨은 진지한 눈빛을 본 미라는 자세를 바로하고는 의아하다는 눈빛으로 그를 올려다보았다.

그때였다. 갑자기 복도 쪽이 소란스러워지더니 레이나드와 요아힘의 목소리가 들려왔다. 문 옆까지 다가갔던 솔로몬이 무슨 일인가 싶어 문을 열어 보니 국방 관련 전령을 맡은 통신관이 그곳에 서 있었다.

"무슨 일이냐."

미라와 대화를 하던 때와는 달리, 솔로몬은 낮고 차분한 목소리로 통신관에게 물었다. 레이나드와 요아힘은 인사를 올리고는 그대로 양 옆으로 물러났다. 통신관은 문을 열고 나타난 솔로몬 왕의 모습에 순간적으로 놀라기는 했지만 금세 예를 갖추고는 보고할 내용을 읊기 시작했다.

"베네딕트 요새에서 긴급 보고가 들어왔습니다. 북서쪽을 향해 진군하는 마물 무리를 발견. 그 수는 눈어림으로 이백. 또한, 무리는 서른 이상의 종족으로 구성되어 있다고 합니다."

보고를 마친 통신관은 한 걸음 물러나 대기 자세를 취했지만 어지간히 서둘렀는지 어깻숨을 몰아쉬고 있었다. 그만큼 시급한 내용이었는지 레이나드와 요아힘도 동요한 기색이 역력했다.

"베네딕트 요새라면 이미 국토 안이잖아. 국경 경비가 그만한 수의 무리를 발견하지 못했다는 말인가?!"

"이렇게 빨리 다음 무리가 나타날 줄이야, 심지어 서른이 넘는 종족이 혼성으로 무리를 짓는 일은 처음 있는 일. 신경 쓰이는군요."

초조한 태도를 보이는 레이나드에 반해 요아힘은 험악한 표정을 짓기는 했으나 냉정하게 상황을 분석했다.

"짧은 간격, 혼성……. 흠, 잠시 기다려라."

솔로몬은 보고 내용을 머릿속에서 반추해보더니 좋은 생각이 났다는 듯 그렇게 말하고는 집무실로 돌아와 문을 닫았다. 통신 관은 그 말을 듣고 직립부동 자세로 대기했다.

무언가를 알아챘거나 짚이는 바가 있을 때 솔로몬이 보이는 소소한 미소를 요아힘은 놓치지 않았다.

"부탁하고 싶은 게 있는데."

솔로몬은 문을 닫은 직후, 소파 구석에서 귀를 기울이고 있던 미라에게 대뜸 그렇게 말했다.

"마차 여행을 해서 피곤한데 말이지."

이야기의 흐름을 통해 부탁이 어떠한 것일지 추측해낸 미라는 호들갑스럽게 장딴지를 손으로 주물러 풀었다.

"이렇게 부탁할게. 네가 아니면 안 된다고!"

"그렇다면 별수 없지. 이 몸한테 맡겨라!"

솔로몬이 어쩐지 연극이라도 하듯 말하자 미라 역시 같은 말투로 답했다. 그러자 솔로몬은 즐거운 듯 미소를 지어 보였다.

"이 대사, 엄청 오랜만에 읊어보네. 정말 그립다아."

"이 몸한테는 옥문(獄門)의 방패 재료를 얻어야 한다며 억지로 끌려간 게 일주일 전 일이었다만."

"갔었지, 갔었어. 옥문의 방패. 결국 재료는 안 나왔지만."

일단 거길 했나가 내뱉아낸 승낙하나. 이 일련의 흐름은 무언가를 부탁할 때 두 사람이서 하는 의례 같은 것이었다. 그것은 솔로몬으로서는 30년 만에 입에 올린 것이었던지라 그는 그립다는 듯 눈을 감은 채 기쁨의 웃음을 터뜨렸다.

"그나저나 시급한 일 같던데. 이 몸은 어쩌면 되지?"

"미안, 미안. 그게……."

미라의 한마디에 솔로몬은 쉼 없이 흘러넘치는 과거의 추억을 억누르며 표정을 수습했다. 그러고는 미라를 정면으로 바라보며 현자 덤블프의 소환술과 쌍벽을 이루는 또 하나의 능력에 대해 생각했다.

"그런데 지금, 속성 마봉석은 갖고 있어?"

"음, 모든 종류를 완비하고 있지."

미라는 가지고 있는 게 당연하다는 두로 답했다.

솔로몬이 말한 마봉석이라는 것은 특수한 힘을 담아둘 수 있는 성질을 지닌 보석에 모종의 힘이 깃든 것의 총칭이다. 그리고 이 마봉석은 자연계에서 찾을 수 있는 것이 주를 이루었지만 덤블프 가 개발한 정련이라는 생산 기술을 통해서도 만들 수 있었다.

정련이란 특수한 힘, 요컨대 온갖 속성력과 보정력을 추출, 융합, 정착시키는 기술을 뜻한다. 보석에 깃든 특수한 힘을 장비품 등에 정착시킴으로써 술법적으로 강화를 하거나, 반대로 장비에 깃든 힘을 추출하여 보석에 가두거나 하는 술식생산 기술이다.

"그래, 그렇구나. 응, 역시 네가 와줘서 다행이야."

솔로몬이 그렇게 말하며 보인 미소에는 친구와 재회한 것에 따른 기쁨 말고도 이해득실을 따지는 왕으로서의 기쁨도 섞여 있었다. 그것은 미라로서도 눈에 익은 표정으로 솔로몬이 30년이라는 세월이 흘렀음에도 자신이 알았던 때와 변함이 없다는 생각에 안심을 하기 충분한 것이었다.

"그러면, 자세한 내용은 가는 길에 설명하게 할 테니까 잘 부탁할게."

"흠, 알겠다."

솔로몬은 호쾌하게 문을 열어 젖혀 밖에서 대기하고 있던 세 사람의 놀란 표정을 흘끔 보고는 쿡, 하고 웃고서 몇 가지 명령을 내렸다. 통신관은 예를 올리고 나서 종종걸음으로 떠나갔고 레이나드 역시 자신이 받은 지시를 수행하기 위해 그 자리를 뒤로했다.

"특별한 차량을 준비시켰다. 그걸로 현지로 가다오."

솔로몬은 미라에게 손짓을 하며 그렇게 말하더니 요아힘에게 고개를 돌려 "안내를 부탁하마"라고 말을 이었다.

"알겠습니다."

그렇게 말한 요아힘은 유려한 동작으로 예를 올리고는 미라에게도 존경심을 담아 묵례했다.

"그럼, 다녀오지."

"그래, 부탁할게."

미라와 솔로몬은 그렇게 짧게 말을 나누었다. 그것은 요아힘에게는 오늘 막 만난 사이로는 보이지 않을 정도의 신뢰가 담긴 말처럼 들렸다. 요아힘은 문 너머에서 희미하게 들려온 말을 떠올렸다.

'네가 아니면 안 된다고.'

엉뚱한 오해를 품은 채, 요아힘은 특별한 차량이 준비된 차고로 미라를 안내했다.

알카이트성 지하, 그곳에는 특수한 마차 등을 격납하기 위한 전용차고가 있었다. 그곳으로 안내를 받은 미라는 무광 처리가 되어 상당히 현대적으로 개조된 검은 차량 앞에 서 있었다. 그것은 전체적으로는 금속으로 보강되었고 천장에는 특징적인 통이 붙어 있어 거의 장갑차나 다름없다 해도 과언이 아닌 물건이 되어 있었다. 아무래도 이것이 솔로몬이 말한 특별한 차량인 듯했다.

"취향 참 독특하군."

"저는 아주 마음에 듭니다만."

어디선가 본 듯한 차체를 올려다보며 중얼거린 미라의 말을 들은 것은 마부라기보다는 운전수로 동행하게 된 갈렛이었다.

"이렇게 빨리 그대와 재회하게 될 줄이야."

"이것 참, 영광입니다."

미라는 눈을 가늘게 뜨고서 흘겨보기라도 하듯 갈렛에게로 시선을 옮겼다. 쑥스럽다는 듯한 표정을 짓던 갈렛은 장갑차의 중후해 보이는 문을 열었다.

"타시죠, 미라 님."

일반적인 승용차처럼 앞뒤로 나뉘어 있는 장갑차 내부에는 묵직한 소파가 놓여 있었다.

미라는 장갑차의 외장을 손등으로 가볍게 두들겨 보고서 안으로 들어가서 그대로 부드러운 소파에 몸을 파묻듯 앉았다.

내부 설비는 푹신푹신한 소파를 제외하면 가죽과 나무판으로 간소하게 되어 있었지만 미라는 나쁘지 않다고 생각했다.

"외면과는 달리 상당히 승차감이 좋을 것 같군."

"그럴 필요가 있기 때문입니다만."

갈렛은 몸을 위아래로 튕겨 소파의 탄력을 확인하던 미라에게 쓴웃음을 지으며 답했다. 미라는 그 쓴웃음의 의미를 금방 깨닫게 되었다.


장갑차는 알카이트성에서 발사되듯 출발하여 마물 무리를 발견했다는 보고가 들어온 방면을 향해, 초원을 양단할 듯한 기세로 단단하게 다져진 길을 폭주했다.

'솔로몬 녀석, 이러한 걸 만들고 있었을 줄이야.'

미라는 천리마차와는 비교도 되지 않는 정도로 흘러가는 풍경에서 시선을 떼어 앞줄에 앉은 갈렛을 바라보았다. 복잡한 장치가 늘어선 그 운전석에 앉은 갈렛은 신이 나서 핸들을 쥐고 있었다.

"중량이 상당할 것 같았는데 꽤 빠르게 달리는군."

장갑차의 앞 유리는 세로로는 짧았지만 가로로는 길었다. 그 앞 유리에는 초원과 드문드문 보이는 숲이 가득 펼쳐져 있었다. 그보다 먼 곳에 자리한, 부자연스럽게 하늘을 향해 치솟아 있는 하얀 기둥을 바라보며 미라는 말했다.

"그야, 최첨난 마도공학의 결정체니까요."

그렇게 답한 갈렛의 목소리는 들떠 있어 정면을 보고 있어도 만면에 미소를 띠고 있으리라는 것을 쉽게 예상할 수 있을 정도였다.

"마도공학이라?"

미라가 생소한 명칭에 의아하다는 반응을 보이자 갈렛이 더더욱 신이 난 목소리로 말하기 시작했다.

"네에, 정말 굉장한 기술이죠. 마봉석에 담겨진 힘을 금속 부품을 조립해 만든 장치로 제어하는 것, 이라고 들었습니다."

"호오…… 마봉석을 쓰는 겐가."

"네. 이 아머드 지프는 최근 완성된 것이고 그런 만큼 최신예 기술이 잔뜩 담겨 있죠. 하지만 그런 만큼 연비, 요컨대 마봉석의 소비량도 많아서 테스트 삼아 한 번 달리게 한 게 다였거든요."

그렇게 말하는 갈렛의 목소리는 계속해서 활기를 더해갔다.

"하지만 조금 전에 마음껏 써도 좋다며 갑자기 엄청난 양의 마봉석을 건네받았습니다. 그리고 이 아머드 지프로 미라 님을 목적지로 신속히 모시라는 분부를 받았죠! 감사합니다!"

갈렛은 잽싸게 고개를 돌려 감사인사를 하자마자 곧장 정면으로 다시 고개를 돌렸다.

정련기술의 제1인자인 덤블프가 행방불명이 됨으로 인해 기술의 근간을 이해하고 있는 자가 없어져 정련은 거의 발전하지 못하고 있었다. 그런 탓에 생산이 수요를 따라가지 못해 높은 등급의 마봉석은 귀중품이 된 것이다.

그런 마봉석을 미라를 바래다준다는 명목으로 마음껏 쓰게 되었다. 그 결과, 갈렛은 현자의 제자에 대한 후한 대우에 놀라기는 했으나 좌우간 그녀에게 감사하기로 했다.

'과연. 그래서 마봉석 이야기를 한 게로군.'

미라는 솔로몬이 마봉석을 가지고 있느냐고 물었던 일을 떠올렸다. 요컨대 공급 방도가 생겼기에 인심을 후하게 쓴 것이다. 사실은 대우가 후한 것이 아니라 아직 한 번 밖에 움직여본 적이 없는 아머드 지프의 시운전을 겸해 미라를 신속하게 목적지로 보내는 것에 따른 실익을 따져보고서 내려진 조치였다.

갈렛은 탈것에 유달리 강한 애정을 가지고 있었다. 전차단 부단장이라는 직책을 맡은 것도 그러한 이유가 절반이었다. 그리고 가장 좋아하는 아머드 지프로 제한 없이 마구 탈 수 있게 된 갈렛은 때는 지금이라는 듯 마봉석을 마구 투입하고 있었다.

아머드 지프의 성능은 미라가 상상했던 것보다 훌륭했다. 특징적이라 할 수 있는 것은 마봉석의 힘에 의한 차체 강도의 강화다. 다소의 마물을 들이받아도 꿈쩍도 하지 않는 데다 포장되지 않은, 길 없는 길을 거의 최고속도로 질주해도 차체에 걸리는 부가가 거의 없는 것이다.

하지만 내부는 사정이 달랐다.

"이건…… 어떻게 좀 할 수 없는 게냐?!"

미라는 소파 위에서 엎치락뒤치락하며 목소리를 높였다. 그 이유는 길을 벗어나 초원 한복판을 내달리고 있기 때문이었다.

최신 마도공학을 실십해 만든 아머드 지프에는 각 지점에 설치된 통신기와 교신할 수 있는 장치가 탑재되어 있었다. 그것을 이용해 들은 최신정보에 의하면 마물 무리는 똑바로 무언가를 향해 직진하고 있다는 사실이 판명되었다고 한다. 그 진행방향에는 사람이 살 법한 장소는커녕 초원과 숲이 펼쳐져 있을 뿐이었다. 유일하게 특필할 만한 것이 있다면 하얀 기둥이 하늘 높이 치솟아 있는 꽃밭이 있다는 점뿐이었다.

그러므로 아머드 지프는 목적지를 예상해 그곳으로 직진하고 있었다. 심하게 울퉁불퉁한 초원을 달리면 당연히 차체도 격하게 흔들리기 마련이라 때로는 차체가 허공을 날았고, 미라는 그 때마다 튀어 올라 푹신푹신한 소파 위에 내동댕이쳐졌다. 그럴 필요가 있기 때문이라던 쓴웃음 섞인 갈렛의 말은 이것을 두고 한 것이었다.

"꽃밭이 보입니다. 곧 도착합니다!"

신이 날 대로 난 갈렛의 머릿속에 '정지'라는 두 글자는 없는지 아머드 지프는 계속해서 초원을 가로질렀다.

"으~음…… 꽃밭이, 보이는, 구나아."

마치 트램펄린 경기라도 하듯 소파에서 위아래로 마구 튀어 오르고 있는 미라는 다른 꽃밭의 환상을 보며 그렇게 중얼거렸다.

산뜻한 녹음이 가득 펼쳐진 완만한 언덕을 끝까지 오르자 잔뜩 기세가 오른 아머드 지프는 그대로 꼭대기에서 날아올랐고 갈렛은 가벼운 부유감을 만끽하며 환호성을 질렀다.

꼭대기를 지난 언덕 앞은 완만한 경사를 이루고 있었고 그곳보다 깊은 초원과 듬성듬성 자리한 숲이 일대에 펼쳐져 있었으며, 그 멀리 보이는 심록 속에 말끔한 원형의 꽃밭이 보였다. 고운 빛깔로 물든 그 중심에는 순백색 기둥이 마치 수호자의 검처럼 꽂혀 있었다.

미라는 소파 위에서 자세를 바로하고는 앞 유리를 응시했다.

"아무래도 정답이었던 것 같군."

높이는 은의 연탑의 배는 되는 하얀 기둥. 그 근처 숲에서 우르르 나온 집단은 똑바로 그 기둥을 향해 진군하고 있었다. 아직 까마득히 멀어, 어떠한 종류가 있는지는 구분이 안 되었지만 무질서하게 꾸물거리는 그 집단의 모습은 마물이 분명하다는 확신을 얻기에 충분했다.

"그나저나 거리가 이렇게 떨어져 있으면 저쪽이 먼저 도달할 것 같습니다만."

기둥에서의 거리는 미라 일행보다도 마물 무리 쪽이 압도적으로 가까워서 아머드 지프가 아무리 빠르다 해도 뒤집을 수 있을 것 같지가 않았다.

"별수 없지. 최대한 서두르거라."

"분부 받잡겠습니다!"

갈렛은 그렇게 답하더니 마봉석을 동력부 투입구에 세 개 정도 한꺼번에 던져 넣었다. 마봉석의 힘을 원동력으로 변환하는 아머드 지프의 심장부가 한층 더 큰소리를 내기 시작한 것을 들은 미라는 경직된 표정으로 "서두르되 안전하게 운전해라" 하고 말을 바꿨나.

아머드 지프는 완만한 경사면을 내려가 울창한 풀숲과 여기저기 난립한 나무들을 헤치며 격렬히 질주했다. 그리고 몇 분이 채되지 않아 무리를 육안으로 자세히 볼 수 있을 정도로 거리를 좁혔다.

미라가 현기증이 나서 핸들을 쥔 갈렛을 보지 않으려 애쓰며 꽃밭을 마구잡이로 짓밟는 마물들에게 초점을 맞춘, 그 순간이었다.

"저게 대체 어떻게 된 일이지……?"

하염없이 목적지로 향하던 마물 무리는 그 자리에 도착하자마자 각자의 무기를 번뜩이며 마주 보더니 느닷없이 그들끼리 살육전을 벌이기 시작했다. 마물 무리는 여러 종족으로 되어 있었지만 개중에는 동족으로 된 집단도 얼마간 존재했다. 하지만 마물들은 그마저도 개의치 않고 그저 근처에 있던 상대에게 덤벼들고 있었다.

"대체 이게 무슨……. 서두르겠습니다!"

마물이 마물을 포식하는 일이 아주 없지는 않았다. 하지만 동족끼리 그러는 일은 없었고 애초에 포식 관계에 있었다면 사이좋게 행진을 하지도 않았을 것이다.

'저곳에 있는 뭔가를 두고 쟁탈전을 벌이고 있는 겐가? 아니면…….'

어떠한 의도가 있건 그것은 의심할 여지없이 현재 진행 중이었다. 미라는 이루 말할 수 없는 불안감을 느끼며 소파 위를 나뒹굴었다.

아머드 지프가 꽃밭에 도달하기 직전에 정차하자 한 소녀가 문을 박살낼 기세로 뛰쳐나왔다.

"레서 데몬……. 역시 이 녀석이 연루되어 있었나."

마물들 속에 한 마리의 이질적인 존재. 상처투성이가 된 마족, 레서 데몬이 있었다.

살육전을 벌이던 마물들의 수는 눈 깜짝할 새에 줄어들었고 마지막 한 마리만 남은 순간, 레서 데몬이 그 목을 베어버렸다.

"귀에 거슬리는 목소리로군."

꽃밭 구석에서 마족이 미친 듯이 낄낄대고 웃었다. 미라는 상대를 힐끗 노려보더니 즉시 다크나이트를 소환했다.

나타난 흑기사는 여기저기 흩날려 있는 마물의 시체를 걷어차며 내달려 눈 깜짝할 새에 레서 데몬을 양단했다. 그러자 베인 상처에서 검은 안개 같은 것이 뿜어져 나왔다. 하지만 그것은 은은히 공중을 떠돈 후, 안개처럼 녹아 없어졌다. 그 아래에서 엄청난 수의 시체 중 하나가 된 레서 데몬의 시체는 어쩐지 기쁨의 미소를 짓고 있는 듯 보였다.

"이것 참, 처참한 광경이군요."

따라온 갈렛이 주변을 둘러보며 말했다. 본래 시야를 가득 메웠던 고운 빛깔의 꽃들은 마물들의 피로 거무튀튀하게 물들어 순결을 잃은 처녀처럼 힘없이 드러누워 있었지만, 꽃밭에는 아직 무사한 장소도 남아 있었다. 파손된 것은 가장자리에 해당하는 부분뿐으로 중심부를 비롯한 건재의 실빈은 어찌된 일인지 피 한 방울 튀지 않았던 것이다.

"그럼, 돌아가도록 할까. 가만, 그 전에 시체를 처리해야 하려나."

게임이었다면 마물들의 시체는 자연 소멸했으리라. 하지만 미라는 문득 이 세계에 온 직후의 일이 떠올랐다. 다크나이트가 학살한 고블린의 시체를 기사단들이 불태웠던 일이.

"그래야겠군요. 이대로 두면 엄청난 수의 구울이 발생할 것 같으니."

갈렛은 발치에 널브러져 있는 무수한 시체들을 흘끔 쳐다보니 "잠시 다녀오겠습니다"라는 말과 함께 아머드 지프로 달려갔다.

얼마 후 돌아온 갈렛의 손에는 작은 주머니 두 개가 들려 있었다.

"우선 한곳으로 모으죠. 미라 님, 이걸 마물의 시체에 뿌려주시겠습니까?"

갈렛은 그렇게 말하며 주머니 하나를 내밀었다.

"……흠, 뭐냐, 이건?"

받아든 주머니 안에는 하얀 분말이 들어 있었다. 미라는 시키는 대로 발치에 놓인 시체들에게 가루를 한 줌씩 뿌리며 물었다.

"하멜른의 재입니다. 아, 그리고 손가락으로 조금씩만 집어 뿌리셔도 됩니다."

갈렛은 그렇게 말하고는 종종걸음으로 꽃밭을 뛰어다니며 마물의 시체에 재를 뿌리기 시작했다.

결국, 이것이 무엇인지는 모르겠지만 나중에 말해달라고 하자는 생각을 하며 미라도 갈렛을 따라 재를 뿌려 나갔다.

작업은 십여 분 만에 완료되어 두 사람은 아머드 지프 옆에 있었다.

"그럼 어서 끝내고 돌아가도록 하죠."

갈렛은 그렇게 말하며 조금 앞으로 걸어가 땅바닥에 네모난 돌을 내려놓았다. 그대로 돌아오고 나서 잠시 시간이 지나자 이상한 광경이 미라의 눈앞에 펼쳐졌다. 죽었을 터인 마물이 느릿느릿 일어나 걷기 시작한 것이다.

미라는 순간적으로 경계했지만 차분해 보이는 갈렛의 태도와 조금 전에 들었던 아이템 이름을 통해 효과를 추측하고는 오호라, 하고 납득했다.

생기 없는 눈을 한 마물들은 돌이 놓인 장소를 향해 기계적으로 모여들어 차례차례 몸을 포개기 시작했다.

몇 분도 채 되지 않아 마물들의 시체가 산을 이루었다.

"그럼 불태울까요. 미라 님, 조금 물러서 계십시오."

갈렛은 말하자마자 아머드 지프 위로 뛰어 올라가 그곳에 장착된 포구를 시체더미 방향으로 돌렸다.

"불의 마봉석은…… 아, 이거군요. 그럼 쏘겠습니다!"

갈렛이 무언가를 조작한 직후, 굉음과 함께 한 줄기 빛이 시야를 가로질러 시체더미로 빨려들더니 불기둥이 하늘을 찌를 듯 솟구쳤다.

"참으로…… 후쾌히군그대."

미라는 불똥을 튀기며 불타오르는 시체더미 앞에서 그렇게 중얼거리고는 그대로 고개를 돌려, 속이 다 후련하다는 표정을 짓고 있는 갈렛을 보고 쓴웃음을 지었다.

무리의 시체 처리를 마치고 아머드 지프로 꽃밭을 떠나던 도중, 미라는 뒤 유리를 통해 후방을 흘끗 쳐다보았다. 문득 뇌리에 떠오른 것은 이미 만신창이 상태였던 레서 데몬이 마지막 순간에 보인 기분 나쁜 미소였다. 마족은 때때로 하급 마물들을 선동하기도 하니 이번 무리들은 레서 데몬이 데려온 것이리라고 미라는 추측했다.

"흠……? 훨씬 하얗지 않았던가?"

코앞에서 난리가 벌어졌음에도 불구하고 하얀 기둥은 여전히 우두커니 서 있었다. 하지만 미라의 눈에는 왔을 때보다 약간 거무스름해져 마치 마물의 피를 빨아들이기라도 한 듯 보였다.

13

국토 내에 느닷없이 나타난 마물 무리. 미라는 그것들을 토벌하고 알카이트성으로 돌아와서 보고를 마치자마자 집무실에 있는 소파 구석에 몸을 묻었다.

"흔들리지 않는다는 것이 이토록 좋을 줄이야."

돌아올 때도 마구 흔들려대는 아머드 지프를 타고 온 미라는 진동에서 해방된 탓인지 풀어질 대로 풀어진 표정으로 우아하게 애플오레의 병을 기울이고 있었다.

"설마 레서 데몬이 연루되어 있었을 줄이야. 무리는 전멸했지만 레서 데몬의 목적은 달성되었다, 라고 봐도 되는 거지?"

"음, 틀림없을 게다. 그 귀에 거슬리는 웃음소리로 미루어 보건데 말이야."

미라는 레서 데몬이 마지막 순간에 보인 기분 나쁜 웃음을 떠올리며 아직 절반이 남은 애플오레 병을 탁자 위에 내려놓았다.

레서 데몬의 웃음소리. 그것은 플레이어라면 모를 리가 없는, 적의 목적이 달성되었다는 신호 같은 것이었다. 요컨대 다크나이트가 베기 전에 레서 데몬이 무언가를 성취해냈다는 뜻이다.

"신경 쓰이는걸. 안 그래도 바쁜데 또 성가신 일이 늘다니."

게임이었을 무렵, 레서 데몬이 연루된 이벤트는 하나같이 결말이 썩 좋지 않아서 완료를 해도 영 떨떠름하기만 한 것이 대부분이었다. 솔로몬도 당연히 그러한 일들을 경험했던지라 넌더리가 난다는 표정으로 보고를 정리했다.

"음, 그 성가신 일에 이 몸도 포함되나?"

덤블프가 아닌 그 제자로 온 미라는 성가신 일이라는 말에 반응했다.

"아니아니, 그럴 리가 없잖아. 오히려 그걸 해결해줄…… 아, 어쩌다 보니 대화가 끊겼는데, 너를 지금 당장 현자라고 발표할 수는 없다는 얘기 중이었지?"

"그러고 보니 그러했지."

"그래서 제안하고 싶은 게 있는데."

솔로몬은 정리한 보고서를 책상 구석으로 밀어놓더니 어디서 많이 본 듯한 사령관처럼 손깍지를 끼고서 몸을 앞으로 내민 채 말을 이었다.

"호오, 무엇이지?"

미라 역시 그 몸짓에 반응해 날카로운 시선을 한 채 소파에 고쳐 앉아서 턱 끝에 손가락을 가져다 댔다. 일찍이 동료들 사이에서 유행했던 진지한 회의를 할 때의 포즈였다.

"모두가 납득할 만한 성과를 올리고 나서 덤블프의 제자로서 엘더를 계승했다고 선언하면 되지 않을까 싶거든."

솔로몬의 말은 현자의 제자라는 칭호에 걸맞는 관록을 붙이자는 뜻이었다. 느닷없이 나타난 소녀가 덤블프라 한들 믿을 사람은 얼마 되지 않으리라. 믿는다 해도 너무나도 변해버린 외모로 인해 위엄이 사라져, 어떤 악영향이 나타날지 모를 일이다.

또한, 덤블프의 제자라는 명목으로 곧바로 현자의 지위에 앉힌다는 방법을 취할 경우, 영웅의 제자라고는 해도 아무런 실적도 없는 소녀가 술사의 최고봉이자 나라의 방향성을 좌우할 권한까지 얻게 된다면 수련에 힘쓰고 있는 술사들로부터 불필요한 반발을 살 수도 있으리라.

하지만 나라에 큰 공헌을 했다고 할 수 있을만한 실적과 함께 나타난다면 어떨까.

"분명 잘될 거라고는 말 못하겠지만, 해볼 만한 가치는 있다고 봐. 아니, 해줬으면 해."

미라의 실력을 공표한다는 간단한 방법도 있기는 했다. 하지만 솔로몬은 그 방법을 포기했다. 미라 본인은 그다지 실감하지 못하고 있었지만 덤블프의 후임이라는 지위는 현재, 상상 이상으로 무거운 것이 되어버렸기 때문이다. 사람들을 납득시키려면 그 자리에 걸맞은 존재임을 증명할 필요가 있다고 솔로몬은 생각했다.

"뭐, 사정은 알겠다만. 해서, 이 몸한테 무슨 일을 시키려는 게 지?"

미라가 그렇게 묻자 솔로몬은 크게 심호흡을 하며 팔짱을 끼었 다. 그리고 진지한 자세로 다소 난감하다는 듯한 표정을 지어보 였다.

"덤블프…… 아니, 앞으로는 미라라고 부를게. 어디서 새어 나 갈지 모를 일이니까."

"음, 좋을 대로 해라."

"그래서, 미라. 너한테 부탁하고 싶은 건 다름이 아니라, 모두 를 찾아와달라는 거야."

"모두라?"

미라는 턱을 손으로 쓸며 그렇게 되물었다. 모두라 한들 누구 부터 누구까지를 모두라 하는 것인지. 얼핏 들어서는 알 수가 없 었지만 이야기의 맥락을 통해 자연스럽게 예상은 되었다. 그 답 에 도달한 미라는 미간에 주름을 잡으며 진심으로 성가시다는 듯 한 표정을 지었다.

"지금 이 세계에 있는 아홉 현자는 루미나리아와 이 몸뿐이 아 닌 게냐?"

"응. 굳이 말하자면 네가 마시막이야."

"뭣이라……."

"처음에 여기 왔을 때, 프렌드 리스트에 관해 가르쳐줬었지? 확인해봐."

그 말에 미라는 팔찌를 조작했다. 숨겨진 화면을 띄워 프렌드

리스트를 열어 보니 그곳에는 과거 친해졌던 친구들의 이름이 나열되어 있었다. 솔로몬과 루미나리아의 이름은 하얀 문자로 적혀 있었다. 미라는 거기에서 목적한 이름을 발견하고는 진심으로 께느른한 표정으로 그 하얀 문자로 적힌 이름을 눈으로 좇았다.

"흠…… 전부 온라인이로군."

미라가 확인한 이름은 일곱 명. 요컨대 덤블프와 루미나리아를 제외한 나머지 아홉 현자의 이름이었다.

"그렇지?"

"그럼, 왜 없는 게야?"

솔로몬은 덤블프가 오프라인에서 온라인 표시로 바뀐 것을 통해 미라가 덤블프일 지도 모른다는 사실을 알아챘다. 요컨대 온라인이라는 것은 현실이 된 이 세계에 있는 것이라고 해석할 수도 있는 것이다. 하지만 거점일 터인 알카이트 왕국에는 루미나리아 밖에 없었다.

"그걸 모르겠어서 너한테 찾아와달라는 거야."

"어려운 부탁을 하는군. 어딜 어떻게 찾으라는 게야. 이 녀석들은 탑이 아니고서는 한 곳에 머물 녀석들이 아니거늘."

"뭐어, 솔직히 말하자면 시간은 걸리겠지. 하지만 가능하면 올해 내에 절반은 찾아내줬으면 해."

올해 내에 절반. 미라는 제한시간을 제시한 솔로몬의 진의가 짐작도 되지 않아 떠오른 의문을 그대로 입에 담았다.

"올해 내라니, 성질도 급하군. 아무런 단서도 없는 상태에서 그 녀석들을 찾는 일은 한두 해만에 가능한 일이 아닐 터인데."

미라는 그럭저럭 알고 지낸 기간이 긴지라 동료들을 상당히 잘 안다고 할 수 있었다. 그런 연유로 개개인에게 이해가 안 가는 부분이 있다는 사실 또한 충분히 잘 알고 있었다.

"뭐어, 그야 그렇겠지만 말이야. 올해 내로 해내지 못하면 좀 난감해져. 네가 이 세계에 나타난 것도 상당히 아슬아슬한 타이밍이라 할 수 있었거든. 그래서 난 이걸 운명이라 생각하기로 했어."

솔로몬 역시 호락호락한 일이 아니라는 것은 안다. 그렇기에 가장 가능성이 높은 상대에게 맡기고 싶은 것이다.

소년이 진심으로 피곤한 듯 미간에 주름을 잡는 모습은 몹시 위화감이 느껴지는 것이긴 했지만, 미라는 그 말투와 표정을 통해 어지간히 다급한 사정이 있는 것이리라 짐작했다.

"어찌하여 그렇게 서두르는 게야. 이유를 말해봐라."

미라가 그렇게 말하자 솔로몬은 책장에서 서류를 정리한 한 권의 파일을 꺼내어 소파 앞 탁자 위에 그것을 펼쳐놓았다.

파일에는 10년 전에 일어난 어느 전투의 기록이 적혀 있었다. 미라의 머릿속 한편에서 그라이어와 나눴던 대화가 되살아났다. 어느 전투 후, 마물의 출현율이 올라갔다는 이야기였다.

"삼신국 방위전……인가."

미라는 내용을 훑고 지나보고서 파일 표지를 확인하고는 중얼거리듯 그것을 읽었다.

"알아?"

"음. 10년 전 일어난 일이라더군. 그라이어 말로는 그 후부터 마물의 습격 빈도가 늘었다던데."

미라는 파일을 노려보며 그라이어에게 들었던 내용을 떠올려 보았다.

"그래, 맞아. 너희가 없어져서 기사단을 파견하게 됐거든. 수도 많은 데다 군사비도 엄청나게 들었지."

솔로몬은 설명하며 미라의 옆자리에 앉아 탁자에 놓여 있던 마시다 만 애플오레를 입에 댔다.

"이 쓸데없이 달콤한 맛. 엄청 오랜만이네."

"으, 멋대로 마시다니. 그대의 신분이라면 좀 더 고급스러운 걸 얼마든 마실 수 있을 터인데."

"나는 타고난 임금님이 아니니까. 정크푸드에 대한 사랑을 잊은 적은 없어."

솔로몬은 그렇게 말하며 빈병과 함께 나머지 한쪽 손을 미라에게 내밀었다. 더 달라는 뜻이다.

"이것 참. 해서, 이것과 무슨 상관이 있는 게지? 결국은 옛날 일일 터인데. 아니면 또 이 몸들에게 토벌을 시켜 군사비를 아끼려는 심산이냐?"

미라는 빈병을 뿌리치면서도 애플오레를 끄집어내서 솔로몬에게 건네주었다.

"아~ 글쎄. 그렇게 해주면 엄청 도움이 되겠지만 좀 더 절박한 문제가 있거든."

그렇게 말한 솔로몬은 애플오레를 입에 대며 파일 페이지를 넘기다 어떤 부분에서 멈췄다. '한정부전조약'이라는 제목이 붙은 페이지였다.

"흠, 이것은?"

제목을 한번 노려본 미라는 그 아래에 이어진 자잘한 문자는 거들떠보지도 않고 곧장 답을 요구했다.

"네가 없을 때 벌어진 일이니 넌 모르겠지만 삼신국 방위전은 과거 우리가 경험했던 전쟁과는 비교도 되지 않을 정도의 규모로 치러졌어. 초기 삼국의 왕, 신왕이 직접 지휘를 맡았다고 하면 알아듣기 쉬우려나?"

"그럴 수가……. 그 부동왕들이?"

미라가 놀란 것도 무리는 아니었다. 초기 삼국이란 모든 이가 한 번은 소속되는 게임의 시작국가. 그것은 플레이어가 건국을 시작하기 전부터 존재했던 나라로, 나라 안에서는 초보 플레이어의 안전이 보장되는 곳이기도 했다.

온 대륙이 건국 러시로 떠들썩했던 때도 이 초기 삼국에 선전포고를 하는 나라는 없었다. 설령 선전포고를 했다 한들 삼국에는 톱 플레이어조차도 가볍게 물리칠 정도로 강력한 NPC가 모여 있어 거의 승산이 없었다.

그런 나라의 왕이 셋이나 행동에 나섰다면, 그 파급력은 충분히 짐작하고도 남음이 있었다.

여담이기만 미라가 빌린 부동왕(不動王)이란 움직이는 모습을 본 적이 없다는 데서 비롯된 별칭이었다.

"삼신국 방위전이라는 이름이 붙은 것은 초기 삼국이 최전선에서 분투했기 때문이고, 이 전쟁은 대륙 전투를 무대로 한 것이

167

없어. 사건의 발단은 하늘에서 날아든 마족의 대군이었지. 주로 삼국을 공격했지만 증원군이 밀려듦과 동시에 다른 곳으로도 분산됐어. 그 마족이 인접국 주변을 습격하는 바람에 당연히 피해도 광범위하게 확대되었고 소국은 대부분이 괴멸. 처참하기 그지없었지."

괴로움으로 얼굴을 구긴 채 처참했노라고 말하는 솔로몬에게는 진정 백성을 걱정하는 왕의 의지가 깃든 듯 보였다.

"그러했나."

미라는 그런 솔로몬의 모습을 보고는 심정까지는 이해해주지 못할지 모르지만 친구로서 걱정어린 말을 내뱉었다.

"뭐, 그런 대전이 10년 전에 있었지만 전쟁의 내용은 그 정도뿐이었으니 종전 후에 어떤 상태였을지는 쉽게 상상이 되지?"

"어디 할 것 없이 부흥 작업으로 정신이 없었겠군."

"정답. 그래서 각국이 서로 견제하기 위해 만들어진 게 한정부전조약이었던 거지. 내용을 간단히 말하자면 조약을 제정으로부터 10년 동안 전쟁과 그에 준하는 모든 것을 금지한다는 거야."

요컨대 대륙에 있는 모든 나라가 정상적으로 전쟁을 할 수 있는 상태가 아니므로 일단은 부흥에 진력하기로 하고 서로 새치기하지 맙시다, 라는 내용이었다.

"그 조약의 기한이 머지않았다. 그런 뜻이로군?"

이야기의 흐름을 통해 미라가 알아챈 시간제한. 그것은 바꿔 말하자면 조약 실효와 동시에 전쟁 금지가 해제되기까지의 기한을 뜻했다.

알카이트 왕국의 주력인 아홉 현자가 한 명뿐이라면 침공의 여지는 있다. 풍요로운 대지로 인한 온갖 대지의 은혜를 얻을 수 있는 술법에 있어서는 타의추종을 불허하는 알카이트 왕국을 수중에 넣으면 그 지혜는 자국에 많은 결실을 가져다줄 것이다.

"솔직히 말해서 지금은 이 조약의 보호를 받고 있는 상태라 해도 과언이 아니야. 억지력까지는 아니더라도, 하다못해 나라를 지켜낼 만한 전력은 필요해. 다시 한 번 말할게. 미라. 모두를 찾아와주겠어?"

미라는 파일을 덮고는 한숨을 내쉰 뒤에 솔로몬의 진지한 눈을 마주 보았다. 마음에는 이미 답이 나와 있었다.

"좋다. 하도록 하지."

미라가 그렇게 답하자 솔로몬은 "고마워"라고 말하며 환한 미소를 지었다.


"어디, 이야기도 일단락 됐으니 어딜 어떻게 찾을지가 문제인데……."

솔로몬은 건네받은 애플오레를 비우고 빈병을 손에서 놀리며 한숨 섞인 투로 말했다. 아홉 현자는 하나같이 이래저래 별난 인간들뿐이었기 때문이다.

"역시 그게 문제지. 그 녀석들은 찾아다닌다고 쉬이 찾을 수 있는 녀석들이 아니니 말이야."

"그렇단 말이지. 너희 아홉 현자는 개성이 너무 뛰어난 게 문제야."

솔로몬은 그렇게 말하더니 빈병 너머로 미라의 모습을 바라보며 "한 사람은 이 꼴이 되어 버리기도 했고" 하고 쓴웃음을 지었다. 하지만 30년 만에 만난 친구를 보는 눈은 어쩐지 즐거워 보였다.

그런 이야기를 하던 도중 갑자기 밖이 소란스러워졌다. 직후, 한 여성이 거의 애원을 하듯 만류하는 레이나드의 말을 무시하고 문이 박살날 정도의 기세로 세차게 집무실 문을 열었다.

미라와 솔로몬의 시선을 한 몸에 낚아챈 그 인물은 청색과 백색으로 된 로브를 두른 몹시 뛰어난 보디라인과 또렷한 이목구비를 지닌, 모든 이가 저도 모르게 눈길을 빼앗길 것이 분명해 보이는 미녀였다.

그 미녀는 당장에라도 불타오를 듯한 진홍빛 긴 머리를 손으로 쓸어 올리며 거침없이 자신의 존재를 주장하듯 가슴을 흔들었다. 그리고 머리카락만큼이나 붉은 눈동자로 솔로몬을 흘끔 쳐다보더니 소녀에게로 시선을 옮겼다.

"갑자기 무슨 일이냐. 아직 약속시간이 아닌 것 같다만."

솔로몬은 조금 전과는 달리 위엄 있는 말투로 바꾸어 말하며 집무실에 들이닥친 미녀를 바라보았다. 미녀는 그 말을 들음과 동시에 세차게 문을 닫았다.

문에 얼굴을 박은 레이나드는 고통스러운 표정으로 크게 비틀거렸다. 살짝 눈물까지 글썽이고 있었다. 요아힘은 그런 레이나드의 어깨에 손을 얹으며 "저 분에게는 무슨 소리를 해도 소용없으니 신경 쓰지 마세요" 하고 위로의 말을 던졌다.

"덤블프의 제자라는 애가 왔다는 얘기를 듣고 한번 볼까 하고 내빈실에 가 봤는데 아무도 없지 뭐예요. 그래서 근처에 있던 위병을 쥐어짜봤더니 집무실로 이동했다기에 왔죠."

미녀는 밝은 미소를 지은 채 그렇게 말하며 솔로몬과 마주 보았다.

"그렇구나. 뭐, 어찌되었건 나중에 네가 있는 곳으로 데려가려고 했으니까."

솔로몬은 그렇게 말하고는 미라 옆으로 다가갔다.

"이 아이가, 그 덤블프의 제자. 미라야."

그렇게 소개를 받은 미라는 자리에서 일어나지도, 인사를 하지도 않고 문 앞에 선 여성을 바라보고는 그 변함없는 모습에 쓴웃음을 지으며 다시 소파에 몸을 깊이 묻었다.

"그래. 그 애가? 그건 그렇고 솔로몬 님. 그 말투로 말해도 괜찮은 거야?"

미녀가 지적한 것은 예전에 왕으로서의 위엄을 연출하기 위해 교정한 거창한 그것이 아니라 친구와 대화할 때의 말투가 되었다는 것이었다. 솔로몬과 그녀, 둘뿐일 때면 모를까 다른 누군가가 있을 때는 그에 걸맞은 태도를 취하기로 정해두었던 것이다.

"그래, 문제없어. 그도 그럴 게 이건 덤블프 본인이니까. 그러니까 니도 편밥하게 살아노룩 해. 오랫동안 들어왔지만 아직도 네 그 말투는 적응이 안 되거든."

말하면서 솔로몬은 만면에 장난스러운 미소를 지어 보였다.

"뭐…… 뭐뭐뭐……."

171

"아~ 오랜만이로군, 루미나리아. 라고 해야 할 테지. 이 몸한 테는 그렇게 오랜만도 아니다만."

미라는 소파에 편히 앉은 채 한 손만 들며 말했다.

루미나리아. 그것은 아홉 현자 중 한 명으로 현재 거처가 판명된 유일한 엘더의 이름이었다.

"그래. 덤블프란 말이지? 너도 드디어 여기 왔구나⋯⋯."

루미나리아는 미라의 온몸을 죽 훑어보았다. 그렇게 소녀의 귀여운 모습을 보고 있자니 일찍이 덤블프와 취향인 타입에 관한 대화를 나누었을 때의 일이 선명히 떠올랐다.

미라의 현재 모습은 그때 들었던 특징과 완벽하게 일치하였고 친구가 여러모로 변하지 않았다는 사실이 기쁘기도 우습기도 해서 루미나리아의 입에서 봇물이 터져 나오듯 웃음이 터져 나왔다.

굳게 닫힌 문에서 희미하게 흘러나오는 웃음소리에 밖에 있던 레이나드는 귀를 틀어막은 채 요아힘과 고갯짓을 주고받았다. 루미나리아는 이따금 사람이 바뀐다. 이는 성내에 떠도는 소문이자 어떤 의미에서는 진실이기도 했다.

한참을 자지러지게 웃은 뒤, 다시금 미라의 모습을 본 루미나리아는 빙긋 의미심장한 표정을 지으며 말했다.

"너도 드디어 이게 얼마나 근사한 건지 알게 된 거구나. 좋지, 여자 몸? 좀 주물거려 봤냐?"

루미나리아는 입을 열자마자 실로 상스럽기 그지없는 말을 자아냈지만 끄트머리가 치올라가 요염한 미소를 짓고 있는 입술은 그러한 발언마저도 매력의 일부로 보이게 할 정도로 섹시해 보였다.

"이 몸이 그대인 줄 아느냐. 말하자면 이건 사고다. 이 몸의 의지가 아니야."

"그런 것치고는 완성도가 끝내주는데? 사고라고 하기에는 좀 무리가 있어 보인다구우."

루미나리아는 미라의 은발을 마구 쓰다듬더니 옷깃에 손가락을 걸쳐 가슴께를 들여다보며 몸매까지 완벽하다는 사실을 확인하고서 말했다.

"……우음. 말하자면 길다만."

우울한 말투로 말하며 루미나리아의 손을 뿌리친 미라는 과금했던 사이버 머니의 유효기한 안내 메일을 받고서 지금에 이르기까지의 경위를 간결하게 설명했다.

"나도 너랑 같은 이유로 화장 도구 상자를 샀거든. 쓰지는 않았지만."

미라의 설명을 끝까지 들은 솔로몬은 마찬가지로 과금한 사이버 머니의 유효 기한 안내 메일이 와서 아깝다는 생각에 화장 도구 상자를 구입했다고 말했다.

"너도 마찬가지야."

루미나리아는 그렇게 말하더니 아이템 박스에서 화장 도구 상자를 끄집어내어 손바닥 위에서 놀렸다. 미라는 그것을 원망스럽다는 듯 노려보며 뚱하니 입술을 내민 채 소파에 드러누웠다.

"왜 이 몸은 갖고 있질 않은 게야."

"써버려서겠지."

정곡을 찌르는 솔로몬의 말이 가슴을 후벼 파는 통에 미라는 "우 으" 하고 신음하며 소파에 벌렁 누워 토라진 어린애처럼 두 손 두 발을 힘없이 팽개쳤다.

"하지만 뭐, 다행이네. 개그 캐릭터가 아니라서. 이상적인 여성상이라고 했던가? 애착도 이상도 전혀 없는 것보다는 낫잖아. 난 이 세계가 현실이 된 게 얼마나 기쁜지 몰라. 이 세계는 최고라고. 첫날에는 아주 신이 나서 주물러댔었지."

예쁘장한 얼굴로 실로 상쾌한 미소를 지은 채 말하는 루미나리아. 내막을 모르는 대다수의 남자들이라면 보자마자 마음을 빼앗길 테지만 유감스럽게도 이곳에 있는 것은 정체를 알고 있는 두 사람뿐이었다.

미라는 그런 변함이 없는 루미나리아를 싸늘한 눈으로 쳐다보며 머릿속에 떠오른 한 가지 의문을 건져 올렸다.

"그리고 보니 방금 생각한 것인데 솔로몬은 30년, 루미나리아는 20년이라 했던가. 그만한 세월이 지났거늘 둘 다 나이를 먹은 것 같지가 않다만?"

미라가 위화감을 느끼지 못할 만도 했다. 미라로서는 불과 얼마 전까지 얼굴을 마주했던 인물들이니. 하지만 미라와는 달리 이 세계에서 시간을 보내온 두 사람이 당시 모습 그대로 변하지 않은 것은 이해가 되지 않았다. 루미나리아는 둘째치더라도 솔로몬은 그냥 넘어갈 수가 없었다. 소년의 모습을 한 마흔 남짓의 인

간은 상식적으로 존재할 수 없기 때문이다.

"그러고 보니 너무 당연해져서 말을 안 했었지."

"그게 이 세계가 최고라는 이유 중 하나야."

차분히 앉아 이야기를 하고자 솔로몬이 바퀴 달린 집무 의자를 소파 근처까지 굴려주자 루미나리아는 빨리 앉는 사람이 임자라는 듯 그 의자에 엉덩이를 붙이고서 늘씬하니 긴 다리를 여봐란 듯이 꼬았다.

"이해하기 쉽게 말하자면 아무래도 이 세계에서 우리 플레이어 출신자들은 NPC였던 일반인들과는 다른 모양이야."

솔로몬은 뻔뻔하게 앉은 루미나리아의 머리를 쿡쿡 찌르며 말을 이었다.

"일반인과…… 다르다?"

"응. 우선 '조사'에 관해 말하자면, 너 벌써 나랑 루미나리아는 조사해봤어?"

그 말에 미라는 알현실에서 솔로몬을 조사해보려 했지만 아무런 정보도 제시되지 않았던 일을 떠올렸다. 시험 삼아 이번에는 기분 나쁘게 몸을 꼬물대는 루미나리아를 주시해 보았다. 하지만 시야에는 아무런 정보도 뜨지 않았다.

"둘 다, 아무것도 표시되지 않는군. 슬레이만과 그라이어는 보였다만."

그 말을 들은 솔로몬은 소년처럼 웃더니 큰 대자로 누운 미라의 발치에 살며시 앉았다.

"아무래도 전직 플레이어는 '조사'할 수 없는 모양이야. 그게 첫 번째 차이. 참고로 처음 너를 봤을 때 조사해봤지만 아무것도 안 보여서 네가 플레이어 출신자라는 걸 알 수 있었어. 온라인이 됨과 동시에 덤블프의 제자를 자칭하는 덤블프 취향의 로리 소녀가 나타났다. 내가 아니라도 확신을 가질 만한 상황증거잖아."

"요컨대 판단 재료가 된다는 뜻이로군."

미라는 쓴웃음 섞인 말투로 말했다.

"바로 그거야. 앞으로 찾을 모두의 모습이 변하지 않았으리라는 보장은 없잖아? 이걸로 최소한 플레이어인지 아닌지는 구분할 수 있어."

그렇게 말하며 솔로몬은 드로어즈까지 노출된 미라의 다리를 덮어주듯 스커트처럼 된 로브 자락을 정돈해주었다.

"하지만 그 녀석들의 성격이라면 겉모습 이외의 것으로도 판단을 할 수 있을 것 같은데."

"그건 그래. 여기 있는 루미나리아가 다른 사람이 되었어도 구분할 자신은 있으니까."

"그렇고말고. 이러한 변태가 그리 흔치는 않을 터이니."

자신의 다리를 황홀한 표정으로 바라보고 있는 루미나리아를 흘끔 쳐다본 두 사람은 의미심장한 미소를 주고받았다. 변태라는 말을 들은 루미나리아는 그런 두 사람을 날카로운 눈빛으로 쳐다봤기만 이께시 인시 십사기 표싱이 놀변해 말했다.

"그건 다시 말해서…… 모습이 바뀌어도 알아볼 수 있을 정도로 우리가 친하다는 뜻이지?!"

루미나리아는 상당히 긍정적인 답을 내리더니 불쑥 일어나 프로레슬링 기술을 쓰듯 소파에 다이브했다. 솔로몬은 잽싸게 회피했지만 드러누운 채 힘을 쭉 빼고 있던 미라는 어찌 해보지도 못하고 그대로 중력을 제 편으로 만든 루미나리아에게 가차 없이 포옹을 당했다.

"벗이여~!"

"이봐, 그만두지 못할까, 바보나리아! ……어딜 만지는 게야!"

꾸물대는 루미나리아의 손은 대상인 미라를 포착하자마자 그 몸을 음미하기라도 하듯 마구 기어 다녔다.

"좋지 아니하냐, 좋지…… 하욱!"

마치 악덕 벼슬아치처럼 미라를 농락하려던 루미나리아는 둔탁한 작렬과 함께 뱃속에서 솟구쳐 나온 듯한 비명을 허공에 뿜어내더니 그대로 세차게 천장에 부딪혀 바닥에 철퍼덕 낙하했다.

미라는 소파에 누운 채 오른손을 천정을 향해 내지르고 있었다. 세컨드 클래스인 선술사의 술법을 제로 거리에서 루미나리아에게 박아 넣은 것이다.

"목숨 걸고 성희롱하는구나."

솔로몬이 담담하게 말하자 루미나리아는 천천히 일어나 "하지만, 그래서 좋단 말씀" 하고 자랑스럽게 엄지손가락을 추켜세우며 답했다.

미라는 흐트러진 로브를 바로하며 일어나 그런 루미나리아를 차가운 눈으로 쳐다보며 "또 그러면 마안(魔眼)까지 시전한다"라고 못을 박았다. 재도전을 하려던 루미나리아의 두 손은 주무르려는 자세 그대로 갈 곳을 잃고 헤매던 끝에 바닥에 흩어진 서류를 모으기 시작했다.

"기특하군."

"아니, 왜, 내가 워낙 깔끔한 걸 좋아하잖아."

"그럼 하는 김에 이쪽도 부탁할게."

솔로몬은 때는 지금이라는 듯 서류가 있는 책상을 가리켰다. 루미나리아는 그 말에 말없이 고개를 끄덕였다.

## 14

"자아, 하던 얘기를 계속하자면 우리와 일반인의 가장 큰 차이가 바로 이 모습이야. 보다시피 나이를 안 먹는 것 같거든."

솔로몬은 그렇게 말하며 두 손을 펼쳐 자신의 모습을 어필했다.

"그래서 30년이 흘렀는데도 변하지 않았다는 건가."

"응. 아직 정확히는 모르는 일이 많아서 무조건 그렇다고는 말 못하겠지만. 정말로 나이를 안 먹는 건지, 나이는 먹지만 겉모습이 변하지 않을 뿐인지. 수명은 정해져 있는지. 기타 등등. 그건 앞으로 4, 5년 정도 지나면 알 수 있을 지도 모르지만."

세월에 의한 노화가 없다는 것은 그에 따른 신체의 열화도 없다는 뜻이다. 그리고 피부의 탄력도 계속해서 유지된다는 뜻이기도 하다. 루미나리아가 '이 세계는 최고'라고 말한 이유 중에서는 겉모습이 변하지 않는다는 부분이 태반을 차지하고 있으리라. 미남미녀라면 그것이 영원히 지속된다는 뜻이니.

솔로몬의 이야기를 통해 미라는 두 사람의 모습이 변하지 않은 이유를 이해했다. 사실 근본적으로 이해한 것이 아니라 어디까지나 플레이어 출신자는 그런 상태라는 사실까지만 이해한 것이지만.

하지만 미라는 그 이야기 중에 등장한 수명이라는 단어가 신경 쓰였다. 확실히 30년 가지고는 죽음이 찾아오지 않으리라. 하지만 다른 요인에 의한 죽음이라면 어떨까.

게임이었을 적에는 마물 등에게 당했을 경우, 소속국이나 거점으로 강제 이동되어 쇠약 상태로 부활되고는 했다. 하지만 그것은 게임이었을 때의 이야기다. 현실이 된 지금도 그 룰은 적용되고 있을까. 미라는 그 점이 신경 쓰였다.

"헌데, 이 세계에서 죽으면 어떻게 되지? 쇠약 상태로 부활하는 겐가?"

"죽으면 어떻게 되느냐……."

솔로몬은 미라의 질문에 난감하다는 표정을 지으며 팔짱을 낀 채 생각에 잠겼다.

그렇게 생각을 정리한 솔로몬은 고개를 들어 "확실한 건 아니지만 말이지" 하고 운을 떼고서 이야기하기 시작했다.

"실은 아직, 플레이어가 죽었다는 이야기는 들어본 적이 없어. 하지만 이건 내 개인적인 견해인데…… 아마, 죽을 거야."

솔로몬은 담담한 말투로 매우 진지하게 말했다.

현실인 이상 있을 수 없는 일은 아니었다. 미라는 가능하다면 그렇지 않기를 바랐지만, 세상일이 그렇게 호락호락하지만은 않을 것이라고도 생각했기에 그 말을 순순히 받아들일 수 있었다.

"하여, 아마도 그럴 것이라는 근거는 무엇이지?"

"그건 프렌드 리스트야. 난 있지, 매일 밤이 되면 프렌드 리스트를 확인하거든. 너희처럼 아직도 갑자기 이 세계에 나타나는 사람들이 있는 것 같으니까. 하지만 그 반대 경우도 있었어. 온라인이라는 건 알고 있었지만, 어디에 있는지는 몰랐던 친구들이 있었거든."

솔로몬은 거기까지 말하더니 일단 입을 다물어 입술을 적혔다. 순간적으로 목소리가 사라진 실내에 루미나리아가 서류를 정리하는 소리가 울렸다. 아직도 정리정돈 중인 모양이었다.

"어느 날 밤, 평소처럼 리스트를 확인해보니 오프라인으로 변해 있더라고. 그러고는 오늘까지 온라인으로 돌아오지 않았어."

"그랬구만……."

이 세계에 있는 사람이 프렌드 리스트에서 온라인 상태로 표시된다면 오프라인은 없다는 뜻. 그것을 통해 도출할 수 있는 가능성은 두 가지다.

하나는 모종의 방법으로 로그아웃을 경우.

나머지 하나는 모종의 원인으로 이 세계에서 사라졌을 경우. 요컨대 죽었을 경우.

미라는 그 솔로몬의 근거를 믿기로 하여 보다 주의 깊게 행동하자고 마음먹었다.

"죽느니 안 죽느니 한들 말이야. 솔직히 말해서 이 세계에서 죽을 가능성이 가장 큰 요인은 전투잖아. 우리가 전투로 죽을 가능성은 적고. 실력은 그대로니까. 이길 수 없는 상대랑 맞닥뜨린다

해도 죽어라 도망치면 마수왕이 되었건 마왕이 되었건 용신이 되었건 살아남을 수는 있을 거 아냐."

루미나리아가 정리정돈을 하던 도중, 책상 위에 요염하게 앉아 말했다. 확실히 그 말은 확실히 일리가 있는 말이었고 세 사람이 보기에 그리 중대한 문제는 아니었다. 이곳에 있는 세 사람은 서비스 개시 후부터 4년 동안 온갖 수단을 동원해 세계에서도 손꼽히는 힘을 손에 넣었으니 그리 쉽게 패할 일은 없으리라.

"확실히, 그렇긴 하지."

"맞아. 게다가 어디까지나 이건 가설이야. 이 건에 관해서는 보류해두기로 하자. 지금 답을 낼 필요는 없는 데다, 답을 낼 수단도 인도적으로는 없으니까. 죽지 않도록 조심하자는 생각을 염두에 두는 정도면 되지 않을까."

솔로몬은 다시 조금 전과 같은 미소를 짓더니 팔찌를 통해 메뉴를 열어 현재 시각을 확인했다.

"어디, 모처럼 셋이 모였으니 일단 일은 제쳐두고 같이 저녁이나 먹을까. 예전처럼 말이야."

솔로몬은 그렇게 말하며 일어나 밖에서 대기 중인 두 사람에게 자신의 뜻을 전했다.

잠시 후, 식사 준비가 끝났다며 시녀가 마중을 와서 세 사람은 집무실에서 커다란 연회장으로 자리를 옮겼다. 부담 없이 식사와 대화를 나눌 수 있게끔 그곳에는 세 사람만 있었다.

"역시 임금님이로군. 참으로 호화스러운 저녁식사야."

연회실에는 흡사 입식 파티라도 벌어진 듯한 테이블과 요리가 늘어서 있어 접시를 손에 든 미라는 모든 종류를 제패해보고자 하나씩 먹으며 돌아다니기 시작했다.

"일류 식재료를 일류 요리사가 조리하고 있으니까. 전부 다 최고로 맛있을 거야."

솔로몬은 그렇게 자랑하며 접시를 한 장 손에 든 채 미라의 좌측 옆을 걸었다.

"닭튀김 진짜 끝내줘. 일류 닭튀김이야."

루미나리아는 황금색으로 노릇노릇하게 구워진 닭튀김을 미라의 접시 위에 올려주며 그렇게 말하더니 자신도 닭튀김을 베어물었다.

솔로몬, 루미나리아에게 있어 일류 음식을 먹는 것은 이제 당연한 일이 되었다. 하지만 흥분한 미라의 모습을 보니 과거 자신의 모습이 떠올라 덩달아 신이 났다.

이렇게 호화스러운 요리에 눈빛을 빛내는 미라와 그에 감화된 솔로몬과 루미나리아로 인해, 알카이트성에서의 만찬은 시종일관 떠들썩하게 진행되었다.


식후, 세 사람은 연회장 중앙에 병설된 무대 가장자리에 걸터앉아 정신없이 옛날이야기를 나누었다.

"그리운걸. 그 용맹한 모습은 지금도 잊히지가 않아."

솔로몬은 눈을 감고서 30년 전에 행해졌던 오프라인 이벤트를 떠올렸다. 그것은 1년에 한 번, 자위대가 주최했던 군장비며 군사 병기의 실물을 볼 수 있는 전시회 때의 일이었다. 자위대원을 모집하기 위해 시작한 이벤트였지만 군사 마니아들에게도 매우 평가가 좋아서 솔로몬 역시 매해마다 스케줄을 조정해가면서까지 다녔었다.

"10식 전차의 당당한 모습이란. 또 보러 가고 싶다아."

"이제 그렇게 돌아다니는 건 사양이다. 살아온 기간 중 가장 많이 걸었던 날이라 해도 과언이 아닐 정도였으니."

"그땐 진짜 난리도 아니었지. 비용을 전부 대준다기에 따라가 봤더니 밀덕(밀리터리 오타쿠(오덕)의 줄임말)들 축제였잖아."

추억에 잠겨 만면에 미소를 띤 솔로몬에 반해 미라는 쓴웃음을 지었고, 루미나리아는 떨떠름한 표정을 짓기는 했지만 셋 모두 당시의 일을 그리워하고 있었다.

"매정하긴. 너희도 꽤 재미있어 했잖아."

솔로몬은 두 다리를 허공에서 달랑거리며 토라진 듯한 투로 말했다.

그 축제는 미라에게는 2주 정도 전의 일이었다. 필요 경비 모두 대주겠다는 말에 여행인 줄만 알고 갔던 곳은 군용기며 군사 병기가 도열된 대회장이었다.

아직 기억에 새로운 회장의 모습을 돌이켜보고 있자니 문득 미라의 뇌리에 아머드 지프의 모습이 떠올랐다.

"그러고 보니, 낮에 억지로 타게 됐던 그 장갑차 비슷한 건 무엇이지? 연료 대신 마봉석을 사용하질 않나, 불을 내뿜는 대포까지 장비하고 있질 않나. 갈렛 말로는 마도공학인지 뭔지라고 하던데."

미라가 그렇게 묻자 솔로몬은 다시 미소를 지은 채 일어나 무대 한가운데 떡 버티고 서서 말했다.

"드디어 물어봐줬구나. 숨겨서 뭐 하겠어, 아머드 지프는 꿈을 향한 내 첫 걸음이야!"

솔로몬은 울려 퍼지는 쾌활한 목소리로 자신의 로망에 대해 이야기하기 시작했고 최종적으로는 10식 전차를 완성시키겠노라고 왕으로서 선언했다. 두 사람은 솔로몬에게 맞장구를 쳐주듯 드문드문 박수를 쳐주었다.

"들어줘서 고마워. 아, 마침 잘됐다, 곧 약속 시간이거든."

두 손을 펼쳐 포즈를 취하던 솔로몬은 연회장 입구 옆에 놓여 있는 괘종시계를 확인하고는 무대 위에서 뛰어내렸다.

"아아, 그러고 보니 나, 그것 때문에 왔었지."

루미나리아는 그제야 떠올랐다는 듯 그렇게 말하고는 솔로몬 뒤를 따랐다.

"뭐냐. 무슨 시간이 됐다는 게야?"

화제를 현실 과거에서 갑자기 현재 현실로 바꾼 탓인지 미라는 멍하니 물었다. 두 사람은 그런 미라에게 고개를 돌려 자신만만한 미소를 지어 보였다.

"그긴 직접 확인해봐."

"이 세계의 진회를 보여줄게."

장난스럽게 솔로몬이 말하자 루미나리아는 당연하다는 듯 미라의 손을 잡고 끌어당겼다.

세 사람은 복도를 나와 몇 번이나 계단을 내려갔다. 모든 층에 하나같이 정적이 깔려 있어, 무기질적인 회색 벽에 울려 퍼지는 발소리가 괜스레 크게 느껴졌다.

10층은 내려갔을까. 미라가 그렇게 생각한 참에 커다란 철제문과 그 옆을 지키고 선 위병의 모습이 눈에 들어왔다.

위병은 솔로몬과 루미나리아의 모습을 확인하자마자 군대식 경례를 하더니 "이상 없습니다"라고 말했다.

"수고가 많군."

한마디로만 대꾸한 솔로몬은 다른 사람들 앞인지라 임금님 모드로 전환해 행동했다. 루미나리아 역시 마찬가지였다.

"다른 분들은 이미 모여 있습니다."

"그런가."

"이제 곧 개시할 예정입니다만. 솔로몬 님, 거기 계신 분은?"

위병은 미라 쪽으로 시선을 옮기며 말했다.

"이자가 덤블프의 제자, 미라다. 곧 시작될 실험에 그녀의 기술이 도움이 될지도 모르니 데려가겠다."

"이분이, 실례했습니다."

위병은 사죄를 하더니 카드 형태의 열쇠를 문에 가져다 댔다. 천천히 둔중한 소리를 내며 열린 철제 문 안에는 하얀 복도가 이어져 있었다.

미라는 솔로몬과 루미나리아를 따라 문을 지났다. 그러자 그곳에는 지금까지의 중세풍 디자인의 공간과는 달리 근대적인 최첨단 설비처럼 보이는 광경이 펼쳐져 있었다.

그 광경을 죽 훑어본 미라는 일찍이 TV에서 본 적이 있는 외국의 항공우주국이 떠올랐다.

'뭔지는 모르겠지만 재미있는 짓을 하고 있군그래.'

깊은 지하, 엄중한 문, 실험. 그것들을 보고 가장 먼저 떠오르는 것은 아무래도 비밀 연구시설이리라.


"자아, 다 왔어."

그렇게 말한 솔로몬이 커다란 문 앞에서 멈추자 그 문은 천천히, 자연스럽게 열렸다.

"이것 참, 굉장하군."

문 안에서 하얗고 거대한 공간이 나타났다. 좌우는 물론 안쪽, 위로도 벽이 까마득해 보일 정도였다.

공간에는 무수히 많은 기계 같은 것들이 늘어서 있었고, 눈앞에는 유달리 눈길을 끄는 커다란 물체가 자리하고 있었다. 투박한 본체에 수평으로 길게 튀어나온 원통형 물체. 그 주위에 늘어선 계기 앞에서는 백의를 두른 자들이. 본체 주변에서는 기름때가 눈에 띄는 작업복과 앞치마 차림을 한 자들이 이런저런 대화를 나누고 있었다.

그 후방, 미라 일행이 들어선 문 옆에서는 로브를 입은 여덟 명의 술사들과 그 자리에 어울리지 않는 호화로운 의상을 걸친 다섯 명의 귀족들이 그 모습을 바라보고 있었다.

"기다리고 있었습니다. 솔로몬 님."

문 옆에서 모습을 나타낸 것은 보좌관인 슬레이만이었다. 미라 일행에게 살며시 예를 올린 슬레이만은 그대로 솔로몬 옆에

187

섰다.

"다들, 수고가 많다."

솔로몬이 말을 붙이자 그 자리에 있던 모든 자들이 손을 멈추더니 하나같이 몸을 돌려 깊숙이 예를 올렸다. 그리고 고개를 든 일동의 시선은 낯선 소녀, 미라에게 집중되었다.

호기심 어린 시선에 익숙지 않은 미라는 게걸음을 치듯 옆으로 이동했다. 그리고 루미나리아의 등 뒤에 몸을 숨기려 한 순간, 루미나리아 본인에게 두 어깨를 붙잡혀 앞쪽으로 힘껏 밀려나고 말았다.

"얘는 덤블프의 제자인 미라. 정련 기술을 계승했으니 분명 이번 실험에도 도움이 될 거예요."

주변에서 이런저런 감정이 담긴 목소리가 터져 나오는 가운데, 한 귀족이 한 걸음 앞으로 나왔다.

"이 아이가 그……. 인사를 해도 괜찮겠습니까."

"음. 그러도록."

솔로몬이 허락하자 귀족 남성은 미라 앞으로 다가와 무릎을 꿇었다.

연령은 60대에서 70대 정도. 로맨스그레이색 머리에 주름이 가득한 얼굴의 그는 미라에게 다정한 미소를 보내고 있었다. 원숙함과 점잖음을 체현하고 있어, 솔로몬보다 임금님이라는 호칭이 잘 어울릴 듯했다. 호화로운 의상도 과하게 장식하지 않아 품위 있어 보였다.

"만나서 반갑습니다. 저는 에드워드 코르스 슈타이너라고 합니다. 영웅 덤블프 님의 제자님을 만나 뵙게 되어 영광입니다."

그렇게 인사한 에드워드는 미라의 손을 잡고 손등에 살며시 입을 맞췄다. 평소의 미라였다면 뿌리치고도 남았겠지만 지금은 에드워드의 신사적인 태도에 그저 감탄했다. 아니, 오히려 넋을 잃었다고 해도 과언이 아니었다. 그 모습은 미라가 이상적이라 여기는 모습 그 자체였기에.

"음. 미라다."

일어나서 예를 올리고 돌아가는 에드워드의 뒷모습을 보며 앞으로 정진해야겠다는 결의를 새로이 다진 미라였다. 등 뒤에서는 루미나리아가 남몰래 싱글벙글 웃고 있었다.

'……가만, 에드워드라. 어디서 만났던가?'

신사적인 행동거지를 머릿속에서 반추하던 도중에 미라는 에드워드의 이름을 어디선가 들어본 것 같다는 기분이 들었다. 하지만 기억의 바다를 뒤져보아도 그것은 수면에 비친 그림자처럼 일렁거리기만 할 뿐, 또렷한 형태를 이뤄주지는 않았다.

"그럼 준비는 됐나. 우선 1단계부터 시작하도록 하지."

솔로몬의 말에 정신을 차린 미라는 분주히 돌아다니는 연구자와 기술자들을 눈으로 좇다가 그 자들의 중심에 자리한 거대한 기계를 올려다보았다.

"이것은…… 아버님 기프인가 아닌 지닝에 붙어 있던 것과 비슷하군."

미라는 그렇게 중얼거리고는 포신처럼 보이는 수평으로 길게 뻗은 검은 통을 바라보았다.

"그건 소형 시작기야. 이쪽이 진짜고."

다정하게 미라에게 미소를 지어주는 루미나리아의 언니 같은 매력에 빠진 일부 연구자들의 심장 고동이 순간적으로 빨라졌다. 한편, 속을 훤히 아는 미라는 희로애락 중 그 어느 것에도 속하지 않은 미묘한 표정으로 한 걸음, 두 걸음 떨어져 몸을 피했다. 그러던 참에 시야 끝, 포신이 겨누고 있는 멀찍한 곳에 뭔지 모를 장치가 설치되어 있는 것이 보였다.

'저건 무엇이지…….'

미라가 몸을 살짝 기울여 시선을 돌리자 매끄러운 은발이 두둥실 떠올라 어깨에 걸리고 리본들이 흔들렸다.

"이봐. 뭔가 엄청 빤히 쳐다보고 있는데?"

"응? 뭐야, 그게 뭐 어쨌다고. 빨리 설정이나 끝내자고."

"아니, 하지만 말이지. 그, 뭣이냐……."

"아까부터 대체 왜 그러는 건데."

미라의 시선 끝에서 장치의 최종 조정을 하고 있던 연구자와 기술자들의 눈에 자신들을 흥미진진하게 바라보고 있는 소녀의 귀여운 모습이 들어왔다.

"분명, 덤블프 님의 제자인……."

"그래, 미라 양."

"아니아니, 그렇게 부르는 건 실례잖아."

"하지만 아무리 봐도 미라 양이잖아. 달리 뭐라고 부르란 거야."

"……미라 님, 이라든지?"

"미라 님…… 그건 그것대로 괜찮은데?"

연구자가 씩 웃었다. 마찬가지로 괜찮다고 생각한 기술자는 고개를 끄덕여 긍정을 표했다.

실로 시답잖은 대화였지만, 두 사람의 작업 속도는 오히려 빨라졌다. 미라가 보고 있다는 이유로 분발한 결과였다.

"준비 완료되었습니다. 언제든 시작할 수 있습니다."

기술자 중 유일하게 붉은 모자를 쓴 자가 그렇게 말했다. 그는 이 현장의 주임으로 이번에 실험할 대포 본체를 설계한 자이기도 했다.

시선을 다시 대포 쪽으로 돌린 미라도 이제 곧 시험발사라도 하려는 것이리라고 예상은 할 수 있었다. 하지만 이것은 척 보아도 평범한 대포가 아니었다. 평범한 포탄을 발사하는 대포는 게임이었던 시절에도 있었다. 대장장이 스킬을 키운 플레이어가 만들어 각국에서 사용되었던 일반적인 병기였다.

하지만 그것은 올려다봐야 할 정도로 크지도 않았고 무수히 연결된 계기 같은 것도 필요가 없었던 물건이었다.

'흠, 소형일 때도 그 정도 위력이었으니. 이 정도 크기면 어떻게 될지 상상도 안 되는군.'

미라는 신이 나서 턱을 손가락으로 쓸며 상황이 진전되기를 기다렸다.

연구자들은 대포에 연결된 계기 앞에서 대기하고 있었고 귀족들은 벽 근처에 늘어서서 이 실험의 결과를 지켜보고 있었다.

"실험 개시!"

"실험, 개시합니다!"

솔로몬이 큰 소리로 그렇게 외치자 주임이 복창하며 대포의 주기관을 기동시켰다.

실내에 요란한 모터소리가 울리더니 계기의 바늘이 떨리기 시작했다. 귀족들은 숨을 죽였고 레이나드와 요아힘은 만일의 사태에 대비해 미라를 비롯한 세 사람 앞을 지키고 선 채 대포에 주목했다.

"제1단계까지 앞으로 5………… 4………… 3…………."

카운트다운과 동시에 울리는 소리가 커지더니 때때로 방전현상이 일어난 듯한 소리가 섞이기 시작했다.

"2………… 1………… 임계 확인!"

"발사!"

솔로몬의 목소리를 들은 주임이 레버를 밀었다. 동시에 하늘을 찢는 번개를 뭉친 듯한 섬광이 굉음과 함께 발사되었다. 그 파괴의 격류는 전방에 자리한 장치들 위에 전개된 빛의 막에 직격하더니 공간을 뒤흔드는 진동과 충격을 흩뿌렸고, 그로부터 한 박자 늦게 폭음이 울려 퍼졌다.

그 자리에 있던 자들은 빛의 막을 발생시키던 장치를 날려버린 대포의 파괴력을 목격하고는 얼마간 넋이 나가 있었다.

종래의 대포와는 위력이 천지차이였던지라 미라는 눈빛을 빛내며 그 신형대포를 바라보았다.

"이것 참, 엄청나군그래."

루미나리아는 그런 미라의 두 어깨에 손을 올리고는 허리를 굽혀 얼굴을 옆에 바싹 붙였다.

"이게 네가 없는 30년 동안 진화한 신 생산계 기능. 마도공학을 통해 만들어낸 신병기, 어코드 캐논이야."

그렇게 말한 루미나리아는 충분한 힘을 내보인 어코드 캐논을 만족스러운 표정으로 올려보았다.

15

어코드 캐논의 시험발사는 무사히 성공하여 그 자리에 있던 연구자들과 기술자들은 데이터 분석을 시작했다. 한편, 다른 주요 멤버들은 개발실에서 자료를 펼쳐놓고 향후 운용과 양산에 관해 이야기를 나누고 있었다.

미라로 말하자면 나라 운영에 관한 복잡한 이야기로부터 냉큼 도피하여 방에 있던 선반에 놓여 있는 이런저런 물건들을 물색하고 있었다.

"그럼, 토마여. 제1단계는 무사히 기동한 것 같다만. 문제는 없을 것 같은가?"

"네. 반동도 완전히 제어되었습니다. 최소한의 전과는 올릴 수 있을 것으로 보입니다."

주임인 토마가 자신만만하게 답하자 솔로몬은 만족스럽게 고개를 끄덕였다.

"그런데 양산 쪽은 어떻게 되고 있습니까. 이 정도의 위력이라면 저희 웰즈리 가문도 투자를 아끼지 않겠습니다."

귀족 중 한 사람이 몸을 내밀며 말하자 다른 귀족들도 뒤를 이어 긍정의 뜻을 밝혔다.

"그것 말입니다만……."

토마는 그렇게 말하며 표정을 흐리더니 한 장의 자료를 책상 위에 제시했다. 그 자료에는 어코드 캐논의 탄환 및 원동력이 되는 물질의 조달에 관한 내용이 적혀 있었다.

"여기 적힌 바와 같이 한 번 발사하는 데 하나의 정련석과 두 개의 마봉석이 필요합니다."

토마가 어코드 캐논의 원리에 관해 설명하기 시작했다.

그 내용을 요약하자면 우선 탄환으로 사용할 정련석이 필요하다. 그리고 그 탄환에 실을 힘은 마봉석에서 추출된다고 한다.

정련석이란 정련 기술을 통해 만들어지는, 힘을 저장하기 쉽게 조정한 인공물을 말한다.

어코드 캐논은 마봉석에 저장된 힘을 추출해 증폭하여 발사하는 장치로 탄환인 정련석은 한계까지 증폭된 무궤도(無軌道)한 힘의 격류에 지향성을 부여하는 데 사용된다.

미쳐 날뛰는 힘은 보다 힘을 저장하기 쉬운 정련석에 견인되어 그것을 파괴하며 비상한다. 정련석이 크면 클수록 파괴되기까지의 시간이 길어지므로 그 사거리도 늘어나게 된다.

또한, 어코드 캐논을 가동시키기 위해서는 전(電)속성의 마봉석이 필요하다고 한다.

"그런 연유로 양산은 여러분들이 협력을 해주시면 문제는 없습니다만, 이 정련석과 마봉석이 문제입니다."

토마는 그렇게 말하며 깊은 한숨을 내쉬었다.

토마가 말한 문제란 필요한 전속성의 마봉석과 정련석의 조달 방법이었다.

알카이트 왕국에는 정련석을 작성하는 기술을 지닌 자가 얼마간 있다. 하지만 하나같이 중급까지밖에 만들지 못했고 마봉석도 최소한의 가동을 가능케 할 정도의 품질에 불과했다. 하지만 그만한 제한이 걸려 있음에도 어코드 캐논의 성능은 조금 전에 선보였던 바와 같이 강력했던 것이다.

양산은 할 수 있다. 탄환도 어떻게든 마련할 수 있다. 하지만 그 정도로는 최소한의 성능밖에 발휘하지 못한다는 뜻이다.

기나긴 세월을 투자해 개발해온 토마는 제 자식에게 원래 성능을 발휘하게 해줄 수가 없는 것이 분하다는 듯 자료를 노려보았다.

"그건 이걸로 해결될 거다."

토마의 표정이 흐려진 가운데 솔로몬은 신이 난 표정으로 테이블 위에 보석들을 늘어놓았다. 그중 몇 가지는 옅은 빛을 내뿜고 있었다.

"이건…… 터콰이즈(터키석)와 문스톤(월장석)이군요. 그리고 이건…… 마봉석입니까. 하지만 솔로몬 님, 그다지 질이 좋은 것은 아닌 듯 보입니다만, 이게 어떻게 해결책이 될 수 있다는 말씀이십니까?"

터콰이즈와 문스톤. 이러한 자연계에서 생성되는 보석 중 대부분은 힘을 저장하는 성질을 지녔기에 장식품 이외에도 여러 가지

용도로 사용되었다. 그리고 그중 옅은 빛을 내뿜고 있는 몇 가지 보석들이 힘이 저장된 상태의 보석, 요컨대 마봉석이었다.

솔로몬이 늘어놓은 그것들은 딱히 보기 드물지 않은 일반적인 보석들이었다. 때문에 누구 할 것 없이 솔로몬의 말을 의아하게 여겼지만 이 자리에 있는 자들은 솔로몬의 이러한 의미심장한 언동을 몇 번이나 들었던지라 진지하게 다음에 이어질 말을 기다렸다.

"자, 이쪽이야~."

"뭐냐. 대체 무슨 짓이야~?!"

방구석에서 소녀의 얼빠진 목소리가 나는 바람에 모두의 시선이 저절로 그 소녀에게로 집중되었다.

솔로몬은 즐거워 보이는 표정으로 그 모습을 보고는 살짝 웃음을 터뜨렸다. 미라가 루미나리아에게 안긴 채 마치 새끼 고양이처럼 품안에서 날뛰고 있었기 때문이다.

테이블 앞에 내려놓자 미라는 입술을 비죽 내민 채 루미나리아를 노려보았지만, 이내 자신에게 시선이 집중되고 있음을 알아채고는 뒷걸음질을 쳤다.

"그래, 무슨 일이냐?"

미라가 애써 태연하게 말하며 이번에는 솔로몬을 노려보았다.

"미안하군. 부탁하고 싶은 일이 있다."

솔로몬은 전혀 미안해하는 것으로는 보이지 않는 미소를 지은 채 테이블 위에 놓인 보석 몇 개를 집어 들었다.

"미라. 이걸 정련석으로 만들어다오."

미라에게 내민 손에는 터쿼이즈 두 개와 문스톤 세 개가 들려 있었다. 주변 사람들의 시선이 그 손에 집중되었다.

"음, 뭐냐. 고작 그런 일이냐."

건네받고자 뻗으려 한 미라의 손에는 선반에 놓여 있던 볼품없는 로봇 모형이 있었다. 오른손에는 붉은 로봇, 왼손에는 푸른 로봇이 쥐어져 있었다. 합체 로봇이라는 꼬리표가 붙어 있기에 합체시켜 보려고 주물럭거리던 도중에 루미나리아에게 연행되어 온 것이다.

"…………."

"으음…… 제가 맡아두겠습니다."

"……음, 부탁하지."

뭐라 형용할 수 없는 침묵 속에서 슬레이만이 조심스럽게 옆에서 손을 내밀자 미라는 작은 소리로 답하고는 달칵달칵 소리를 내는 볼품없는 로봇을 살며시 건네주었다.

미라가 비어 있는 손으로 보석을 받아들자 루미나리아가 큼지막한 널빤지를 옆구리에 끼고 다가왔다. 로브를 입은 술사 몇 사람이 도우려는 듯 끄트머리를 들고 와 테이블 위에 그것을 올려놓았다.

"이건, 정련대가 아닙니까?"

보마가 테이블 위에 놓인 무수한 도형과 기호가 그려진 널빤지를 보고는 그 이름을 입에 담았다.

정련대란 아이템을 정련할 때 사용되는 술식도구였다. 분해, 결합, 변질, 전환, 압축을 뜻하는 도형이 복잡하게 조합되어 진을

197

형성하고 있었다.

"설마 이 자리에서 정련을 시작하려는 겁니까? 다소 시간이 걸릴 텐데요?"

에드워드가 그렇게 물었다. 현재 알카이드 왕국에 있는 최고 수준의 정련기술을 지닌 자조차도 정련석 하나를 만드는 데 30분은 걸리니 당연한 반응이리라. 정련에 관한 지식이 있는 다른 귀족과 술사들도 에드워드의 말에 고개를 끄덕였다.

"뭐, 보면 안다. 자아, 미라. 부탁하마."

"나 원, 조금만 더 하면 알 것도 같았거늘."

미라는 투덜투덜 불평을 늘어놓으며 정련대 앞에 섰다. 시선 끝으로는 여전히 슬레이만의 손에 들린 두 대의 로봇을 좇으며. 조금만 더 하면 합체 방법을 알아낼 수 있을 것 같았다. 그래서 미라는 빨리 끝내버리고자 정련대 위에 보석을 늘어놓고 두 손을 정위치에 얹었다.

조금 지나자 진이 옅은 빛을 내뿜기 시작했다. 주입할 힘의 미세조정이며 기동시킬 도형의 종류를 세밀하게 조작하여 보석을 분해, 힘을 저장하는 성질만을 추출하여 압축해 결합한다. 일렁이는 빛 속에서 보석이 다른 물질로 변화하기 시작했다.

개시한 지 얼마 되지 않아, 미라가 정련대에서 손을 떼었다.

"아! 정련 도중에 손을 떼면……!"

토마가 당황해서 말했지만 정련대에서 넘쳐날 듯한 빛의 입자가 소용돌이치는 모습을 보고 움직임을 멈추고는 숨을 죽인 채 정련대 위를 바라보았다.

"이건……."

빛이 잦아들자 몇 가지 보석이 늘어서 있던 정련대 위에는 큼지막하고 투명한 보석 하나만 있었다.

토마는 믿을 수가 없는 광경이라도 본 듯한 표정으로 그 투명한 보석에 달라붙다시피 얼굴을 들이밀어 응시했다.

"이건 정련석……. 그럴 수가…… 이렇게 짧은 시간에 이만한 물건을 만들다니……."

토마가 놀라는 것도 무리는 아니었다. 미라가 정련석을 1분도 되지 않아 만들어냈으니.

"덤블프의 제자라고 말했을 텐데. 미라는 그 모든 것을 계승했다."

솔로몬은 마치 자신의 공적인 양 당당히 가슴을 펴고 말했다. 계승했다기보다는 본인이니 당연한 일이라 할 수 있었지만, 그것은 비밀이니 적절한 설명이라 할 수 있으리라. 미라도 반론하지 않고 긍정했다.

허용량은 보석별로 정해져 있지만 여러 개의 보석을 혼합하면 이와 같이 정련석을 만들어낼 수 있었다. 이 정련석은 허용량이 보석보다 크기에 매우 귀한 귀중품으로 여겨지고 있었다.

"정련기술은 덤블프 님이 만들어내신 것이라 들었습니다만, 설마 세사분까지 이 정도 실력을 지녔을 줄이야."

토마는 정련석에서 미라에게로 시선을 옮겼다. 그 눈에 비친 소녀는 어코드 캐논의 성능을 최대로 발휘하게 해줄 인물일지도 모른다. 그렇게 생각한 토마는 마음속 깊은 곳에서 솟구쳐 오르는 흥분과도 같은 감정에 온몸을 떨었다.

"그럼 미라. 하는 김에 이걸 그 정련석으로 뭉쳐주겠느냐."

솔로몬이 세 개의 마봉석을 정련대 위에 내려놓자, 미라는 "흠" 하고 한마디로 답하고는 그 마봉석을 정위치에 다시 늘어놓고 정련을 개시했다.

이번에도 1분도 되지 않아 빛이 잦아들더니 정련대 위에는 세 개의 마봉석에서 추출해낸 힘이 담긴 새로운 마봉석이 빛나고 있었다. 정련으로는 이와 같이 힘을 정련석 하나로 모음으로써 보다 강력한 마봉석을 만들어내는 일도 가능했다.

"이제 됐나?"

"그래, 충분하다."

솔로몬은 새로이 만들어진 마봉석을 집어 들고서 만족스럽게 고개를 끄덕였다. 정련된 마봉석은 재료로 삼은 세 개의 마봉석과는 달리 강한 빛으로 가득해, 상당한 힘이 깃들어 있다는 것을 알 수 있었다.

"이제 정련석과 마봉석 걱정은 안 해도 되겠지?"

솔로몬은 그렇게 말하며 토마에게 마봉석을 건넸다.

"네. 물론 충분합니다!"

토마는 건네받은 마봉석을 조심스럽게 손바닥 위에 올려놓은 채 미소를 지으며 답했다.

일동이 어코드 캐논의 운용 등에 관해 이야기하기 시작하자 미라는 로봇을 손에 들고 방구석에 주저앉아 다시 달칵달칵 주물러

대기 시작했다. 그러던 참에 로브를 입은 남자가 그런 미라의 곁으로 다가왔다.

"미라. 잠깐 이야기 상대 좀 돼주겠니?"

"지금 바쁘니 나중에 해라."

로봇에 열중한 나머지 미라는 가동부에서 시선을 떼지 않은 채 대답했다. 로브를 입은 남자는 다소 난감하게 됐다는 듯한 표정을 지은 채 웅크려 앉아 "이렇게 부탁할게" 하고 애원했다.

미라는 한숨을 한 번 내쉬고서 남자 쪽으로 고개를 돌렸다. 그곳에 있던 남자는 청색과 흑색으로 된 로브를 몸에 둘렀으며 어깨까지 오는 눈부신 금발에 반듯한 생김새를 한 미청년이었다. 그리고 미라는 그 얼굴을 알고 있었다.

"음, 크레오스인가?"

"어라, 나를 아니?"

물론 미라로서는 첫 대면이다. 하지만 덤블프는 그렇지가 않았다.

크레오스는 소환술의 탑에 소속된 종자 중 한 명으로 광정령과 엘프의 혼혈아다. 데리고 있으면 광정령의 특수능력으로 어두운 던전에서도 빛이 필요 없다는 이점 때문에 덤블프일 적에는 빈번히 데리고 돌아다녔던 편리한 종자였다.

"아아, 그게. 스승님께 들어서 말이지."

곧장 얼굴을 알아보고는 아무 생각 없이 이름을 입에 담고 만 미라는 무난한 변명으로 얼버무렸다. 크레오스는 "그랬구나" 하고 다소 기쁜 듯 미소를 지었다.

"그럼 다시 인사할게. 소환술의 탑 엘더 대행. 크레오스야."

"미라다."

두 사람은 그렇게 간결하게 인사를 나누었다. 그 직후, 미라는 크레오스의 말에 등장한 대행이라는 단어를 떠올리며 말했다.

"그러고 보니 그라이어에게서 탑은 엘더 대행이 맡고 있다고 들었다만, 그대가 그러했나?"

엘더 대행이라 하면 아홉 현자가 행방불명 상태인 현재, 실질적인 탑의 우두머리라 할 수 있는 존재였다.

"반쯤 억지로 떠맡게 된 거지만. 덤블프 님과 함께 모험을 한 시간이 가장 길다는 이유로 추천을 받았지. 뭐, 다른 사람들도 비슷하지만."

"호오, 그러했군."

단순한 이유였지만 선발 기준으로는 나쁘지 않았다. 역량만으로 말하자면 사지에만 데리고 나갔던 크레오스는 덤블프의 종자들 중에서는 가장 뛰어났다.

그리고 크레오스가 말한 바대로 다른 엘더 대행들도 같은 이유로 선출되었다. 누구 할 것 없이 최상급 필드를 따라다녔던 경험이 있다 보니 자신의 의지와는 무관하게 실력이 붙고 만 것이다.

"헌데, 그대는 이야기에 끼지 않아도 되는 게야? 중요한 병기일 터인데."

미라는 그렇게 말하며 테이블에서 이야기를 나누고 있는 솔로몬 일행에게로 시선을 옮겼다.

"그건 상관없어. 우리 엘더 대행은 어코드 캐논의 완성도를 보러 온 것뿐이니까."

"우리라. 그러면 저 녀석들은 모두 대행이란 말인가?"

미라는 벽 근처에 늘어선 로브 차림의 술사들에게로 시선을 옮겼다. 하나같이 크레오스와 마찬가지로 따로따로 일을 보고 있었다.

"이미 중요한 이야기는 끝났고, 지금은 양산에 관한 이야기 중인 것 같아. 그쪽은 솔로몬 님과 귀족 분들의 영역이거든."

"그래서 이 몸에게로 왔다, 이건가."

미라는 그렇게 말하고는 손에 든 로봇으로 다시 시선을 돌려 다시금 파츠를 돌리거나 접거나 해서 합체 포인트를 찾기 시작했다.

그 후, 두 사람은 시답잖은 대화를 나누게 되었는데 최종적으로는 덤블프가 크레오스를 얼마나 터무니없는 곳으로 데리고 갔는지에 관한 불평이 되어 미라는 쓴웃음을 지은 채 맞장구를 칠 수밖에 없었다.


16


"그런데 그대는 지금도 '뇌린호(雷鱗虎)'를 쓰고 있나?"

끝없이 튀어나오는 과거의 자신에 대한 불평에 견딜 수 없게 된 미라는 어떻게든 화제를 바꾸고자 크레오스가 매우 자주 사용했던 소환술의 이름을 입에 담았다.

"혹시 뇌린호에 관해서도 덤블프 님께 들은 거야?"

"아~…… 음, 그렇다!"

잠시 생각한 끝에 미라는 아예 전부 다 스승님께 들었다는 걸로 해버리자고 결심했다.

"이것 참, 좀 부끄러운걸. 하지만 그만큼 내 이야기를 자주 해주셨다는 뜻이겠지."

크레오스는 말하며 기쁜 듯 미소를 지었다. 쉼 없이 불평을 해대기는 했지만 그것은 덤블프를 존경하고 경애하는 마음에서 비롯된 것이었다. 그런 현자가 제자에게 자신에 관한 이야기를 많이 해주었다는 사실이 크레오스는 진심으로 기뻤다.

"그래, 그렇고말고. 이런저런 이야기를 들었지."

"맞아, 내 메인은 뇌린호야. 하지만 덤블프 님이 계셨을 때보다 훨씬 강해졌어."

"호오, 그것 참 믿음직하겠군."

뇌린호의 난이도는 소환술 중에서는 중상급 정도였다. 그것이 미라가 기억하는 것보다 강해졌다면 분명 믿음직한 전력이라 할 수 있으리라.

"뇌린호와 계약하는 건 정말 힘들었어. 하지만 덤블프 님이 말이지."

그렇게 말하기 시작한 크레오스는, 이번에는 덤블프라는 현자가 얼마나 멋진 인물이었는가를 정열적으로 말하기 시작했다. 단순히 편리하다는 이유로 데리고 다닌 것이 다였건만 "그때는 날 위해서"라느니 "그렇게 함으로써 내게 가르침을 주셨어"라느니 하는 크레오스의 주관적인 평가가 낯간지럽기도 하고 자책감이

들기도 해서 미라는 그것이 표정에 드러나지 않게끔 하며 맞장구를 치는 것이 고작이었다.

"그렇게 단련된 결과, 지금은 내가 덤블프 님의 대행자로서 탑을 관리하게 된 거야."

크레오스는 길었던 이야기를 해냈다는 표정으로 만족스럽게 매듭지었다. 미라에게도 그런 일도 있었지, 싶어 그리움이 밀려드는 부분도 있었지만 대부분은 크레오스 입장에서 바라본 덤블프 영웅담이었다.

끝까지 들은 뒤, 미라는 소환술의 탑에 들어갔을 때 신경 쓰이는 점이 있었다는 사실이 떠올라 물었다.

"그러고 보니 이곳으로 오는 도중에 탑에 들러봤다만, 소환술의 탑은 마술의 탑에 비해 매우 한산하던데. 무슨 일이 있었던 겐가?"

미라가 그렇게 묻자 상쾌해 보이기만 하던 크레오스의 표정이 갑자기 흐려지더니 거의 울상이 되었다.

"뜨끔한 부분을 찌르네……. 말한 바대로 지금은 소환술사가 매우 적어."

"으음, 역시 그러했군."

탑을 찾았던 시간이 밤이었던지라 미라는 그 탓일지도 모른다고 생각했지만 크레오스의 말로 미루어보면 소환술의 탑은 인재가 부족한 듯했다. 미라는 침울해져 시선을 떨군 채 떠들썩했던 무렵의 광경을 떠올리고는 어떻게든 해야겠다는 생각을 하기 시작했다.

"미라 양도 덤블프 님의 제자라면 아마도 첫 계약은 같은 방법으로 했겠지?"

고민스러운 표정으로 고개를 숙인 미라의 모습이 어쩐지 덤블프와 닮은 것 같다고 느낀 크레오스는 무심하게 그렇게 물었다.

첫 계약 방법. 덤블프 때는 약과 폭탄을 잔뜩 싸들고 가서 했었다. 하지만 크레오스가 말한 방법은 그와는 다르다는 사실을 미라는 알았다.

"정련장비와 마봉폭석을 사용한 방법 말이로군."

그것은 소환술의 탑의 엘더로서 후진들에게 협력하기 위해 덤블프 본인이 제안해 추천한 방법이었다.

"그래, 그거 말인데. 덤블프 님이 없어지고 나서도 얼마간은 문제없이 계약을 할 수 있었어. 하지만 처음에는 마봉폭석의 재고가 떨어졌고, 그다음에는 정련장치가 부서졌지……. 성에 있는 정련기사도 덤블프 님이 만든 것 정도의 성능은 못 내서 서서히 계약을 못 하는 자들이 생겨났어."

"아~ 음, 그렇게 된 게로군."

덤블프가 제안했던 방법이란, 약을 통한 버프 효과와 폭탄에 의한 방법이라는 점에서 방향성은 같았지만 보다 효율적인 방법이었다.

약으로 스테이터스를 향상시키는 대신 정련장비를 통해 방어력과 내구력을 끌어올리고 폭탄 대신 상대의 약점에 맞는 속성의 마봉폭석을 이용하는 방법이다. 덕분에 첫 계약의 난이도는 그야말로 현저히 낮아졌다. 하지만 그 방법은 덤블프의 후원 덕에 가능했던 것으로 그가 사라짐으로 인해 속행이 어려워지고 만 것이다.

정련기술을 사용할 수 있는 자들도 어느 정도는 있었지만 엄청난 시간과 노력이 소요되기에 정련장비의 가치 상승은 피할 수가 없었다. 심지어 덤블프가 만든 것과는 비교도 되지 않을 정도로 성능이 낮았기 때문에 신인 소환술사 중에는 무구 정령을 쓰러뜨리지도 못하고 패주하는 자들도 다수 발생했다.

더불어 지도자이자 절대적인 카리스마도 부재. 그 결과, 소환술의 탑은 한산해지고 만 것이다.

"좋아, 일단 이렇게 하도록 하지!"

생각을 마친 미라는 고개를 들고서 아이템 박스를 열어 수중에 있던 마봉폭석을 몽땅 끄집어내어 바닥에 뿔뿔이 흩어졌던 돌들을 모아 크레오스에게 내밀었다.

"이거면 스무 명 정도는 적에게 이길 수 있을 게다."

"이건, 마봉폭석! 심지어 이만큼 강력한 힘이 담겨 있다니, 30년 전과 같은…… 아니, 그 이상인데. 정말 받아도 되겠어?"

크레오스는 휘둥그레진 눈으로 미라의 손바닥 위에 있는 그야말로 보석보다 밝은 빛을 내뿜는 돌을 바라보았다.

"음, 지금의 이 봄이 할 수 있는 건 이 정도뿐이니."

"하지만 이건 덤블프 님이 미라 양에게 호신용으로 준 거 아니야?"

마봉폭석은 여차할 때 비장의 수단이 될 수도 있는 강력한 물

건이었다. 그러한 이유에서 제자에게 쥐어준 것이리라 생각한 크
레오스는 덥석 받아버리고 싶은 마음을 애써 참으며 거듭 확인을
했다.

"문제없다. 이 몸에게는 스승님께 물려받은 다크나이트가 있으
니. 게다가 지금 이곳에 스승님이 있었다면 탑을 현재 상태로 두
지는 않았을 터."

미라는 자신의 생각을 에둘러서 대변하는 투로 말했다.

"확실히. 소환술 중독자인 덤블프 님이라면 현재 상황을 좋게
보시지는 않으려나."

크레오스는 그렇게 중얼거리더니 두 손을 내밀어 미라에게서
마봉폭석을 받았다.

"고마워, 미라 양. 돌아가서 바로 소환술을 포기한 신인들에게
전해줄게. 이제 괜찮다고."

크레오스는 만면에 미소를 지으며 미라에게 고개를 숙였다.

크레오스 본인 또한 탑의 현재 상황에는 불만이 있었고 온갖 수
단을 강구해왔다. 그것은 최종적으로 어느 정도의 성공 사례를
만들기는 했지만 문제가 많아서 결정적 해결책이라고 하기에는
어려운 수단들이었다.

그 결과, 소환술사가 되겠다는 희망을 품고 모여든 젊은이들은
꿈이 좌절된 채 알카이트 왕국을 떠났다. 그런 뒷모습을 계속해
서 배웅해온 크레오스에게 있어서 이 마봉폭석은 백 캐럿짜리 다
이아몬드보다도 가치가 있는 것이리라.

"음, 그렇게 해다오. 아아, 그리고 이것도."

기뻐하는 크레오스의 모습을 보고 그가 자신이 없는 동안에도 탑을 유지시키고자 얼마나 노력했는지를 실감한 미라는 특별한 선물 하나를 더 주기로 했다. 손가락에서 반지, 목에서 목걸이를 벗어 그것까지 크레오스에게 건네주었다.

"이⋯⋯이건."

"각각 체력과 힘을 증강해주는 특제 장식품이다. 초급 무구정령 정도는 힘으로 밀어붙일 수 있게 될 게야."

"이렇게 귀중해 보이는 걸 정말 주는 거야?"

"물론이다. 스승님께 소중한 것이라면 나에게 역시 마찬가지니. 그 대신 대행자 역할을 잘 부탁하마, 크레오스."

"엘더 대행의 이름을 걸고 반드시 탑을 번영시켜 보일게!"

한껏 고양된 크레오스는 활기 넘치는 눈빛으로 미라의 눈을 똑바로 바라보며 크게 고개를 끄덕였다.


"그럼, 제2단계 실험은 닷새 후 같은 시각에 실행하기로 하겠다."

솔로몬이 그렇게 회의를 마무리 짓자 귀족과 엘더 대행들은 예를 올리고서 개발실을 뒤로했다.

"끝난 모양이네. 그럼 미라 양, 정말로 고마워. 바로 사람들한테 연락해야겠어. 바빠질 것 같네."

"음, 조심해서 돌아가거라."

크레오스는 깊숙이 고개를 숙여 인사하고는 다른 사람들을 따라 종종걸음으로 개발실을 나섰다. 그 발걸음은 매우 가벼워 보였으며 생기 넘치는 표정을 본 다른 대행들은 놀라면서도 다정하게 그의 뒷모습을 배웅해주었다.

다른 대행들도 크레오스가 탑에 관한 일로 골머리를 앓고 있다는 것은 알았지만 자신의 탑을 관리하는 데 급급해 아무런 도움도 주지 못했다. 때문에 지금까지 크레오스가 낙담한 모습은 자주 보았지만 저토록 기분이 좋아 보이는 것은 오랜만이었다.

기분이 좋아진 원인은 물론 소환술의 탑의 재흥에 빛이 보였기 때문이다. 하지만 사정을 모르는 다른 대행들은 어린애를 좋아하는 크레오스가 미라와 이야기한 덕에 활력을 얻은 것이리라고 착각했다.

끝까지 개발실에 남은 것은 미라와 솔로몬, 루미나리아, 그리고 토마까지 네 명이었다.

솔로몬은 자료가 진열된 선반 안쪽 깊은 곳에서 마치 감춰져 있기라도 했던 것으로 보이는 서류 다발을 몰래 끄집어내서는 진지한 표정으로 훑어보고서 빙긋 미소를 지었다.

루미나리아는 방구석에서 뭔가를 주물럭거리고 있는 미라의 뒷모습을 쳐다보다 천천히 다가가 슬그머니 손으로 시선을 옮겼다. 미라로 말하자면 여전히 로봇을 주물럭대고 있었다.

"아직도 그러고 있었어?"

변형에 이은 변형으로 기괴한 형상이 된 로봇을 본 루미나리아는 미라의 등 뒤에서 불쑥 얼굴을 들이밀며 시시하다는 듯 중얼거렸다.

"굉장하지 않으냐. 조금만 더 하면 완성된다!"

미라는 순수한 어린애 같은 미소로…… 아니, 겉모습은 어린애가 맞지만 몰두할 것을 찾은 남자애처럼 신이 난 말투로 말하더니 계속해서 로봇을 변형시켜 나갔다.

무엇이 완성된다는 걸까. 개발 주임인 토마는 목소리의 발원지에 웅크려 앉은 두 사람의 모습이 신경 쓰여 그들에게 다가가서는 미라의 손에 들려 있는 물체를 보았다.

"아, '초합체 로드발칸' 아닙니까. 어디 있었습니까?"

토마는 미라의 손에 있는 로봇을 본 적이 있었다.

"거기 있는 선반 안쪽에 나뒹굴고 있었다만."

미라는 그렇게 말하며 정면에 자리한 선반 위쪽을 가리켰다.

"이런 곳에 있었군요. 잃어버린 줄만 알았는데."

토마는 그리움이 묻어나는 눈빛으로 미라에 손에 있는 너절한 물체를 바라보았다.

"호오. 그렇다면 이건 그대의 것인가?"

"네에, 제 것이라기보다는 제가 만든 것이죠."

"오오, 그러했나. 그대, 제법 괜찮은 취미를 가졌구나."

"허허, 취미가 본업이 되었다고 해야 할까요. 신이 나서 만들긴 했지만 결국은 실패작입니다. 설계 미스로 합체를 못한답니다."

"뭣······이라고······?"

미라는 마지막 말이 믿기지가 않는다는 표정으로 어색하게 고개를 돌려 쑥스러움을 얼버무리려는 듯 미소를 지은 토마의 얼굴을 응시했다.

"으, 으음······. 합체 기구를 도입할 때 폭을 조금 잘못 계산해서 말입니다. 고치고 싶어도 일단 분해를 해야 했던지라 나중에

하자고 내버려뒀다가 잃어버렸다고나 할까요."

토마는 지금까지 눈앞에 있던 가련한 소녀라는 것이 믿기지 않을 정도로 눈빛이 싸늘해진 미라에게 주저주저 대답하며 천천히 뒷걸음질을 쳤다.

"뭣이라——!!"

그 절규는 개발실 밖까지 울려 퍼졌다고 한다.

고치면 주겠다고 약속해 간신히 미라를 달래는 데 성공한 토마는 가슴을 쓸어내리며 초합금 로드발칸을 건네받고서는 도망치듯 개발실을 뒤로했다.

"후, 후후, 후후후후후후."

숨죽인 웃음소리가 기분 나쁘게 들려왔다. 엉겁결에 미라가 고개를 돌려보니 그곳에는 서류다발을 손에 든 솔로몬이 있었다.

"드디어. 드디어, 본격적인 개발을 시작할 수 있어."

그렇게 말한 솔로몬은 미라를 똑바로 쳐다보며 무서울 정도로 기뻐 보이는 미소를 지었다.

"또 시작이네."

오래 알고 지낸 루미나리아는 손에 든 서류와 솔로몬의 모습을 통해 그 이유를 알아채고는 중얼거렸다. 그 말을 들은 미라가 무슨 소리냐고 묻고자 고개를 돌리려던 찰나, 솔로몬 본인이 어느새 코앞까지 다가와 있었다.

"지금까지는 소재 생산 속도가 느려서 에너지 절약 설계를 우선시해왔지. 하지만 지금은 네가 와준 덕에 최고 출력의 마봉석은 손에 넣은 거나 다름없잖아? 드디어 에너지 절약 같은 좀생이 같은 생각도 않고, 연비 같은 것도 신경 안 쓰고 개발할 수 있게 됐어. 이건 10식 전차를 향한 커다란 진보라 할 수 있다고!"

솔로몬은 흥이 올랐는지 그렇게 말을 쏟아내더니 미라에게 지금까지 자신이 얼마나 고생을 해왔는지를 하나하나 이야기하기 시작했다. 듣자하니 자신이 이상적이라고 생각하는 수준의 것을 실용적으로 운용하려면 마봉석을 수백 개 단위로 소비해야만 한다고 한다. 그만한 숫자를 준비하려면 반년이 걸린다. 준비에 반년이 걸려서는 도저히 실용적이라 할 수 없다. 솔로몬은 열의를 담아 그렇게 말했다.

"마도공학은 아직 발전도상 중이야. 그렇기에 나는 거기서 가능성을 발견했어. 특히 마봉석의 등급차에 따른 출력의 증감은 괄목할 만하지. 무려, 등급이 올라가면 올라갈수록——."

"자자, 거기까지. 아무래도 이제 코 잘 시간 같은데."

루미나리아는 신이 날 대로 난 솔로몬을 제지했다. 어렵다기보다는 솔로몬의 취미에 관한 이야기가 대부분을 차지하는 이야기를 계속해서 들은 결과, 미라가 꾸벅꾸벅 졸기 시작했기 때문이다.

"그럼, 별수 없으려나."

솔로몬은 그 말과 동시에 선뜻 물러나, 서류를 다시 선반 안쪽에 되돌려놓았다. 그렇다고 열의가 식은 것은 아니었다. 단순히 앞으로 얼마든 들려줄 수 있다고 생각했을 뿐이다. 친구는 눈앞에 있다. 지금의 솔로몬은 그거면 충분했다.

"야, 일어나."

루미나리아가 미라의 뺨을 쿡쿡 찌르며 말을 붙였다.

"아니, 안 잤다."

미라는 그 손을 뿌리치며 그렇게 답하고는 날카로운 눈빛으로 루미나리아를 노려보았다. 하지만 다음 순간, 눈꺼풀이 녹아들 듯 내려오는가 싶더니 다시금 번쩍 들려 올라갔다.

"하지만 졸리지?"

"음."

루미나리아의 물음에 미라는 즉답했다.

"그런데 목욕은 했어?"

"오늘은 그만 됐다."

다시금 물음을 던진 루미나리아는 미라의 그 답변에 표정이 돌변했다.

"되긴 뭐가 돼. 여자가 됐으면서 어떻게 목욕을 안 한다는 선택지를 고를 수가 있어!"

그것은 완전히 루미나리아의 지론이었지만 수마에 저항하는 것이 고작이었던 미라에게는 이미 반론할 여력조차 없었다.

"다녀올게!"

루미나리아는 그렇게 말하더니 마치 유괴범처럼 미라를 짊어지고 달려갔다.

'문제는 산더미처럼 많지만, 앞으로 일이 재미있게 돌아갈 것 같은걸.'

남겨진 솔로몬은 두 친구의 뒷모습을 배웅하며 즐거운 듯 미소

지었다. 그러고는 홀로 어슬렁어슬렁 걸어 남탕으로 향했다.


"함께 목욕을 할 이유가 어디에 있다는 게야?"

목욕물의 향내가 코끝을 스쳐 조금은 수마의 구속에서 풀려난 미라는 모처럼 왔으니 목욕을 하기로 했다. 성의 커다란 목욕탕에 흥미가 동하기도 했기 때문이다.

"뭐 어때, 엄청 넓어. 오랜만에 만났으니 살과 살을 맞대가며 친목이나 다시 다져보자고."

미라는 현재, 루미나리아 손에 의해 대욕장 탈의실에 끌려와 있었다. 익숙한 손놀림으로 옷을 벗어 옷가지를 개어서 선반에 쌓아나가는 루미나리아에 반해 미라는 보좌관인 리탈리아와 마리아나가 개조해준 리본투성이 로브를 벗는 데 악전고투하고 있었다.

"나 원. 자, 이리 줘봐."

루미나리아는 미라 앞에 서서 그 리본을 익숙한 손놀림으로 하나씩 풀어 나갔다. 그 결과, 미라의 눈앞에는 루미나리아의 풍만한, 심혈을 기울여 만든 일품이 늠름하게 자기주장을 하듯 자리하게 되었다. 도저히 직시할 수가 없어서 미라는 시선을 이리저리 굴렸다.

누미나리아가 분투한 결과, 총 스무 개의 리본이 선반에 죽 늘어섰다. 천을 말아 올려 장식했던 로브는 본래의 모습으로 돌아갔다. 끝으로 가슴께에 달려 있는 리본 형태의 머리끈을 풀자 어깨가 보일 정도로 옷깃이 벌어져 미라의 적절히 부풀은 가슴이 흘끔 보였고 그것을 본 루미나리아는 의미심장한 미소를 지어 보였다.

"몸도 너답네."

"그 얘기는 이제 그만해라……."

미라는 로브 자락을 질질 끌며 방구석까지 가서는 손을 집어넣고서 꾸물꾸물 로브를 벗었다.

마법소녀가 입을 법한 로브 아래 감춰진, 선녀의 날개옷과 드로어즈라 하는 미라의 속옷차림. 그것이 다시금 루미나리아의 추가 공격을 유도하는 요인이 되고 말았다. "다 비쳐 보이는 란셰리에 고풍스러운 드로어즈를 조합시키다니……. 그 몸이 된 지 얼마 되지도 않았을 텐데 엄청난 성장세네. 이대로 가면 곧 내 영역에 도달하겠는데?"

앳되면서도 요염함을 자아내는 시스루 스타일의 옷차림과 얼핏 보면 에로스와는 인연이 없어 보이는 드로어즈의 조합에서 루미나리아는 무언가를 발견해냈다. 미라는 손에 든 로브를 변태에게 집어던지고는 잽싸게 나머지도 벗어던지고서 욕탕으로 달려갔다.

루미나리아는 미라의 로브를 차곡차곡 개어 선반에 넣어두고서 욕탕에 들어갔다.

왕이 사는 성이라는 장소답게 욕탕도 호화찬란했다. 커다란 욕조에는 상시 온수가 받아져 있었고 중앙에서는 뜨거운 물이 분수처럼 천장으로 뿜어져 나와, 중력에 의해 소나기처럼 주변에 쏟아지고 있었다.

이 욕탕은 내빈들도 이용할 수 있다. 때문에 국가의 자존심 같은 것이 담겨져 있었고 그것이 사람들 눈에 얼마나 딴 세상처럼 느껴질 지는 그런 분위기를 만끽하고 있는 미라의 모습을 보면 충분히 알 수 있으리라.

"이렇게 바보 같을 수가! 이다지도 바보 같은 짓은 또 없을 게야!"

터무니없는 광경에 잠기운이 날아간 미라는 깔깔대고 웃으며 분수 아래서 폭포를 맞듯 뜨거운 물을 뒤집어썼다. 머리카락은 눈 깜짝할 새에 물기를 머금어 피부에 달라붙었고 물방울은 부드러운 피부를 타고 흘러 바닥에 떨어졌다.

미라는 그 고급 온천은 비교도 되지 않을 정도로 과하게 호화로운 욕탕에서 흘러넘치는 온수를 헤치고 이리저리 뛰어다니며 목욕을 만끽하기 시작했다.

"이렇게 보니 외모에 걸맞은 나이대로 보이는데. 뭐, 원래 어린애 같았으니까, 그 녀석. 근데 그렇게 보여도 괜찮겠냐, 덤블프?"

루미나리아는 혼잣말처럼 중얼거리고는 아주 싫지는 않은 눈치로 신나게 돌아다니는 미라의 모습을 눈으로 좇았다.


귀에 익은 애니메이션 주제곡이 욕실을 울렸다. 욕조에 몸을 푹 담근 채 아주 편히 쉬고 있던 루미나리아가 흥얼거리고 있는 것이다.

목욕을 하며 충분히 휴식을 취한 미라는 그런 루미나리아를 흘끔 쳐다보고는 상쾌한 기분으로 탈의실로 돌아왔다. 선반에 놓여 있던 옷은 세탁 중이었고, 대신 갈아입을 옷이 놓여 있었다.

미라는 그 옷을 집어서 펼치다가 그 자세 그대로 굳어버렸다. 왜냐하면 그것은 프릴이 달린 하늘색 원피스였기 때문이다. 미라에게 가장 잘 어울릴 의상은 이것이리라 판단한 시녀가 혼신의 노력 끝에 골라온 원피스였다.

하지만 문제는 그것뿐이 아니었다. 오히려 원피스 정도는 아무 것도 아닌 것처럼 보이게 하는 물건이 그 옆에 놓여 있었다.

그것은 작은 리본으로 장식된 하얀 팬티였다. 과하게 장식되지는 않았지만 그렇기에 완성된 미라의 매력을 한층 더 두드러지게 해줄 일품이리라.

과한 장식 따위는 필요 없다. 팬티 한 장이면 족하다. 그로써 지고의…… 아니, 기호(嗜好, 지고(至高)와 기호(嗜好)의 일본 음독이 같은 것을 이용한 말장난)의 존재가 될 수 있다. 팬티는 그렇게 말하고 있었다.

미라는 황급히 아이템 박스에서 대신 입을 만한 옷을 찾아보았지만 어젯밤에도 확인한 바와 같이 도망칠 곳이 없음을 재인식하게 됐을 뿐이었다.

미라는 정신을 가다듬기 위해 시선을 팬티에서 떼었다. 그러자 그 팬티가 매우 잘 어울릴 것 같은 미소녀가 그 시선 끝에 있었다.

"우…… 아아, 거울인가."

실오라기 하나 걸치지 않은 그 미소녀는 커다란 전신거울에 비친 미라 본인이었다.

미라는 그 모습을 뚫어지게 바라보더니,

"이 몸, 귀엽구나."

그렇게 중얼거렸다.

미라가 되고서 처음 자신의 모습을 본 것은 술장기사단의 거울 같은 갑옷을 들여다봤을 때였다. 그다음은 밤의 어둠으로 물든 창문이었다. 아무런 장해물이 없는 만큼 세세한 부분까지 비추고 있는 거울은 미라의 매력을 빠짐없이 보여주고 있어, 자신이 어떤 취향을 가지고 있는지를 새삼 자각게 했다.

미라는 거울을 바라보며 목욕수건으로 몸을 닦다 멍하니 손으로 얼굴을 매만졌다. 그리고 뺨의 라인을 손가락으로 쓸어 입술부터 목덜미로, 그러고서는 일단 손을 떼어 윤기 나는 은발을 살며시 쓰다듬어보았다.

"드디어 이쪽 세계에 왔구나. 환영할게."

반하기라도 한 듯 자신만의 세계에 빠져 있던 미라는 흠칫 놀라 등줄기를 쭉 편 채 의미심장한 여성의 목소리가 들려온 쪽으로 고개를 돌렸다.

그곳에는 의기양양한 미소를 짓고 있는 루미나리아의 모습이 있었다.

"언제부터 보고 있었지?"

"이 몸, 귀엽구나."

그 순간 미라는 '선술보법 : 축지'로 돌진했다. 하지만 루미나리아는 일렁이는 환영만 남기고 움직여 그것을 어렵지 않게 회피했다.

"음, 무엇이냐, 그건. 그러한 움직임은 본 적이 없는데."

느닷없이 사라진 듯 보인 루미나리아. 미라는 그 낯선 움직임에 흥미가 동했다. 알고 있는 기술 중에 그러한 효과를 지닌 것은 존재하지 않았기 때문이다.

"네가 없는 동안 진화한 건 마도공학뿐이 아니라는 거지. 30년이라는 세월 동안 각종 기능 계열도 일진월보했다는 뜻이야."

루미나리아는 환영을 남기며 나타났다가 사라졌다가를 반복했다. 그것을 본 미라는 조금 전까지의 수치심은 완전히 잊고 그 새로운 기능에 대한 흥미로 머리가 가득해졌다.

"이건 정확히 8년 정도 전이었던가? 그 즈음에 만들어낸 회피 스킬 '미라주 스텝'이야. 효과는 뭐, 네가 본 것과 같고."

루미나리아는 그렇게 말하며 환영을 남긴 채 전이를 반복했다.

"습득 조건은 우선 마나 소유자일 것, 빛과 물의 가호를 받은 상태일 것, 이었던가?"

"오오! 그러면 이 몸도 금방 습득할 수 있겠군. 가르쳐다오!"

자신이 습득 조건을 충족했음을 안 미라는 루미나리아에게 달라붙을 기세로 다가갔다.

"흠~ 어쩔까나~. 기나긴 역사를 거쳐 거둔 성과를 공짜로 가르쳐주는 건 좀 그런데~."

루미나리아는 거드름을 피웠다. 그, 아니 그녀는 알고 있는 것이다. 당시부터 현저했던 미라의 기술에 대한 지칠 줄 모르는 집념을.

"우음, 그럼 됐다. 솔로몬도 알고 있을 테니."

미라는 그렇게 말하며 목욕수건을 집어 던졌다. 루미나리아는 그것을 받아들더니 손을 감추듯 목욕수건으로 덮었다.

"이거, 뭐로 보여?"

루미나리아가 목욕수건을 높이 던지자, 그 손에는 마치 마술이라도 부린 듯 책이 들려 있었다. 그 표지에는 『기능대전 2146년도판』이라고 적혀 있었다.

"서……설마 그것은."

기능대전이란 무수한 발전을 거쳐 다종다양해진 기능을 한 권의 책에 정리한 베스트셀러다. 물론 기능 마니아인 미라도 가지고 있었지만 그것은 '2116년도판'으로, 이 세계에서는 30년 전의 책이다.

당연히 미라의 시선은 그 책에 못 박히고 말았다. 서비스를 개시 후 4년 동안에도 온갖 기능이 발견, 개발되었다. 그랬던 것이 30년이나 흘렀으니 루미나리아가 지닌 책에 적힌 지식의 양은 이루 헤아릴 수 없을 정도로 방대하리라.

"지금은 여러모로 제한이 걸려 있어서 말이지, 아무리 돈을 쏟아 부어도 손에 넣지 못하는 귀중한 책이야. 이걸 주겠다면?"

"……무엇을 바라는 게지?"

미라는 단도직입적으로 그렇게 물었다. 루미나리아로서는 이미 다 읽은 설명서 정도의 물건이었지만 그 책이 지금의 미라에게 얼마나 매력적으로 비칠지는 너무도 잘 알고 있으리라. 그것을 끄집어냈으니 공짜로 줄 리가 없다. 조금 전 보였던, 거들먹거리는 말투로 미루어 그럴 것이 분명했다.

"빨리 알아들어줘서 다행이네. 뭐얼~ 너한테는 그렇게 어려운 일이 아니야. 솔로몬한테 들었어. 곧 그 녀석들 찾으러 갈 거라며? 그러는 김에 아이템 두 개를 입수해줬으면 하는 것뿐이야."

"호오. 그래, 무엇을 원하지?"

"하나는 홍련왕의 검. 그리고 나머지 하나는 세계수의 재."

"흐~음. 상당히 레어한 물건이군. 하지만 뭐, 손에 못 넣을 것도 없지. 허나, 그건 그대 역시 마찬가지일 텐데. 굳이 이 몸에게 부탁하는 이유가 무엇이지?"

루미나리아가 제시한 물건은 둘 다 일급품에 해당하는 보물이었다. 하지만 미라의 실력이라면 입수가 불가능할 정도는 아니었다.

"알다시피 지금, 나는 이 나라에서 움직일 수가 없어. 어코드 캐논 개발도 해야 하지만, 섣불리 국경을 넘어서 타국을 자극할 만한 짓은 피해야 하거든. 나는 유명인이니까."

루미나리아는 그렇게 말하고는 그 풍만한 가슴을 젖히며 입꼬리를 치올려 대담하게 미소 지었다.

"오호라. 당시부터, 그럭저럭 리얼한 게임이었다만. 본격적으로 리얼한 정세 반영이로군. 확실히 그런 이유라면 이 몸이 더 움직이기 쉬울지도 모르겠군그래."

"그렇지? 그러니까 부탁 좀 하자. 그러면 이건 네 거야."

루미나리아는 그렇게 말하며 여봐란 듯 그 책으로 미라의 머리를 쓰다듬었다.

"뭐, 좋다. 하지만 그대가 검을 들어 무얼 하겠다는 게야. 마술을 사용하는 편이 빠른 데다 강할 텐데. 재는 또 무엇에 쓸 셈이고? 그건 연금소재였던 것으로 기억한다만. 자잘한 작업은 성미에 안 맞는다고 하지 않았던가?"

루미나리아는 마술사. 심지어 최상위 마술사다. 아무리 레어 아이템이라지만 홍련왕의 검은 상급검사가 지녀야 비로소 그 진가가 발휘된다. 마술사는 잘 사용할 수도 없고 단순히 화속성으로 공격을 하고 싶은 것이라면 '마술 : 쌍염(雙焰)' 같은 것을 사용하는 편이 압도적으로 효율적이다. 그리고 자잘한 작업을 싫어하는 루미나리아는 연금술은 거들떠보지도 않았기에 정화의 비석의 재료로 쓰이는 세계수의 재를 필요로 하는 이유를 알 수가 없었다.

"뭐, 둘 다 평범하게 쓸 리가 없잖아. 그냥 촉매로 쓸 거야."

루미나리아는 리드미컬하게 촉매라고 말하며 미라의 머리를 책으로 가볍게 두드렸다. 미라는 눈을 흡뜨고서 그런 루미나리아를 노려보았다.

"촉매라…… 혹시 마술 습득을 위한 촉매를 말하는 게냐?!"

"정답이야. 아주 오래 전에 처음 보는 펜타그램을 발견했거든. 해석 결과, 그 두 가지가 촉매로 필요하다는 게 밝혀졌지."

이야기를 계속하면서도 미라는 기회를 엿보다 머리 위에 얹어진 책으로 손을 뻗었다. 하지만 두 손은 허무하게 허공을 가를 뿐이었다.

"새로운 술법까지 있다니, 역시 30년이라는 세월은 굉장하군. 그나저나 방금, 해석이라고 했지? 그건 무슨 말이냐. 마술의 촉매라 하면 닥치는 대로 불태워봐야 알 수 있었을 터인데, 해석이란 걸 하면 촉매를 알 수 있는 게야?"

"맞아. 감정에서 발전한 '술식해석'이라는 새 기능이야. 이것도 물론 이 책에 실려 있지."

루미나리아는 그렇게 말하며 손에 든 책을 미라의 눈앞에 들이댔다. 그 순간, 눈에 보이지 않는 속도로 뻗은 미라의 손이 환영만 붙잡았다.

"우으."

"30년 전 상태인 네가 나를 앞지르려 하다니, 그야말로 30년은 일러. 자아, 어쩔래. 찾아와주면 이건 너한테 줄게."

"맡도록 하지."

미라주 스텝으로 등 뒤로 돌아든 루미나리아에게로 고개를 돌린 미라는 눈빛을 반짝이며 그렇게 답했다.

"하지만 한 가지 조건이 있다만."

"응? 뭔데? 여비나 필요한 도구? 그런 건 솔로몬이 준비해줄 거야."

"아니, 우선 그 환영만이라도 가르쳐다오."

미라는 기대로 가득한 표정으로 루미나리아를 올려다보았다. 그 몸짓에는 경험 많은 루미나리아도 살짝 가슴이 설레었다.

"그 몸, 제법 잘 써먹고 있네. 뭐, 좋아. 선금 대신 가르쳐줄게."

그렇게 탈의실에서 서킷된 소녀들의 알몸 공부 모임이 시작되었다.

기능 전수는 금세 종료되었다. 요령을 알고 나니 미라에게도 어려운 것이 아니었다. 하지만 경험의 차이인지 루미나리아보다 다소 조잡해 보였다. 그 점을 극복하려면 지금까지와 마찬가지로 수련을 하는 수밖에 없으리라.

알몸이었던 두 사람은 공부 모임이 끝나고서야 옷을 입기 시작했다.

"뭐야. 혹시 저항감이 드는 거야? 관둬, 관둬. 앞으로 계속 그럴 테니까. 일일이 반응하면 피곤하기만 할걸~."

루미나리아는 준비된 옷을 입으며 원피스와 팬티를 손에 든 채 멀거니 선 미라를 보며 말했다. 순식간에 상황을 이해했다.

"하지만 말이지……."

그렇게 중얼거리며 루미나리아에게로 시선을 옮긴 미라는 눈을 부릅뜨고서 로브 차림의 루미나리아를 노려보았다.

"어째서 그대는 로브를 입고 있는 게야……."

"여기 올 일이 많았으니까. 내 여벌옷도 충분히 준비해뒀거든."

"그럼 그 여벌옷을 내게도 빌려다오. 아무리 그대로 이건 좀 아니지 않으냐."

"사이즈가 맞을 리가 없잖아. 게다가 아무리 봐도 어울릴 것 같으니 안심하고 입어. 뭐 하면 도와줄까?"

루미나리아는 수상쩍은 미소를 지으며 미라에게 슬금슬금 다가갔다.

"되었다!"

그렇게 말하며 냉큼 환영을 남긴 채 탈의실 반대쪽으로 도망친 미라는 결심을 굳히듯 땅이 꺼져라 한숨을 쉬고 나서 원피스에 머리를 집어넣었다.

젖은 머리가 원피스에 갇혀버리는 바람에 답답해진 미라는 한쪽 팔로 은색으로 빛나는 머리를 억지로 밖으로 꺼냈다.

그렇게 남은 것은 팬티 한 장. 미라의 머릿속에서는 생각이 노팬티파와 무언가를 버리자는 파로 대격전을 펼치고 있었다. 원피스 자락이 짧다는 이유로 공세를 펼치는 무언가를 버리자 파. 과거의 덤블프, 그리고 남자라는 단어를 가슴에 품은 채 최종 방위 라인을 사수하려는 노팬티파. 하지만 평행선을 달리는 듯한 그 싸움은 한 인물로 인해 어이없이 막을 내렸다.

"아직도 그러고 있어?"

루미나리아는 그렇게 말함과 동시에 미라의 손에서 팬티를 빼앗더니 웅크려 앉아 발치에 가져다 댔다.

"자, 발 들어."

"아니…… 글쎄…….."

"자아, 어서."

어서어서, 하고 재촉을 하듯 미라의 발을 쿡쿡 찌르는 루미나리아. 미라가 마지못해 한쪽 발을 살짝 들자 루미나리아는 팬티 한쪽을 재빨리 통과시키더니 "자, 나머지 한쪽도"라고 다시금 재촉했다. 마치 드로어즈를 입었을 때를 재현한 듯했다.

타의로 인해 성대하게 무언가를 버리게 된 미라는 오히려 깨달음을 얻은 듯한 표정으로 탈의실을 뒤로했다.

시녀 구획 옆에 자리한 내빈용 침실. 그곳으로 안내를 받은 미라는 곧장 침대 속에 들어갔다.

'참으로 피곤한 하루였구나.'

미라는 하루를 돌이켜보며 그런 평가를 내렸다. 앞으로는 현실이 된 게임 세계에서 살아가야 한다. 하지만 미라는 그다지 불안하지 않았다. 든든한 친구가 있기 때문이다.

두 사람 덕분이라고는 생각하지만 쑥스러우니 대놓고 인정할 수는 없다. 미라는 그런 생각을 하며 잠들었다.

17

알카이트성의 침실에서 맞이한 이른 아침. 꿈속을 헤매던 미라는 문을 세차게 두드리는 소리에 본의 아니게 잠에서 깼다.

"우으……."

눈에 들어온 것은 낯설기만 한 호화로운 방. 미라는 '아아, 그랬지' 하고 상황을 다시 파악했다. 그러는 동안에도 문 두드리는 소리는 이어져 미라는 침대에서 일어나 무슨 일인가 하고 문을 열었다.

"아, 좋은 아침입니다, 미라 님."

문이 갑자기 열리기도 했거니와 미라의 옷매무새가 흐트러져 있던지라, 문 앞에 있던 위병은 잠시 넋을 잃고 쳐다보고 말았다. 하지만 곧장 마음을 다잡고 말을 이었다.

"솔로몬 님으로부터 급히 미라 님을 모셔 오라는 분부를 받았습니다. 긴급한 안건이라고 합니다."

그렇게 용건을 전한 위병은 상당히 숨이 거칠었다. 게다가 그 위병뿐 아니라 복도에서는 상당히 많은 이들이 허둥지둥 뛰어다니고 있었다.

"흠, 금방 가지."

그 모습을 통해 미라는 자신을 불러들일 필요가 있을 정도로 긴급한 사태가 벌어졌음을 파악했다.

"저기, 옷매무새를 고치시는 편이……."

미라가 고개를 끄덕이고서 침실을 나서려던 참에 위병이 주저주저 진언했다. 자기 전에 입었던 원피스가 크게 벌어져 미라는 쇄골부터 어깨까지 노출되어 있는 상태였던 것이다.

"흠, 그래야겠군."

그 말에 자신의 모습을 확인한 미라는 잽싸게 옷매무새를 바로하고서 솔로몬이 기다리는 집무실로 향했다.


"남서쪽에는 술장기사단 2번대와 3번대를 보내라. 남동쪽에는 마장술사단을 두 부대로 나누어 보내라. 편성은 그쪽에게 맡기마."

성내가 온통 소란스러웠다. 활짝 열린 집무실에서 솔로몬의 목소리가, 뒤이어 힘찬 대답소리가 들려오더니 명령을 받은 장교들이 뛰쳐나와 달려갔다. 미라는 그런 광경을 바라보며 집무실 문을 지났다.

그곳에 있던 솔로몬은 지친 기색이 역력해져서 집무용 책상 위에 엎어져 있었다.

"상당히 소란스러운 듯하다만, 무슨 일이냐."

미라가 말을 붙이자 솔로몬은 힘차게 고개를 들었다.

"좋은 아침, 그리고 큰일 났어!"

말 떨어지기 무섭게 솔로몬은 책상 위에 놓인 지도를 두드리며 미라에게 손짓을 했다.

"그건 어렴풋이 알겠다. 하여, 어떻게 큰일이 난 게야?"

평소에는 동요하는 일이 거의 없는 솔로몬이 이번에는 이상하리만치 허둥대고 있었다. 미라는 소란스러운 현재 상황보다도 그런 보기 드문 솔로몬의 모습이 더 신경 쓰였다.

"오늘 아침, 삼백 마리 정도 되는 마물 무리가 출현했다는 보고가 있었어."

솔로몬은 그렇게 말하며 지도상의 루나틱 레이크에서 동쪽에 위치한 지역을 가리켰다. 그렇게 멀지 않은 장소이기는 하지만 성내가 뒤집어질 정도로 허둥댈 일은 아니라는 생각이 들어 미라는 의아해졌다.

"사흘 연속으로 출현한 게 이해가 안 가긴 하다만, 이렇게까지 소란을 떨 일은 아닐 터인데——."

솔로몬의 손가락은 그렇게 말하려는 미라는 아랑곳 않고 다른 장소를 가리켰다.

"15분 후, 또 삼백 마리 정도의 무리가 이곳에 나타났어."

"뭣이라……."

마물 무리가 동시에 출현한 일은 미라의 기억에 없었고, 그것은 이 세계에서 30년을 지낸 솔로몬으로서도 처음 겪는 상황이었던 것이다. 심지어 그것으로 끝이 아니었다. 솔로몬의 손가락은 다시금 움직여 두 군데를 더 가리켰다.

"게다가 이곳과 이곳에서 30분 정도 전에 영지에 침입해 왔어. 각각 이백과 팔백 마리로 된 무리야."

솔로몬은 그렇게 말하고 나서 한숨을 내쉬며 손가락을 움직였다.

"그리고, 방금 전에 이 두 군데에도 삼백 정도가 나타났고."

미라는 솔로몬의 손가락을 좇으며 그 이상사태 속에서 불온한 낌새를 느끼고는 눈살을 찌푸렸다.

"게다가 모든 무리에 이질적인 개체가 한 마리씩 섞여 있다는 보고도 들어왔어. 그 특징으로 봤을 때, 아무래도 레서 데몬인 것 같아."

"흠, 요컨대 모든 무리가 레서 데몬에게 선동당하고 있다는 뜻이로군."

"그렇게 생각하는 게 맞을 거라고 봐."

솔로몬은 그렇게 대답하며 고개를 끄덕이더니 지도에서 손가락을 떼고서 의자에 깊이 앉았다.

"게다가 있지, 여섯 개의 무리의 진행 방향 끝에 그 꽃밭이 있어. 아무래도 그 장소에는 뭔가 비밀이 있는 것 같아."

솔로몬이 고민스러운 표정으로 눈을 감은 채 한 말을 들은 미라는 일선에 봤던 광경을 떠올리며 지도상에서 꽃밭이 있는 지점을 바라보았다.

"또 동족살해라도 시킬 셈인가."

"글쎄. 그래서 말인데."

솔로몬은 그렇게 운을 떼고는 알카이트 왕국 영내 남쪽의 출현 지점을 가리키며 말을 이었다.

"이 위치에 출현한 팔백 마리의 대군은 루미나리아에게 대처해 달라고 부탁했어. 그리고 네게는 북쪽에 출현한 이백 마리를 부탁하고 싶어."

왕국 영내의 북쪽. 솔로몬이 말한 마물 무리 출현 지점은 일전에 대처를 하러 갔던 꽃밭에서 가장 가까운 장소였다.

"이백 마리라. 뭐, 문제는 없을 것 같다만, 그보다 대처하기가 어려울 것 같은 곳이 아니어도 괜찮은 게냐?"

북쪽은 출현한 무리 중에서는 가장 마물의 수가 적은 무리로 비교적 대처하기 쉬울 듯했다. 그래서 미라가 농담조로 말하자 솔로몬은 입가를 치올려 대담한 미소를 짓더니,

"당연히 대처하기가 제일 어려울 것 같아서 보내려는 거야."

하고 상쾌하게 말했다. 여유를 부리던 미라의 표정이 순식간에 굳어졌다.

"숫자는 적지만 목적지로 보이는 꽃밭에 가장 가까우니까. 신속하게 가지 않으면 늦을 거야. 하지만 그 점은 문제없어. 너도 잘 아는 탈것이 있으니까."

신속하게 갈 수 있는 빠른 탈것. 그 말을 통해 어떠한 것을 연상해낸 미라는 조금 전보다 떨떠름한 표정을 지었다.

"그리고 또 한 가지. 이 무리에 있는 레서 데몬은 검은 결정 같은 것을 가지고 있었다는 목격 정보가 있어."

"검은 결정……이라? 설마 데몬즈 크리스털인가?"

결정을 지닌 레서 데몬. 미라는 그것이 어떠한 의미를 지니는지 알았다.

"그렇겠지. 그러니 네가 가졌으면 해."

"오호라. 호락호락하지는 않을 것 같군그래."

차라리 숫자가 많은 편이 낫다고 할 수 있는 사실에 납득한 미라는 쓴웃음을 지으면서도 부탁을 받아들이기로 했다.


솔로몬의 격려를 한 몸에 받으며 이미 준비를 해뒀다는 차고를 찾은 미라. 그곳에서는 예상했던 대로 아머드 지프가 당당한 자태로 대기하고 있었다.

"미라 님. 오늘도 잘 부탁드립니다."

"음…… 오늘도 잘 부탁한다."

갈렛이 어제와 마찬가지로 아머드 지프 옆에서 발랄한 미소를 지은 채 인사를 해왔다.

"이제 모두 모였군요. 바로 출발하죠."

갈렛은 그렇게 말하며 후부좌석 문을 열었다.

"음, 그대들도 함께 가는 게냐."

미라가 탑승해 보니 차 안에는 이미 두 사람의 동승자가 대기하고 있었다.

"솔로몬 님께서 말씀하셨던 비장의 카드라는 건 미라 님이셨군요. 이거 든든하네요."

그렇게 말하며 미라에게 솔직한 미소를 보내온 것은 솔로몬의 측근 술사, 요아힘이었다.

그에 반해 말없이, 척 봐도 불만스러워 보이는 표정을 지어 보이며 곧장 시선을 돌려버린 또 한 사람의 동승자는 레이나드 였다.

'여전한 반응이로군그래.'

왜 이 두 사람과 함께 보내는 걸까. 미라는 솔로몬의 의도를 헤아려 보며 요아힘의 옆자리에 앉았다.

"그럼 출발합니다~."

들뜬 듯한 갈렛의 목소리와 함께 급발진한 아머드 지프가 다소 어두워지기 시작한 분위기를 물리적으로 날려버렸다.

"교습이 필요할 것 같다만…….."

"충격이 굉장하다고는 들었지만, 이 정도였나요."

"크으…… 나 원, 뭐 이런 게 다 있어."

후부좌석에 탄 세 사람은 사이좋게 소파 위에서 뒤집어지며 나란히 불평 어린 말을 입에 담았다.


마물 무리를 요격하러 가는 도중, 미라 일행은 마물의 대처법에 대해 이야기했다.

"전선은 본관이 맡지. 요아힘은 평소처럼 후위에서 박살내다오. 그리고——."

레이나드는 가장 견실하고 익숙한 전술을 입안하더니 그에게 있어 이번 작전의 불확정 요소인 미라에게로 시선을 옮겼다.

"솔로몬 님께서는 미라 공……에게 레서 데몬의 대처를 맡기라고 분부하셨지만, 솔직히 역량을 알지 못하니 뭐라 말을 할 수가 없군. 정말로 맡겨도 괜찮은 건가?"

작전을 세우는 레이나드의 표정은 진지함 그 자체라서 이때만큼은 미라에 관한 응어리가 느껴지지 않았다.

"음, 만약 최악의 경우가 발생해도 문제없을 게다."

"최악? 뭐냐, 그게. 뭐어, 그런 건 아무래도 좋아. 어쨌건 절대 놓치지 마라."

미라가 답하자 레이나드는 노려보는 듯한 눈초리로 못을 박았다.

"당연하지. 그대야말로 실수하지 마라."

미라는 코웃음을 치고는 입꼬리를 치올린 채 레이나드를 마주 노려보았다.

"자자, 여러분. 분명 걱정하실 만한 일은 안 일어날 겁니다. 굳이 확인하지 않아도 미라 님의 실력은 솔로몬 님이 인정하신 바일 테니 믿을 만하겠죠. 그리고 미라 님도 부디 저희를 믿어주십시오. 레이나드는 확실히 예의범절에 까다로운…… 아니, 시시콜콜 트집을 잡아대는 듯한 부분도 있지만 그건 모두 기사로서 성실하기 때문입니다. 그는 기사로서 지키겠다고 결심한 것은 지켜내는 남자입니다. 그리고 저도 엘더 대행분들 만큼은 아니지만, 술법에는 그럭저럭 자신이 있으니 짐이 되지는 않을 겁니다."

~~불꽃이 튈 것서럼 맞부딪힌~~ 시선 사이에 끼인 요아힘이 참다못해 두 사람 사이에 끼어들었다.

레이나드는 뭐라 말하고 싶은 듯 보였지만 "당연하지"라는 말만 하고는 앞 유리로 시선을 옮겼다. 미라 역시 솔로몬이 측근으로 택한 레이나드라는 인물의 실력을 의심하지는 않았다. 의심은 커녕 친구를 위해 진력하려 하는 그 충성심에 존경심이 싹텄을 정도다. 하지만 물론 미라에게는 그 사실을 입 밖에 낼 생각이 없었다.

"걱정 같은 거 안 했다."

미라 역시 그렇게만 말하고서 앞 유리 쪽으로 고개를 돌렸다. 그곳에는 눈에 익은 풍경이 펼쳐져 있었다. 요전에 포장된 길에서 초원으로 뛰어들었을 때와 같은 풍경이었다. 그것을 본 미라는 거의 반사적으로 자세를 낮춰 소파에 바짝 엎드렸다.

직후, 아머드 지프는 호쾌하게 풀숲 속으로 뛰어들었다. 장갑이 격렬한 소리를 냈지만 마도공학의 정수를 결집한 차체는 파손되지 않았고 충격에도 아랑곳 않고 태연히 달려 나갔다. 하지만 역시나 후부좌석에 있는 자들의 사정은 달랐다.

"크윽…… 또 이건가."

"속도는 충분하지만 그에 걸맞는 대책도 필요하겠군요."

찌푸린 얼굴로 자세를 바로잡으며 신음하는 레이나드 옆에서 요아힘은 소파에 바른 자세로 널브러진 채 그렇게 분석했다.

"운전수한테도, 문제가 있는 듯한데, 말이지."

경험을 통해 미리 충격에 대비하고 있던 미라는 진동이 격해질수록 신이 나 보이는 갈렛의 뒤통수를 다소 체념 섞인 눈빛으로 쳐다보았다.

아머드 지프는 통신기재를 싣고 있기에 각 감시탑으로부터 마물 무리의 움직임에 관한 보고가 시시각각 들어왔다. 그에 따르면 마물들의 목적지는 어제와 마찬가지로 꽃밭으로 보였다.

차내 상황만 제외하면 아머드 지프는 순조롭게 목적지를 향해 가고 있었다.

전방에 어렴풋이 하얀 기둥이 보이는 가운데, 때때로 소파 위를 나뒹굴면서도 작전회의는 계속되고 있었다.

"흠…… 꽃밭 안에서 쓰러뜨려서는 안 된다는 뜻인가."

"그런 게다. 그 장소에 도착하자마자 동족살해를 시작했었다. 요컨대, 그 장소에서 그렇게 하는 것 자체가 목적이었던 게지. 그것을 선동한 레서 데몬도 죽는 순간 웃음을 터뜨렸었다. 추측이다만, 그곳에서 죽는 것 자체가 목적인 듯한 기분이 들어서 말이지."

미라는 요전에 있었던 일과 레서 데몬이 최후에 보인 미소를 떠올리며 예측을 해보았다. 하지만 특정한 장소에서 죽음을 맞이하는 데 무슨 의미가 있는지까지는 알 수가 없었다.

"꽃밭에서 죽는 것이 목적이라. 상당히 로맨틱한 최후로군요……."

미라의 말을 들은 요아힘은 두 눈을 감고서 고민스러운 표정으로 중얼거렸다. 레이나드 역시 생각을 하고 있는지 신음소리를 냈지만, 그 표정에는 물음표가 가득했다.

"글쎄요, 어쩌면 불사의 부정한 늪을 만드는 것이 목적일지도 모르겠군요."

요아힘은 천천히 눈을 뜨며 자신의 추측을 입에 담았다.

"불사의 부정한 늪이라? 그게 만들 수 있는 것이었던가?"

요아힘의 예상을 들은 미라는 놀란 투로 말했다.

불사의 부정한 늪. 미라는 그 명칭을 알았다. 아니, 안다는 말로는 부족할 정도로 잘 알고 있었다. 그것은 전장터이며 처형장, 묘지 등, 죽음에 관한 장소에서 흔히 볼 수 있는 불사 계열 마물이 빈번히 출현하는 지점을 말한다. 덤블프였을 무렵, 효율적으로 사냥을 하기 위해 잠복을 했던 적도 있을 정도로 플레이어들에게는 익숙한 장소다.

"아니요, 만들 수 있다는 게 증명된 적은 없습니다. 그러한 논문을 읽은 적이 있을 뿐이죠. 하지만 조건은 갖춰졌거든요."

요아힘 본인도 반신반의 상태인지 확증은 없다고 했다. 그러고는 말을 이어 불사의 부정한 늪이 발생하는 조건을 나열했다.

우선 모종의 힘을 지닌 토지일 것. 대량의 시체가 있을 것. 그리고 수많은 목숨이 사라진 곳일 것. 거기까지 설명한 요아힘은 그밖에도 조건은 있을 것으로 사료된다고 했지만 그에 관한 기술은 없었다는 말로 설명을 마무리 지었다.

"그 논문에는 그 밖에도 여러 가지 고찰이 있었는데, 논점은 죽음이라는 현상이 부여하는 힘의 변질이었습니다. 설사 불사의 부정한 늪이 아니라 해도 레서 데몬의 목적이 저 꽃밭에 죽음을 선사함으로써 모종의 변질을 노리고 있는 것이라면……."

요아힘은 그렇게 말하더니 전방에서 가까워지고 있는 하얀 기둥을 바라보았다.

"흠, 흥미로운 내용이로군. 그것이 어떠한 영향을 미칠지는 상상도 안 된다만, 레서 데몬이 얽혀 있는 이상 변변한 일은 아닐 게야.”

죽음이 불러일으킬 영향. 그것을 들은 미라는 심령 스팟이나 영적인 현상과 같은 오컬트적인 단어가 떠올랐다. 그리고 그것은 악마나 정령과 같은 존재가 실재하는 세계에서는 묘하게도 순순히 납득이 가는 단어였다.

미라는 도깨비불이 무수히 떠오른 꽃밭의 모습을 상상하며 하얀 기둥을 멍하니 바라보았다.

'도깨비불로 산불이라도 일으킬 생각이려나.'

그런 농담 같은 생각을 하는 미라의 눈은 높직한 언덕을 바라보고 있었다. 요전에 성대하게 허공을 날게 되었던 그 언덕을. 아머드 지프는 의기양양하게 그 언덕을 향해 가속했다. 갈렛은 아주 신이 날 대로 나 있었고, 상황판단을 신속하게 마친 미라는 소파 구석에 몸을 욱여넣고서 경계태세에 돌입했다. 그 옆에 앉은 요아힘은 그런 미라의 움직임을 알아채고는 마찬가지로 소파에 몸을 깊숙이 묻어 대비했다.

문에 달린 창문으로 보이는 풍경은 세차게 흘러가서 이제 멀리 떨어진 숲과 산맥, 하늘을 떠도는 구름밖에 보이지 않았고 그러한 것들에 관심이 없는 레이나드는 정면에 자리한 하얀 기둥만을 멀뚱히 쳐다보고 있었다. 그러던 찰나, 익숙지 않은 부유감이 레이나드를 감싸더니 하늘과 기둥이 비쳤던 정면은 깊은 풀숲의 녹색으로 물들었다.

“누오오! 또냐!”

호쾌하게 착지하여 거의 사고라도 난 듯한 소리를 내며 차체가 몇 번이고 튀어 오르는 가운데 레이나드 역시 차내에서 나뒹굴며 목소리를 높였다. 미라는 그 모습을 곁눈질하며 두 팔다리로 버텼다. 제때 대비한 요아힘 역시 어찌어찌 볼품사나운 모습을 보이지 않았다는 사실에 가슴을 쓸어내렸다.

"먼저 도착할 듯하군."

차체의 진동이 그럭저럭 가라앉자 미라는 전방에 자리한 꽃밭 주변을 바라보며 그렇게 말했다. 꽃밭은 물론이고 눈에 보이는 범위에 마물 무리의 모습은 보이지 않았다.

"보고대로 직진해 오고 있다면 저기, 우측에 보이는 숲속에서 나타나겠군요."

요아힘도 주변을 살펴 상황을 확인하더니 최신 보고 지점과 현재 위치를 대조해 무리가 있을 것으로 추정되는 방향을 가리켰다.

"이렇게 될 것을 예상하고 있었군? 왜 가르쳐주지 않은 거지?"

마치 망자처럼 원망으로 가득한 목소리가 들려왔다. 두 사람이 목소리가 들려온 쪽을 돌아보자 그곳에는 바람에 날려간 세탁물처럼 소파 등받이에 걸린 레이나드의 모습이 있었다.

"아~ 음. 미안하구나. 직전에야 알아채서 말이지. 대비를 하는 게 고작이었다."

"저도 미라 님의 모습을 보고 급히 자세를 고친 직후에 벌어진 일이었으니까요."

그렇게 말하면서도 옅은 미소를 지은 두 사람에게는 전혀 미안해하는 낌새가 보이지 않아서 레이나드는 부루퉁해져서 미간에 주름을 잔뜩 잡았다. 하지만 다음 순간, 아머드 지프의 바퀴가 무언가에 올라가 차체가 크게 튀어 올랐다. 그 예기치 못한 충격에는 미처 대응하지 못해 미라와 요아힘은 사이좋게 소파에서 나뒹굴었다.

"갈렛, 네 이놈……."

미라는 주의를 기울여 다시 소파에 앉으며 원망의 창부리를 운전수에게 돌렸다.

"확실히 문제가 있군요."

요아힘 역시 태연한 얼굴로 신이 나서 핸들을 놀리는 갈렛을 보고 쓴웃음을 지었다. 레이나드는 자신과 마찬가지로 나뒹구는 두 사람의 모습을 보고는 만족스러운 미소를 짓고 있었다.

18

목적지에 도착한 미라는 놀란 듯한 눈치로 꽃밭을 둘러보았다.

"이게 어떻게 된 일이냐."

미라는 발치를 보며 중얼거렸다. 그곳에는 형형색색의 꽃들이 힘차게 피어 있었다.

"어떻게 된 걸까요."

갈렛 역시 꽃밭의 광경을 보고 놀랐다. 마물 무리가 날뛰었던 것이 불과 어제의 일이다. 꽃밭 가장자리는 짓밟히고 엄청난 양의 피로 더럽혀졌을 터였다. 하지만 지금은 어딜 봐도 그런 흔적은 찾아볼 수가 없었고 그저 고운 빛깔의 꽃밭이 펼쳐져 있을 뿐이었다.

"왜 그러지. 뭔가 문제라도 있나?"

그때 이 자리에 없었던 레이나드는 아름답기 그지없는 꽃밭을 죽 훑어보며 그렇게 물었다.

"네, 문제라기보다는 이상한 점이 있습니다. 어제 나타났던 무리는 이 꽃밭에서 동족 살해를 한 끝에 전멸했습니다. 그때 이 꽃밭은 말하자면 전쟁과 같은 상태가 되어 훼손되고 피로 물들었지요. 그렇게 됐던 것은 이상하게도 가장자리뿐이었습니다만——."

설명을 하던 갈렛은 거기서 일단 말을 끊고서 시선을 다시 꽃밭으로 옮겼다.

"지금은 보시다시피 훼손된 흔적은커녕 핏자국조차 보이지 않습니다."

눈에 보이는 범위에는 순결한 처녀처럼 가련한 꽃이 바람에 흔들려 사락사락 속삭이고 있었다. 이러한 장소에서 어제 수백 마리의 마물이 살육을 벌였으리라고는 그 누구도 상상치 못하리라.

"그런 일이……."

"확실히 이상하군요."

레이나드와 요아힘은 다시 한 번 꽃밭을 둘러보며 그렇게 중얼거렸다. 미라 역시 그들을 따라 고개를 들어 주변 일대를 자세히 둘러보았다.

그렇게 꽃밭에 한 점의 티도 없음을 재확인한 미라는 그러던 도중, 위화감을 느끼고는 한 곳에서 시선을 멈췄다. 그것은 이곳의 심벌인 하늘 높이 뻗은 하얀 기둥으로 위쪽에 비해 뿌리 부분이 마치 먹물이 스며든 전통 종이처럼 검게 물들어 있었던 것이다. 미라는 그 부분에 주목했지만 애초에 기둥을 차분히, 자세히 확인한 적이 없는지라 기억이 영 애매했다. 처음부터 그랬다고 하면 그렇구나, 하고 금방 납득해버릴 정도의 위화감이었다.

"미라 님, 왜 그러십니까?"

미라가 눈살을 찌푸린 채 계속 한 곳을 쳐다보고 있음을 알아챈 갈렛이 말을 붙여왔다. 그 말에 미라는 집중력이 끊어져 하얀 기둥에서 시선을 떼었다.

"기분 탓일지도 모른다만, 저 기둥이 조금 검어진 것 같아서 말이다."

"기둥, 말씀이십니까?"

미라가 거의 혼잣말을 하듯 중얼거리자 그 말을 들은 갈렛은 먼 곳을 보듯 눈을 가늘게 뜨고서 꽃밭의 중심을 확인했다.

"그러고 보니 그런 것도 같습니다만…… 칙칙하게 물든 꽃밭의 인상이 너무 강해서 잘은 기억이 안 나는군요."

"그렇지? 이 몸도 어제는 어땠더라, 싶은 것이 영 기억이 안 나서 말이지. 변한 건지 안 변한 건지 확실히 모르겠다."

미라는 더 이상 생각해내려고 하지 않고 그저 희미하게 보일 정도로 높은 기둥을 올려다보며 그렇게 말했다.

"이곳이 무사하다는 것은 확인했다만, 마물은 지금 어디 있는 건지 원."

꽃밭 자체에는 관심이 없는 레이나드는 주변 숲을 주의 깊게 살피며 마물 무리를 찾았다. 하지만 기척이라고는 전혀 찾아볼 수가 없었다. 바람이 불 때마다 잎가지가 조용히 수런댈 뿐이었다.

"조금 전에 들어온 보고에 의하면 거의 근처까지 왔을 텐데요."

몇 분 전에 받은 통신에 의하면 마물 무리는 꽃밭으로부터 북동쪽으로 5킬로미터 떨어진 지점을 진군 중인 듯했다. 갈렛은 무리가 있을 것으로 예상되는 방향으로 눈길을 돌렸다.

"그럼 좀 찾아보도록 하죠. 저쪽 방향이 확실한가요?"

뭔가 조사할 방법이 있는지, 요아힘은 갈렛의 시선 끝을 바라보며 물었다.

"네, 보고대로 직진하고 있다면 저 숲속에서 나타날 겁니다."

꽃밭 주변은 풀숲이, 또 그 주변은 듬성듬성한 숲이 둘러싸고 있었다. 갈렛은 그중 한 군데를 손으로 가리키며 답했다. 그 방향을 확인한 요아힘은 왼손을 귀에 대고서 오른손을 똑바로 숲을 향해 내밀었다.

'이건, 무형술인가?'

옅은 빛에 감싸인 요아힘의 두 손을 본 미라는 흥미진진하게 그 모습을 지켜보았다.

술법을 발동하는 중에는 아무도 소리를 내지 않은 채 1분 정도가 경과했을 즈음, 요아힘은 자세를 풀고서 후우, 하고 한숨을 돌리듯 어깨를 늘어뜨렸다.

"어땠지?"

잠시 기다렸다가 레이나드가 묻자 미라와 갈렛도 요아힘의 말에 귀를 기울였다.

"아직 그럭저럭 먼 곳에 있기는 하지만 이쪽으로 다가오는 집단의 발소리를 확인할 수 있었습니다. 마물의 무리라 보아도 될 듯하네요."

"그렇다면 숲을 빠져나왔을 때 초원에서 요격하는 게 상책이겠군. 굳이 녀석들의 목적지에서 기다려줄 필요는 없잖아."

숲속을 가만히 바라본 채 요아힘이 답하자 레이나드도 같은 장소를 바라보며 그렇게 제안했다. 마물들의 목적지점인 꽃밭에 있으면 설령 어떠한 진로를 택하건 머지않아 반드시 무리가 나타날 것이다. 하지만 지금은 요아힘의 술법을 통해 무리의 위치가 확정된 상태다. 진로가 엇갈려 적이 꽃밭에 도달해버릴 우려가 사라진 지금은 레이나드의 말대로 꽃밭에 머무를 이유가 없었다.

"그렇군요. 서둘러 이동하죠!"

갈렛은 말 떨어지기 무섭게 자신이 활약할 차례가 왔다는 듯 아머드 지프를 향해 달려갔다. 나머지 세 사람은 떨떠름한 표정을 한 채 무거운 발걸음으로 그 뒤를 따랐다.

"헌데 조금 전, 무리가 있는 장소를 짚어낸 술법. 그건 무슨 술법이었지?"

숲에 들어선 아머드 지프는 어쩔 수 없이 안전운전을 할 수 밖에 없게 되었고 여유를 되찾은 미라는 곧장 신경이 쓰였던 것을 요아힘에게 물었다.

"조금 전의 술법이라면, 천리통의 술법 말씀이신가요?"

갈렛의 운전이 얌전해졌다고는 하나 어디까지나 지금까지에 비하면 그렇다는 이야기로, 아직도 좌우로 흔들리는 차내에서 요아힘은 대답했다.

"호오, 천리통의 술법이라고 하는가. 하여, 분류는 무형술이지?"

"그렇죠. 일단은 무형술이지만, 이건 무형비술(秘術)로 분류됩니다."

"무형비술이라?"

미라는 눈빛을 빛내며 요아힘에게 달라붙을 기세로 다가가 거듭 물었다. 말 속에 들어본 적이 없는 단어가 섞여 있었기 때문이다.

"그러고 보니 요전까지 인적 드문 곳에서 덤블프님과 함께 수행을 하셨다고 했죠. 최신 술법 사정에는 어두우시다 들었습니다."

"음, 뭐 그렇게 된 게다. 그래서?"

미라에 관해 알려진 정보는 대략적으로 요아힘이 말한 바와 같았다. 30년이라는 기나긴 세월 동안 세상이 어떻게 돌아갔는지를 모르는 현재 상황을 얼버무리기 위한 변명으로 솔로몬과 상의해 꾸며낸 것이었다.

"무형술에도 이런저런 조건이 있습니다만, 그것과는 별개로 특수한 조건이 필요한 술법을 무형비술이라 부르고 있습니다."

"특수한 조건이라? 대체 어떤 걸 말하는 게지?"

미라는 차체가 크게 흔들리는 바람에 소파에 엎어지면서도 곧장 일어나 더더욱 들뜬 표정으로 뒷이야기를 재촉했다. 요아힘 역시 술사인지라 미라의 그러한 반응을 충분히 이해할 수 있었다.

"사실 무형비술의 조건은 아직 명확히 해명되지 않았습니다. 다만 정령의 가호의 유무와 토벌한 마물의 수, 종류와 관련이 있지 않을까 추측되고 있죠. 천리통의 술법만 해도 풍정령의 가호와 상관이 있다는 것밖에 판명된 바가 없고요."

요아힘은 두 손을 다 써서 진동을 견뎌내며 그렇게 설명했다. 그리고 끝으로 무형비술 습득의 재현은 매우 어려운 것이며 천리통의 술법도 사용자가 대륙에서 몇 명 정도밖에 되지 않는다는 말을 살짝 의기양양한 표정으로 덧붙였다.

"익힐 수 없는 겐가……."

결과, 무형비술은 듣기만 해서는 습득할 수 없다는 사실을 알게 되어 약간 부루퉁해진 미라는 급격한 진동으로 뒤집어짐과 동시에 "무슨 수를 써서든 교습소로 보내줄 테다"라고 원망 섞인 말투로 중얼거렸다.


몇 분 만에 꽃밭 북쪽 숲을 빠져 나온 아머드 지프는 평탄한 초원으로 나왔다. 그 전방, 거리로 말하자면 1킬로미터 정도 떨어진 장소에 검게 꿈틀대는 무리가 보였다.

"좋아, 예상대로군. 여기서 요격한다. 천천히 세워."

"전망도 좋은 게, 술법을 방해할 만한 장애물도 없군요. 양호한 조건이에요. 천천히 세워주십시오."

"그게 좋겠군, 이만큼 전망이 좋으면 놓칠 일도 없을 테지. 천천히 세우도록."

세 사람은 몸을 내밀어 앞 유리로 전방을 바라보며 갈렛의 왼쪽 어깨, 머리, 오른쪽 어깨에 각각 손을 얹고서 마지막 부분을 특별히 강조해 말했다.

"알겠습니다!"

세 사람이 거듭 못을 박자 갈렛은 분부 받은 대로 천천히 브레이크를 밟아 아머드 지프를 정지시켰다. 그것을 확인한 세 사람은 안도의 한숨을 내쉬고서 초원에 내려섰다.

"그럼 무운을. 작전대로 엄호지점으로 이동할 테니 필요하시면 신호를 주십시오."

문이 닫히는 것을 확인한 갈렛은 마물 무리의 우측에 자리한 언덕 위를 가리키며 말했다.

"그래, 알겠다. 뭐, 이 정도 숫자라면 문제는 없을 것 같다만."

"방심은 금물이에요, 레이나드."

"흥, 말 안 해도 안다."

레이나드가 전방에서 똑바로 접근해 오는 적을 바라본 채 그렇게 여유를 부리자 신중한 요아힘이 충고를 했다. 하지만 그 말에는 우려 같은 것이 털끝만큼도 담겨 있지 않았다. 오히려 자기 자신을 타이르는 말처럼도 들렸다.

아머드 지프는 눈에 띄지 않도록 천천히 우측 언덕을 올라가 작전지점으로 향했다. 미라는 그 뒷모습을 싸늘한 눈으로 쳐다보며 "안전운전, 할 수 있지 않으냐"라고 중얼거렸고 레이나드와 요아힘도 말없이 고개를 끄덕였다.

"자아, 작전은 머릿속에 들어 있겠지?"

레이나드는 마음을 바로잡고자 미라에게 그렇게 말했다.

"당연하다."

미라 역시 다시 마물 무리 쪽으로 몸을 돌리고는 턱 끝을 손가락으로 쓸며 익숙한 포즈로 답했다. 그 포즈는 덤블프였던 시절이었다면 그럴싸해 보였을 테지만 지금의 모습으로 취하니 영 못미더워 보였다.

"그렇다니 다행이군. 레서 데몬은 일반적인 개체와는 달리 소환을 한다고 들었다만, 그것도 문제없는 건가?"

"말했을 텐데, 최악의 경우가 발생할 일도 염두에 뒀다고. 문제없을 게다."

"그러고 보니 그런 소릴 했었지. 뭐, 무슨 일이 생기면 본관이 보조하겠다."

레이나드는 그렇게 말하며 손에든 방패를 자랑스럽게 내밀어 보였다. 레이나드는 사사건건 트집을 잡기는 했지만 일에는 사적인 감정을 일절 개입시키지 않는 성실한 기사였다.

"아무 일도 없을 테니 안심하고 무리를 묶어둬라."

대화 사이사이에서 사람됨이 엿보이기도 했거니와 솔로몬이 측근으로 택한 자라는 사실이 결정타가 되어 미라도 기사 레이나드를 인정하게 되었다.

"그럼 방패 역할은 맡겨두마."

그 말을 들은 레이나드는 흥, 하고 콧방귀를 뀌더니 마물을 향해 여유롭게 걸음을 떼었다. 요아힘은 그에게서 약간 떨어져 뒤를 따랐다. 미라는 그런 두 사람으로부터 우측으로 떨어져 무리의 측면을 향해 나아갔다.

최종적으로 결정된 작전은, 우선 레이나드와 요아힘이 무리의 대부분을 떠맡는다는 것이었다. 그러기 위해 두 사람은 눈에 띄도록 정면으로 무리와 대치했다.

초원의 먼 전방에서 검은 잔물결처럼 꿈틀대던 마물 무리의 전모가 서서히 드러났다. 네 다리로 땅을 달리는 마물, 더티하운드를 선두로 고블린의 아종인 아치고블린이 소대별로 뭉쳐 뒤를 이었다.

그리고 미라는 그 소대의 보호를 받는 모양새로 중앙에 진을 친 레서 데몬의 모습을 포착했다.

'역시 수비가 투텁군.'

작전에서 미라가 맡은 역할은 레서 데몬에게 대응하는 것 말고도 하나가 더 있었다. 그 때문에 미라는 두 사람에게서 떨어져 눈에 띄지 않도록 숨어 바람이 불어나가는 방향으로 나아갔다.

이윽고 레이나드 일행이 마물 무리와 대치했다.

초원 한복판, 피아의 거리는 20미터 정도나 될까. 바람이 불 때마다 눈에 보이는 녹색에 몇 중으로 된 파문이 떠올랐다. 그 파도를 흐트러뜨린 것은 이백 마리 정도가 뭉친 마물들과 상대에 대한 위압감만으로 주변의 공기를 술렁이게 하고 있는 레이나드였다.

그 레이나드가 검을 뽑자 막다른 벽에라도 부딪힌 듯 무리의 움직임이 정지했다. 마물의 수가 이백인 데 반해 인간의 수는 단 둘. 하지만 마물들은 본능적으로 발걸음을 멈출 수밖에 없었다.

더티하운드는 낮은 소리로 으르렁거리며 두 사람을 노려본 채 위협했다. 하지만 레이나드는 개의치 않고 한 걸음, 또 한 걸음 앞으로 나아갔다.

그때, 무리 중앙에 있던 레서 데몬이 귀에 거슬리는 소리를 질렀다. 그러자 그에 호응하듯 선두에 있던 더티하운드 십여 마리가 미친 듯이 울부짖으며 일제히 레이나드를 덮쳤다.

동시에 레이나드가 크게 한 걸음을 내딛자, 그곳을 기점으로 대기에 진동이 일더니 주변에 전파되었다. 그 압도적인 기백은 미라의 눈에도 상당한 훈련을 쌓은 자의 것으로 보였다.

하지만 더티하운드는 멈추지 않았다. 본능을 절제당한 꼭두각시처럼 정면에 자리한 적에게 덤벼들었다. 직후에 대기의 진동이 그 마물들을 집어삼켰다. 순간, 레이나드는 한 걸음을 더 내디뎌 날카로운 기합성과 함께 검을 그었다.

칼끝은 아무 것에도 닿지 않은 채 나아가, 허공에서 우뚝 멈췄다. 그와 동시에 소리가 사라지고 바람조차도 숨을 죽인 듯한 정적이 일대를 감쌌다. 문득 풀숲이 산산이 찢어져 허공에 흩날렸다. 그리고 레이나드에게 덤벼든 더티하운드는 느닷없이 몸통이 양단되어 찍소리도 못 내고 나뒹굴어 검붉은 피로 초원을 적셨다.

'훌륭하군그래.'

멀리서 그 모습을 지켜보던 미라는 그렇게 감탄하며 시선을 무리의 중앙으로 옮겼다.

레서 데몬이 두 손을 치켜든 채 마구 소리를 치며 레이나느를 표독스러운 눈으로 노려보고 있었다. 순간, 무리 속에 있던 모든 마물의 시선이 일제히 한곳에 집중되었다. 레이나드를 장해물로 인식하고 온힘을 다해 제거하기로 결정한 것이다.

레서 데몬의 호령에 무리는 형태를 바꾸어갔다. 레이나드와 요아힘은 그것이 끝나기를 아무것도 하지 않고 기다렸다. 마물들의 주목이 모두 자신들에게 집중될 때까지.

무리는 레이나드와 요아힘을 둘러싸고 결코 놓치지 않고자 빈틈없이 포진했다.

"예상했던 상황이군요. 이대로 작전을 속행해도 될 것 같네요."

주변을 흘끔 둘러본 요아힘이 레이나드에게 속삭였다.

"좋아, 그럼 예정대로 간다."

레이나드가 과시라도 하듯 검을 치켜들자 마물들은 그를 집어삼킬 듯한 기세로 고함을 지르며 위협해 왔다.

초원 일대는 소란스러운 소리로 가득해져 무리에게 급접근하는 발소리가 저절로 지워졌다. 레서 데몬은 등 뒤에서 소녀의 달콤한 냄새가 떠돌기 시작하고 나서야 무언가가 숨어드는 듯한 그 소리를 알아챘다.

마물 무리는 요아힘 일행을 둘러싸듯 진형을 바꿔 그들을 완전히 포위했다. 그리고 레서 데몬은 적에게서 가장 먼 위치, 전황을 파악할 수 있는 장소에 진을 치고 있었다. 레서 데몬이 뒤를 돌아보니 그곳에는 미라가 있었다. 미라는 레서 데몬이 고립되는 그 순간을 노리고 있었던 것이다.

'검은 결정…… 데몬즈 크리스털이군. 역시 예상했던 대로 소환 타입이었구먼.'

레서 데몬은 미라를 옆에서 보좌하던 두 명의 흑기사를 보고는 허둥지둥 손에 든 데몬즈 크리스털을 하늘로 치켜들었다.

"어디, 뭐가 나타날는지 볼까."

레서 데몬이 한 행동은 소환을 위한 의식이었다. 하지만 미라가 쓰는 소환술과는 달리 데몬즈 크리스털의 그것은 마수를 무작위로 불러내는 것이다. 운이 좋으면 마물 무리에 더티하운드 한 마리 더 추가될 뿐이겠지만, 재수가 없으면 대형 마물이 튀어 나오는 위험한 소환이었다.

하지만 미라는 소환을 방해하지 않고 하늘에 펼쳐져 가는 마법진을 바라보고 있었다. 소환 타입의 적이라면 소환하기 전에 쓰러뜨리는 것이 가장 편한 방법이리라. 하지만 교활한 레서 데몬에 한해서는 그 정설이 통용되지 않는다. 레서 데몬은 죽기 직전에 몸에서 원념체라 하는 검은 안개 같은 것을 방출한다. 그것은 몇 초 만에 흩어져버리는 최후의 발버둥 같은 것이었지만, 만약 근처에 특별한 마력을 품은 물체가 있으면 그것에 저주를 걸고 만다.

소환 중이건 아니건 저주가 걸린 데몬즈 크리스털은 분명 상급 마수를 불러들일 것이다. 물론 저주가 걸리지 않은 상태로도 상급 마수가 출현할 가능성은 있다. 솔로몬은 그러한 가능성을 고려하여 미라를 이곳으로 보낸 것이다.

미라가 작전에서 맡은 역할은 레서 데몬, 그리고 소환될 마수를 상대하는 것이다. 미라는 무엇이 소환될지 딱히 긴장도 하지 않고 가만히 기다렸다.

그런 가운데 데몬즈 크리스털이 음산하게 빛나기 시작하더니 드디어 그 순간이 찾아왔다. 하늘에 떠오른 마법진의 범위가 급격히 넓어지더니 마치 늙은 나무처럼 두껍고도 일그러진 다리가 땅울림과 함께 대지에 내려섰다.

"흠, 꽝이로군."

미라는 그것을 바라보며 한숨 섞인 투로 중얼거렸다. 아무리 봐도 그것은 상급 마수로, 튀어나온 다리도 눈에 익은 것이었기 때문이다.

이어서 나타난 꼬리가 죽 뻗어 내려와 땅바닥을 때렸다. 둔중한 소리를 낸 그것은 다리보다 훨씬 두껍고 용의 꼬리처럼 비늘로 뒤덮여 있었다.

드디어 마수의 전체 모습이 드러났다. 숲에 늘어선 나무들을 아무렇지도 않게 내려다볼 수 있을 정도의 거구를 지닌 그것은 주위를 확인하듯 고개를 돌리고 있었다.

소환을 마친 마법진이 안개처럼 사라지자, 레서 데몬이 승리를 확신한 듯 귀에 거슬리는 소리로 웃었다. 하지만 직후, 하늘을 찢을 듯한 포효가 울려 퍼지더니 웃음소리를 비롯한 모든 소리를 짓뭉개버렸다.

너무도 커다란 성량에 레이나드와 요아힘은 표정을 찌푸리며 목소리의 발신원이 있는 방향으로 눈길을 돌렸다. 꿈틀대는 마물 무리 속에는 수탉 같은 상체와 도마뱀 같은 하체를 지닌 괴물이 있었다.

그 눈동자에 비친 자에게는 두 번 다시 아침이 찾아오지 않는다. 영원히 돌 속에서 꿈을 꾸게 된다. 그 마수의 이름은 코카트리스. 성가신 능력을 여럿 지닌 상급 마수 중 하나였다.

"저건 너무 거물이잖아! 가세한다, 요아힘!"

코카트리스에 관한 견식이 있는 레이나드는 아무리 봐도 불리한 싸움이라는 생각에 미라를 지원하러 가려 했다. 하지만 두 사람을 둘러싼 마물들은 달아나는 것뿐만 아니라 그 자리를 벗어나는 것조차 허락하지 않았다.

"젠장, 걸리적거리는 녀석들 같으니."

레이나드가 짜증스럽게 혀를 차자 요아힘이 그의 어깨를 힘껏 두드렸다.

"진정하세요. 그리고 잘 보세요. 마수의 정면에 선 미라 님은 조금도 동요한 낌새가 없으십니다. 기억하십니까. 최악의 경우가 발생할 일도 염두에 뒀다고 말하던 미라 님의 표정을."

레이나드는 요아힘의 그 말에 미라의 귀엽고도 밉살스러운, 여유로운 미소를 떠올렸다. 그리고 다음 순간, 자신을 과시하기 위한 포효와는 다른 고통으로 가득한 절규가 울려 퍼졌다. 그것을 보고 들은 레이나드는 머리가 급속도로 식어가는 것을 느꼈다.

"아아, 그랬지. 문제없겠군."

레이나드는 차분한 목소리로 그렇게 말하더니 덤벼드는 더티하운드를 베며 코카트리스에게로 향했던 시선을 눈앞에 있는 마물들에게로 돌렸다.

레이나드가 들은 절규, 그것은 다름 아닌 코카트리스가 내뱉은 것이었다.

소환되어 대지에 내려선 코카트리스는 자신을 과시라도 하듯 소리를 치며 커다란 날개를 펼쳐 몸을 부풀리고서 떨었다. 그리고 천천히 눈앞에 자리한 소녀를 바라보았다. 코카트리스의 눈은 본래 강인한 전사라도 등줄기가 얼어붙을 정도의 위압감을 지니고 있었다. 하지만 다음 순간 느닷없이 두 눈 중 한쪽을 잃었다.

코카트리스가 얼굴 반쪽에서 피를 튀기며 비명을 질렀다. 레이나드는 그 순간을 목격하고는 걱정할 필요가 없음을 깨달았다.

두 명 중 미라의 왼쪽에 자리한 흑기사가 손에든 검은 선혈로 물들어 붉은 물방울이 쉼 없이 방울방울 떨어지고 있었다. 소환이 완료된 지 몇 초도 되지 않아 코카트리스의 한쪽 눈을 벤 것이다. 마력이 담긴 코카트리스의 눈에는 특수 능력, 석화가 있지만 그것은 양쪽 눈이 온전해야만 발동한다. 몇 번이고 싸워본 적이 있는 미라는 당연히 그 사실을 알고 있어 그 즉시 특수능력을 봉하기 위한 수단을 취했다.

하지만 코카트리스는 최강의 능력을 잃은 상태로도 전의를 불태우며 분노하여 울부짖었다. 하지만 레서 데몬은 달랐다. 부상을 당한 코카트리스의 모습을 보고 눈에 띄게 동요하여 정면에 늘어선 흑기사들을 공포 어린 눈으로 노려보고 있었다.

쌍방 간의 본격적인 전투가 바야흐로 시작되었다. 미라가 두 흑기사를 전선에 배치하자 코카트리스는 그에 맞서 자세를 낮췄다. 그리고 드디어 쌍방의 전력이 부딪히려던 찰나, 레서 데몬이 외쳤다. 그러자 어찌된 일인지 격앙되어 번뜩이던 코카트리스의 눈빛이 갑자기 무뎌졌다. 그리고 레서 데몬은 달리던 기세를 이용해 코카트리스에게 달라붙었다.

"뭣, 이라……."

높이 도약하여 적과 아군을 모두 뛰어넘은 코카트리스는 그대로 꽃밭이 있는 방향을 향해 달려 나갔다. 요격할 생각만 하고 있던 미라는 코카트리스의 뒷모습을 망연자실해서 쳐다보았다.

하늘로 날아올라 날개를 퍼덕여 서서히 고도를 낮춰서는 착지한다. 코카트리스의 그러한 동작은 비상이라기보다는 체공 시간이 긴 도약에 더 가까웠다.

"이놈~! 게 서지 못할까~!"

코카트리스의 어딘지 우스꽝스러워 보이는 뒷모습에 어안이 벙벙해지기는 했지만 겨우 제정신을 차린 미라는 숲속으로 돌진하는 코카트리스의 뒤를 온힘을 다해 쫓았다. 레이나드와 요아힘은 그런 미라의 모습을 바라보며 쓴웃음을 지었다.


19


중앙에 하얀 기둥이 우뚝 솟은 꽃밭. 미라는 그것을 등진 채 마수 코카트리스, 그리고 레서 데몬과 대치했다.

"약아빠진 녀석 같으니."

미라는 전투개시라고 생각하자마자 도망친 상대를 이곳까지 달린 끝에 따라잡아 꽃밭을 등지는 모양새로 추월했다. 하지만 본래 그렇게 쉽게 따라잡을 수 있는 상대가 아니었다. 요인은 장비와 지형이었다.

미라가 몸에 걸친 장비는 특별한 힘을 지닌 것이 많아서 주력(走力)도 당연히 증폭된 상태였다. 게다가 코카트리스는 거구인 탓에 숲속을 달리는 데 애를 먹은 데다 도약을 하려고 해도 할 수가 없었던 것이다.

상당히 뒤처졌었지만 지금은 여유를 되찾은 미라는 흑기사 셋을 더 소환해 코카트리스를 포위하듯 배치했다.

이로써 이곳에는 미라의 옆에 대기 중인 둘까지 합계 다섯 명의 흑기사가 존재하게 되었다. 레서 데몬은 압도적인 위압감을 내뿜으며 망령처럼 버티고 선 그들의 모습을 짜증스럽다는 눈으로 노려보았다. 코카트리스라면 흑기사를 떨쳐낼 수 있으리라는 확신이 있었던 것이다. 그리고 그것은 오산이 아니었다. 분명 흑기사의 속도는 코카트리스에게 미치지 못했다. 하지만 현재, 흑기사의 숫자는 더욱 늘어나 이곳에 있었다. 레서 데몬은 미라를 외모만으로 판단하고 만 것을 후회했다. 하지만 아직 포기하지는 않았다.

레서 데몬은 미라를 가리키며 아우성을 치듯 울부짖었다. 그 직후, 코카트리스의 눈에 광기가 들어차더니 괴성을 지르며 미라를 향해 달려들었다. 내디딘 발은 대지를 도려내고 울창하게 자란 풀숲을 공중으로 쓸어 올렸다. 그 거구는 당연히 그 몸에 걸맞는 압도적인 질량을 지니고 있어 사소한 동작만으로도 어지간한 것은 날려버릴 수 있었다.

하지만 코카트리스의 발톱은, 부리는 미라에게 닿지 않았다.

코카트리스의 오른발은 강인한 비늘로 뒤덮여 있었지만, 지금은 그곳에 깊은 상처를 입어 거구가 크게 기울어져 있었다. 주변을 둘러싼 흑기사가 코카트리스의 오른발만을 노려 베어버린 것이다.

'후방에 지켜야만 하는 것이 있을 때, 제 몸을 던져 공격하는 것만큼 성가신 것이 없지……'

미라는 순간적인 판단으로 다크나이트에게 명령을 내렸다. 코카트리스의 다리 강도가 어느 정도일지는 알 수 없었기에 만전을 기해 총공격을 가했다. 그리고 그것은 효과를 거두었고 다리가 저 모양이라면 코카트리스는 더 이상 돌격을 하지 못하리라.

현재, 상처 입은 다리로는 그 거구를 만족스럽게 지탱하지도 못하게 된 코카트리스는 오른발을 질질 끌며 후퇴하고 있었다.

그 순간이었다.

미라의 시야 끄트머리, 집중하고 있지 않았다면 포착해내지 못했을 것이 분명한 위치에서 레서 데몬이 꽃밭을 향해 뛰쳐나 갔다.

'흠, 코카트리스를 미끼로 삼은 겐가.'

레서 데몬은 코카트리스의 거구를 엄폐물 삼아 떨어진 곳으로 이동한 상태였다. 그리고 미라가 그 사실을 알아채기 전에 목적을 달성하고자 강경책을 취한 것이다.

레서 데몬은 몇 미터만 더 나아가면 목표에 도달한다. 목적은 달성한 것이나 마찬가지라는 확신 때문인지 그 귀에 거슬리는 웃음소리를 내며 유별로 가득한 싱그러운 표정을 미라에게 지어 보이고 있었다.

하지만 미라는 고개를 돌린 채 움직이지 않았다. 아니, 그럴 필요가 없었던 것이다. 레서 데몬의 목적지가 꽃밭이라는 것은 이미 예상한 바였다. 그곳에서 무엇을 할 생각인지는 아직 알 수 없었지만 좋지 않은 일이 분명하리라. 한 가지 확실한 것은 꽃밭에 들이지만 않으면 된다는 것이다.

한 줄기 바람이 초원을 내달렸다. 그것은 웅웅 소리를 내며 몰아치는 칠흑의 맹위를 내포하고 있었다.

주변 일대에 울려 퍼지던 웃음소리가 뚝 끊겼다. 다음 순간, 증오로 물든 절규가 느닷없이 주변 일대를 가득 메웠다. 하지만 그것도 아주 잠시뿐이었고 소리는 삽시간에 사라졌다.

바람이 도달한 곳에는 포학한 검은 폭풍에 말려 올라가 몸이 양단된 레서 데몬의 시체가 나뒹굴고 있었다. 그 얼굴은 마치 죽음을 철썩 붙여놓은 듯 일그러진 채, 허무한 눈으로 하늘을 올려다보고 있었다. 바로 옆에서는 흑기사가 피에 젖은 날붙이를 손에 쥐고 있었다.

그 흑기사는 미라의 옆에서 대기하던 개체 중 하나였다. 이곳에 도착하자마자 꽃밭으로 접근하는 적을 제거하라는 지시를 받았던 터라 신속하게 사명을 수행한 것이다. 그 때문에 미라는 움직일 필요가 없었던 것이다.

흑기사는 마치 아무 일도 없었다는 듯 느긋한 발걸음으로 그 자리를 떠나 미라의 곁으로 다가오기 시작했다. 그러던 찰나, 그 등뒤에 검은 안개가 자욱하게 끼기 시작했다. 죽은 레서 데몬의 원념체다.

"음, 무엇이지?"

그것은 근처에 저주할 만한 것이 없으니 그대로 바람에 녹아 사라쳐갔어야 했다. 하지만 허공을 맴돌던 그 안개는 마치 의지를 지닌 듯 똑바로 날아들기 시작했다. 원념체가 날아서 이동하는 것은 본 적도, 들은 적도 없었던지라 미라는 코카트리스의 상대를 세 명의 흑기사에게 맡겨두고서 그 동향을 경계했다.

검은 안개는 느린 속도로나마 착실히 다가오고 있었다. 그것은 자신의 원수인 흑기사를 넘어 미라에게서도 멀리 떨어져 지나쳐 갔다.

'이게 대체 무슨 현상이지? 저주할 것을 찾아 떠돌고 있기라도 한 것이란 말인가?'

미라는 턱 끝을 손가락으로 쓸며 눈살을 찌푸린 채 안개를 눈으로 좇았다.

초원에는 바람이 불지 않아, 흑기사의 발소리가 괜스레 크게 들렸다. 그 소리도 흑기사가 미라의 곁으로 돌아오자 뚝 끊겼다. 그때 신음소리 같은 숨소리가 희미하게 귓가에서 울렸다. 그것은 원념체가 향하고 있는 곳에서 들려오고 있었다.

"설마…… 그걸 저주할 셈인가."

안개가 하늘하늘 날아간 곳에는 조용히, 하지만 분노로 가득한 눈동자로 검은 안개를 기다리던 코카트리스의 모습이 있었다.

조금이라도 움직이면 흑기사의 칼에 산산조각이 나리라. 전신에 상처를 입기는 했지만 그 사실을 이해한 코카트리스는 발광을 일으킬 것만 같은 격정에 몸부림을 치고, 끓어오르는 살육충동을 억누르며 조용히 레서 데몬의 마지막 지시를 따르고 있었다.

원념체는 코카트리스의 옆까지 다가와 느닷없이 부풀어 오르더니 마치 빨려들기라도 하듯 가속하여 상처투성이가 된 마수에게 달라붙어 상처를 통해, 눈을 통해 입을 통해 체내로 침입했다.

극적인 변화가 일어났다. 대기 중의 안개가 옅어지면 옅어질수록 마수의 체구는 일그러지고 비대화하여 마치 터지기 직전의 폭탄처럼 위험한 형상을 이루기 시작했다. 너무도 애처롭고 비통한 신음소리가 울려 퍼졌다. 찢어진 상처는 내부에서 부풀어 오른 살로 막혔고, 살의로 가득했던 한쪽 눈에는 더더욱 핏발이 서고 광기가 감돌았다.

그리고 드디어 안개가 완전히 걷혔다. 그것은 저주가 완료되었다는 증거였다. 힘을 지닌 물체만을 저주하는 줄로만 알았던 원념체는 예상을 뛰어넘어 상급 마수인 코카트리스를 저주하는, 지금까지 듣도 보도 못했던 일을 저질렀다.

'설마 이러한 사태가 일어날 줄이야. 이것도 게임이 현실이 된 탓에 일어난 현상인가.'

미라는 경계를 강화하며 전보다 훨씬 커진 코카트리스의 모습을 살폈다.

초점이 맞지 않는 탓인지, 아직 몸에 적응이 안 된 것인지 코카트리스는 공허하게 허공을 둘러보며 아무렇게나 날개를 펼친 채 몸을 떨어댔다. 그러한 짓을 몇 번이나 반복했다.

'어찌 되었건 일이 성가셔졌음에는 변함이 없군.'

미라는 한숨을 내쉬며 쓴웃음을 짓고는 완전히 모습이 변해버린 코카트리스를 바라보았다. 그와 동시에 세 명의 흑기사가 칠흑의 폭풍이 되어 코카트리스를 덮쳤다.

"크으, 강도도 증가한 겐가."

조금 전까지 흑기사에게 살을 베여 피를 내뿜던 코카트리스는 이제 완전히 다른 개체가 되어 있었다. 흑기사의 칼날은 다리를, 날개를, 몸통을 공격했지만 하나같이 표피만 갈라놓을 뿐, 속살까지 베지는 못했다. 심지어 그 상처는 초 단위로 회복되어 희미한 흉터만 남았다.

그래도 흑기사들은 멈추지 않았다. 멈추기는커녕 그들의 검은 보다 빠르게, 보다 날카로운 궤도를 그리기 시작했다. 몇 번이나 반복한 끝에 살까지 도려낸 참격은 지금까지 멍하니 시선을 굴리던 코카트리스를 각성시켰다.

부릅떠진 붉은 핏발이 선 눈동자가 세 명의 흑기사의 모습을 포착했다. 그 눈동자가 눈 깜짝할 새에 증오로 물들었고 그것이 임계점에 달함과 동시에 코카트리스는 집요하게 공격해 오는 흑기사들을 떨쳐내듯 날개를 크게 퍼덕였다.

그러자 돌풍이 일어나 주변 일대를 쓸었다. 나무들은 삐걱대고 잎사귀는 흩날려 하늘로 사라졌으며 초원은 거친 파도를 일으킨 듯 격렬하게 흔들렸다. 그 바람은 그야말로 폭풍이라 해도 과언이 아닐 정도라, 미라의 작은 몸은 떠올라 미끄러지듯 튕겨나갔다.

순간적인 광풍이 멈추자 주변 일대에서 휘말려 올라갔던 수많은 조각들이 떨어져 내렸다.

"날갯짓만 했는데 이 정도라니, 상당히 강해진 모양이군."

두 걸음, 세 걸음. 미라는 마치 공기를 밟듯 허공을 걸어차 감속하여 땅에 내려섰다. 흑기사들도 날려갔지만 그 즉시 자세를 바로 잡더니 마수를 세 방향에서 에워쌌다.

코카트리스는 정면에 위치한 흑기사를 바라보았다. 태연하게 검은 검을 겨눈 그 모습은 쌓이고 쌓인 증오에 불을 붙였다.

입이 찢어져라 벌린 코카트리스는 하늘이 내려앉을 것만 같은 포효를 화산처럼 뿜어냈다. 그것은 하늘과 땅, 공간 그 자체를 진동시켜 천둥처럼 울려 퍼졌다.

압도적인 성량으로 인해 고막이 찌릿찌릿 울렸다. 미라는 얼굴을 찌푸린 채 반 걸음 물러나 귀를 소맷부리로 막았다.

"나 원, 시끄럽구나."

성가시다는 듯한 그 중얼거림은 몰아붙이듯 울려 퍼지는 금속성에 지워져, 미라 자신의 귀에도 들리지 않았다. 초원 한복판에서, 포효와 동시에 흑기사와 코카트리스의 전투가 시작되었다.

코카트리스는 악다구니를 쳐대듯 괴성을 지르며 온몸을 흉기처럼 휘둘러 덤벼들었다. 흑기사는 그것을 조금도 동요하지 않고 흘려 넘기고 자신의 검을 내질렀다. 코카트리스의 맹공은 무시무시한 파괴력으로 대지를 꿰뚫고 대기를 깎아냈다. 게다가 전투태세에 돌입하자 표피는 한층 더 단단해져 흑기사의 검으로도 간단히는 가를 수 없게 되었다.

하지만 미라의 눈에는 결국 그 정도밖에 안 되는 것으로만 보였다.

확실히 일격의 위력은 괄목할 만하다. 미라라 해도 정통으로 맞으면 무사하지 못할 것이다. 하지만 그뿐이었다.

원래 코카트리스가 지닌 성가신 능력이며 유연한 몸을 이용한 훌륭한 연격(連擊)은 찾아볼 수 없게 되어 그냥 힘으로만 몸을 휘두르고 있었다. 그것은 명창(名槍)의 창부리에 거대한 철괴를 매달아 장점을 죽인 것이나 다름없는 어리석은 짓이었다. 유일한 이점이라 할 수 있는 것은 흑기사의 검을 견뎌낼 수 있는 강인한 육체였지만 그것도 서서히 상처를 입기 시작해, 그 거대한 몸이 땅바닥에 쓰러지는 것은 이제 시간문제일 듯했다.

하지만 미라는 복잡한 표정으로 전투를 지켜보고 있었다. 시간문제라고는 하나 지금의 효율로는 해가 저물어버릴 듯했던 것이다. 단순히 다크나이트를 추가하면 그것도 해결되겠지만 미라는 현실이 된 현재의 상태, 다크나이트의 연계 정도며 거동 등을 보다 세세히 확인해두고 싶었다. 숫자를 늘리면 그만큼 정신이 분산되어 정밀도가 떨어지게 되리라.

'허나, 꼭 지금 하지 않아도 시간은 있으니 천천히 시험해나가면 그만이려나.'

이 세계에서의 생활은 이제 막 시작된 참이니 그리 서두를 필요는 없었다. 미라는 지금 당장 실험하기보다는 느긋하게 하나씩 확인해나가기로 결론을 내렸다.

"음, 저것은?"

일찌감치 결판을 내기 위해 다크나이트를 소환하고자 한 순간, 미라는 시야 끄트머리에서 기분 나쁘게 빛나는 결정을 발견했다. 그것은 꽃밭 끄트머리에 떨어져 있었고 곁에는 무참히 양단된 레서 데몬의 시체가 나뒹굴고 있었다.

흥미가 동해 다가간 미라는 결정을 주워들었다. 탁하다는 생각이 들도록 검고, 맥동이라도 하듯 빛나고 있는 그것은 바로 데몬즈 크리스털이었다.

　데몬즈 크리스털은 소환 타입의 레서 데몬만이 지닌 특수 아이템이다. 하지만 그것은 레서 데몬을 쓰러뜨리면 본체와 함께 사라지기에 플레이어측은 입수할 방도가 없는 그래픽상으로만 존재하는 아이템이었다.

　"호오…… 호오호오호오. 이거 흥미가 샘솟는구나."

　미라는 손에 든 데몬즈 크리스털을 바라보며 싱글벙글 광기가 감도는 미소를 지었다. 현실이 된 지금, 쓰러뜨린 마물 등은 사라지지 않고 시체로 남아 결국은 자연으로 돌아간다. 그런 당연한 순환이 미라에게 생각지도 못한 은혜를 베풀어준 것이다.

　레서 데몬이 소환을 위해 이용하는 특수한 결정, 그것이 데몬즈 크리스털이다. 소환술에 남다른 관심을 갖고 있는 미라는 이전부터 레서 데몬이 소환의 촉매로 삼는 그것에 관심이 있었다.

　미라가 결정을 관찰하던 그때, 마치 무언가가 격렬하게 격돌한 듯한 소리가 울리더니 검은 물체가 바로 옆으로 스쳐 지나갔다. 그것은 코카트리스의 공격에 튕겨져 나간 다크나이트였다. 기세를 죽이지 못하고 후방에 자리한 꽃밭을 후벼 판 흑기사는 상체를 땅바닥에 파묻어 겨우 멈췄다. 하지만 다음 순간에는 인간에게는 불가능한 동작으로 일어나서 탄환처럼 튀쳐나갔다.

　'속성 크리스털과 비슷하다만…… 어둠과는 색이 다르군그래. 이러한 독살스러운 빛을 내뿜지는 않으니.'

하지만 미라는 그런 전투도 눈에 들어오지 않을 정도로 결정에 푹 빠져 있었다. 처음 손에 넣은 데몬즈 크리스털을 보니 가장 먼저 속성 크리스털이 떠올랐다. 그것은 여러 분야에 응용되는 것으로 소환술과도 깊은 관계가 있는 만능 소재였다.

소환술사에는 속성편이(俗性偏移)라는 기능이 있다. 그것은 순수한 속성력을 지닌 것을 촉매 삼아 무구 정령에 속성을 부가하는 것을 말한다. 이 속성편이로 소환한 무구정령의 힘은 거의 이용한 촉매에 감춰진 힘에 좌우된다는 특징이 있었다.

"시험해보는 것도 나쁘지 않겠지."

본 적이 없는 색이었지만 속성 크리스탈과 유사한 특징을 지닌 검은 결정. 그것을 속성편이 소환에 이용해보자는 생각을 한 미라는 곧장 실행에 옮겼다.

코카트리스의 포효와 흑기사의 검격음이 끊임없이 울려 퍼지는 초원. 전투 도중인 지역은 풀숲이 완전히 벗겨져, 이곳저곳에서 흙먼지가 피어났다. 미라는 그 바로 앞쪽 공간을 바라본 채 데몬즈 크리스털을 내밀었다.

'소환술 : 속성편이 다크나이트'

미라는 다크나이트를 소환할 때의 감각, 그것에 아주 약간의 변화를 가해 결정에 감춰진 힘을 해방시켰다.

전방에 출현한 마법진은 데몬즈 크리스털로부터 뿜어져 나온 힘을 흡수하여 기존의 것보다 훨씬 크게 확대되어 갔다.

"이것 참…… 기괴하군."

눈 깜짝할 새에 독살스러운 검은색으로 물든 마법진이 마치 내장처럼 꿈틀대기 시작했다. 그것에서 심상치 않은 낌새를 느낀 미라는 허둥지둥 그 자리에서 펄쩍 뛰어 물러났다.

직후, 급격히 부풀어 오른 마법진은 마치 막힌 혈관처럼 파열되었다. 마법진에서 뿜어져 나온 마력이 마치 사방으로 튀었다.

너무도 처절한 광경에 미라는 소환이 실패했나 싶었지만 끈적한 마력의 잔재가 그치고 나자 그곳에는 주변의 나무들을 끌어모으기라도 한 듯 높고도 거대한 무언가가 공간을 틀어막듯 존재하고 있었다.

그것은 기사처럼 갑옷을 두르고, 맹수처럼 강인한 육체를 당당히 과시하고 있었다. 그것은 어둠에서 태어난 듯 검고 피에 젖은 듯한 눈동자를 빛내며, 크게 찢어진 입 안에 무수하게 돋아난 톱날 같은 이빨을 검 대신 번뜩이고 있었다.

"다크…… 비스트라 불러야 하려나."

얼핏 봐도 다크나이트와는 동떨어진 모습을 하고 있었지만 미라는 그 존재와 굳게 이어져 있음을 느꼈다. 요컨대 술법은 성공하여 눈앞에 있는 그것이 소환된 것이다. 그렇게 판단한 미라는 보자마자 떠오른 특징을 통해 호칭을 정했다.

데몬즈 크리스털을 이용하여 속성편이 소환을 행한 결과, 나타난 것은 사자나 호랑이 같은 맹수의 특징을 합성한 듯한 몸에 이질적으로 변형된 흑기사의 갑옷을 억지로 입혀놓은 듯한 괴물이었다.

소환시에 이리저리 튄 마력이 다크비스트에게 피처럼 들러붙어 마치 호흡이라도 하듯 희미하게 명멸했다. 그 모습은 너무도

이상해서 금방이라도 폭주할 듯했지만 지금은 굶주린 눈으로 사냥감을 노리는 짐승처럼 자세를 낮춘 채 미라의 옆에서 대기하고 있었다.

"일단 지시는 따를 것 같군."

얼핏 보기에 지성은 한 조각도 없을 듯했지만 간단한 명령에 따른 다크비스트를 올려다보며 미라는 그렇게 파악했다.

코카트리스와 흑기사의 싸움은 주변에 미친 피해에 비해 쌍방의 소모는 적었다. 코카트리스는 자기재생능력을 얻은 데다 강도도 대폭 강화되었다. 흑기사 역시 한계가 있기는 하나 재생을 하는 데다 회피능력도 높다. 하지만 평행선을 달리지는 않았다. 전투는 수적으로 앞서 있어 연계를 취할 수 있는 흑기사들에게 우세한 양상을 보이고 있었다. 계속 싸우면 언젠가는 쓰러뜨릴 수 있으리라.

하지만 아무리 보아도 지금의 페이스대로라면 날이 저물 것이 분명했다.

"어디, 다음은 실력을 확인해볼까."

다크비스트에게 그렇게 말을 붙이며 전장으로 눈을 돌린 미라는 적절한 타이밍에 흑기사 셋을 물러나게 했다.

미쳐 날뛰는 코카트리스는 흑기사가 느닷없이 거리를 벌려도 당황하기는커녕 그저 맹목적으로 정면에 자리한 적을 향해 돌진했다.

파괴에 주력하고자 거목과도 같은 다리로 대지를 뒤흔들며 달리는 코카트리스의 거구가 흑기사를 덮치려던 그 순간이었다.

둔탁하고 무거운 금속음과 땅바닥에서 무언가가 파열한 듯한 땅울림이 울렸다. 이어서 원망 섞인 코카트리스의 절규가 울려 퍼졌다.

전장에 검은 괴물, 다크비스트가 끼어들어 코카트리스의 거구를 온몸으로 받아낸 것이다. 격앙된 코카트리스가 크게 고개를 치켜들어 깨물자 다크비스트는 포효하며 귀까지 찢어진 입으로 코카트리스를 물어뜯을 기세로 깨물어 반격했다.

괴로운 것인지 코카트리스의 용 같은 꼬리가 땅바닥을 몇 번이나 때렸다. 그때마다 천둥 같은 소리가 울리고 대지가 흔들렸다.

'세세한 지시를 내릴 수가 없군……. 설마 대기와 공격, 두 가지 명령밖에 내리지 못하는 겐가.'

미라는 다크나이트에게 하는 것처럼 몇 가지 명령을 내려보았다. 하지만 그것은 번번이 무시당했고 다크비스트는 하염없이 투쟁만을 계속했다. 말하자면 현재 상태는 폭주 상태나 다름없었다.

"검증이 필요하겠어."

미라는 눈앞에 놓인 현실을 외면하기로 했는지 변명을 하듯 중얼거렸다.


"이게…… 무슨 상황이지?"

"음? 오오, 레이나드인가."

옆에서 목소리가 들려와 미라가 고개를 돌려보니 그곳에는 레이나드와 요아힘이 있었다. 두 사람은 눈앞에서 벌어지고 있는 방어 따위는 안중에도 없는 듯한 살육전을 다소 경직된 표정으로 올려다보고 있었다.

"한쪽은 상당히 모습이 변한 듯하지만, 코카트리스 같군요. 하지만……."

요아힘은 냉정히 분석하며 떨떠름한 표정으로 전방을 바라보았다.

다크비스트와 코카트리스는 양쪽 모두 한 걸음도 물러나지 않고 맞붙은 채 순수한 폭력으로 서로의 몸을 파괴했다. 이빨에는 이빨을, 발톱에는 발톱을, 포효에는 포효를. 서로의 피로 물들어도 멈추기는커녕 노발대발하여 전투는 갈수록 격화일로로 치달았다.

"소환했더니, 이렇게 되었다."

미라도 이제 뭐라 말해야 좋을지 알 수가 없어서 그렇게 말하고는 어깨를 으쓱했다.

세 사람이 그저 멍하니 바라보고 있는 그 광경. 그것을 굳이 말로 표현하자면 특촬 영화의 괴수 대결전 같다고 해야 하리라. 이미 주변에 자리한 숲에서 날아오르는 새들의 모습도 보이지 않아 근방에 서식하던 작은 동물들은 모두 피난을 완료했다고 볼 수 있는 상황이었다.

"헌데, 갈렛의 모습이 보이지 않는 것 같다만."

미라가 억지로 화제를 바꾸어 물었다.

"그에게는 마물들의 시체 처리를 부탁했습니다. 평소에는 제가 불태웁니다만, 자신이 처리해 둘 테니 어서 미라 님을 도우러 가 달라고 말하기에. 확실히 코카트리스 정도의 거물이 상대니 걱정이 될 만도 하죠. 하지만 미라 님께는 도움이 필요 없었군요."

요아힘은 미쳐 날뛰는 괴수 두 마리를 멍하니 바라보며 답했다. 그때, 그 전장 건너편에서 한줄기 붉은 빛이 솟구쳤다.

'갈렛 녀석이 어딜 봐서 이 몸을 걱정한다는 게야.'

일렁이면서도 형형히 빛나는 붉은 불기둥을 본 미라는 불꽃보다도 빛나는 미소를 지은 채 포탑을 겨누는 갈렛의 모습이 눈앞에 그려지는 듯했다.

얼마 후, 처리가 끝났는지 불기둥이 맥없이 시들고 사라져 갔다.

찰나, 다른 붉은 빛이 하늘로 솟구쳤다. 이어서 그때까지 서로를 위협하던 포효와는 다른 찢어지는 듯한 목소리, 절규가 울려 퍼졌다.

그것은 코카트리스의 목에서 터져 나온 것으로 하늘로 뿜어진 붉은 빛은 그 피였다. 자세히 보니 코카트리스의 한쪽 날개가 떨어져나간 날갯죽지에서 피가 뿜어져 나오고 있었다.

"처절……하군."

레이나드는 엉겁결에 그렇게 중얼거렸다. 더욱 흉포해진 마수 코카트리스와 맞서는 다크비스트를 주시하며 소환술의 심오함을 새삼 깨달은 레이나드는 미라에 대한 인식을 새로 하게 되었다.

다크비스트는 마치 하찮은 것을 버리듯 물고 있던 무언가를 뱉어냈다. 그 입가에서는 엄청난 양의 피가 흐르고 있었다. 땅바닥에 떨어진 무언가는 찢어진 코카트리스의 날개였다. 무참하리만치 너덜너덜해진 날개가 그들의 싸움이 얼마나 격렬한 것인지를 말해주고 있었다.

　그래도 코카트리스는 멈추지 않았다. 눈동자에 깃든 투지와 광기는 아직도 사그라지지 않았다. 다크비스트의 추가 공격을 남은 날개로 뿌리치는 코카트리스. 그때, 끝까지 휘두른 날개에 끌려가기라도 하듯 그 거구가 휘청 흔들렸다. 힘이 잔뜩 실린 자신의 동작을 제어해내지 못한 것이다.

　다크비스트는 그 기회를 놓치지 않았다. 코카트리스의 거구가 기울어짐과 거의 동시에 다크나이트는 네 개의 다리를 단단히 대지에 박고는 포효라도 하듯, 입이 찢어져라 벌렸다. 그러자 그 목구멍 안에서 깜박깜박, 날카로운 빛이 흘러나왔다.

　"이 마력은……."

　요아힘은 다크비스트의 입에 막대한 마력이 집속되고 있음을 감지하고는 눈을 휘둥그레 떴다.

　직후, 조준이 완료되기 직전에 몸을 튼 코카트리스는 비늘로 뒤덮인 굵직한 꼬리를 휘둘러 상대의 옆머리를 후려쳤다.

　둔중한 충격음과 함께 다크비스트의 몸이 크게 흔들렸다. 하지만 그 정도로는 멈추지 않았다. 충격을 받음과 동시에 다크비스트의 입에서 광선이 발사된 것이다.

　눈부신 섬광에 닿은 공기가 격렬하게 진동함과 동시에 굉음이 울려 퍼졌다. 하지만 그것은 코카트리스에게 직격하지 않았다. 코카트리스의 꼬리가 강제로 다크비스트의 고개를 틀어 사선을 엇나가게 한 것이다. 목표에서 크게 벗어난 광선은 땅을 기듯 후비고 숲을 찢어 나갔다. 그렇게 뚫린 도랑에서는 그곳에 자리한 생명들의 숨통을 끊어 놓을 듯한 폭염이 솟구쳤다.

눈앞에 펼쳐진 광경은 마치 종말전쟁의 한 막 같았다. 우뚝 선 성벽처럼 요란하게 분진이 흩날리는 모습에는 레이나드와 요아힘뿐 아니라 미라까지도 망연자실해질 수밖에 없었다.

그런 세 사람의 사정 따위는 알 바 아니라는 듯 전투는 계속되었다. 마치 공간을 두고 쟁탈전을 벌이듯, 노호와도 같은 포효가 주변을 가득 매웠다. 그때, 느닷없이 한쪽의 음압이 소실되었다.

사라진 것은 코카트리스의 소리였다. 거대한 마수의 거구가 격렬한 소리와 함께 대지에 쓰러졌다. 자세히 보니 왼쪽 무릎 아랫부분이 말끔하게 불타 없어져 있었다. 빗나간 듯 보였던 광선이 코카트리스의 다리를 살짝 스치고 지나간 것이다.

"승부가 난 것 같군."

코카트리스는 땅바닥에 쓰러져서도 눈을 번뜩였지만 한쪽 날개와 한쪽 다리를 잃은 상태로 좀 전까지 대등한 전투를 펼쳤던 상대와 싸워 승산이 있을 리가 없었다. 레이나드는 그것을 간파하고는 어쩐지 안도한 듯한 표정을 지었다.

이제 여유롭게 서 있는 다크비스트가 몸부림을 치는 코카트리스에게 발톱을 내리치거나 이빨을 박아 넣기만 하면 결판이 난다.

하지만 다음 순간, 세 사람의 등줄기가 얼어붙었다. 다크비스트가 네 다리로 버티고 서서 입을 크게 벌렸기 때문이다.

"이 마력, 좀 전에 봤던 걸 쏠 셈인가요?!"

요아힘이 조금 전 일로 벌어진 참상을 흘끔 쳐다보고는 당황한 말투로 묻자 미라는 순간적으로 고개를 돌리고서 입을 다물었다.

몇 번이나 시도를 해보았지만 다크비스트는 아무리 해도 미라의 세세한 지시를 듣지 않았다. 요컨대, 지금도 완전히 독단적으로 행동하고 있다는 뜻이다.

"이봐…… 아까보다 처참한 일이 벌어질 것 같은데."

레이나드의 말에 다시금 다크비스트에게로 시선을 돌려보니 이번에는 여유가 있기 때문인지 집속되어 가는 광선의 마력은 지난번의 것을 능가하여 계속해서 증폭되어 갔다. 그것과 비례하여 입안에서 흘러나오는 빛이 날카로운 칼날처럼 빛나기 시작했다. 그것은 마치 태양을 물고 있는 듯하여 당장에라도 폭발해버릴 듯한 위태로움이 느껴졌다.

첫 번째 광선은 다크비스트가 지금의 자세를 취하고서 2, 3초 정도 후에 발사되었다. 하지만 지금은 이미 10초 정도는 경과한 상태다. 이만한 마력을 모으면 어느 정도의 위력이 될지는 짐작도 안 되었다.

순간, 주변 일대가 초토화되는 이미지가 미라의 뇌리를 스쳤다. 그것은 결코 과장이 아니었다. 요아힘 역시 집속되어 가는 마력량을 통해 비슷한 광경을 그리고 있었다.

다음 순간, 다크비스트의 발치에 커다란 마법진이 나타났다. 그것은 소환했을 때와 같은 표독스러운 빛을 내뿜고 있었지만 이번에는 반대로 검은 짐승을 끌어들이고 있었다. 미라가 순간적으로 소환을 해제하여 송환한 것이다.

다크비스트를 집어삼키듯 맥동하는 마법진은 마치 지옥의 문처럼 보여 세 사람은 숨을 죽인 채 다크비스트를 집어 삼킬 듯 맥동하는, 지옥의 문 같은 마법진을 지켜보았다.

다크비스트는 투지로 가득한 눈을 코카트리스에게 고정한 채 송환되어 갔다. 몸 전체가 송환진에 가라앉아 얼굴만 남은 순간, 그 입 안에 담겨 있던 빛이 증폭되었다.

"미라 님!"

"음!"

말하자마자 미라는 대기시켜두었던 흑기사에게 지시를 내렸다.

질풍처럼 달려 나간 흑기사는 명령대로 다크비스트의 턱을 쳐올렸다. 그와 동시에 강렬한 빛을 두른 섬광이 하늘로 용솟음쳤다.

응축된 마력은 상공을 꿰뚫더니 이윽고 빛의 입자가 되어 주변 일대에 쏟아졌다. 그 즈음, 원흉이었던 다크비스트는 이미 흔적도 없이 송환되고 없었다.

겨우 한숨을 돌리게 된 참에 신음소리를 내며 상처를 틀어막은 다리로 억지로 일어난 코카트리스의 모습이 세 사람의 눈에 들어왔다. 미친 듯이 포효하는 코카트리스는 한쪽 날개와 다리를 잃었음에도 압도적인 광기를 내보이고 있었다.

"부상을 당했다지만 방심은 금물입니다."

"본관도 안다."

그 박력에 레이나드와 요아힘은 마음을 다잡고 경계 자세를 취해 맞설 준비를 했다.

"물러나 있어라. 이 녀석의 상대는 이 몸이 할 테니."

미라는 두 사람을 손으로 제지하며 코카트리스에게로 시선을 옮겼다. 그러자 갑자기 스무 명에 가까운 흑기사가 출현하여 눈 깜짝할 새에 주변을 에워쌌다.

"흡!"

"이건…….."

느닷없이 흑기사 집단이 나타나자 레이나드와 요아힘은 경악으로 가득한 표정을 지었다. 군에 배속된 소환술사는커녕 엘더 대행인 크레오스라 해도 이만한 수의 흑기사를 한꺼번에 동시 소환하는 것은 불가능하기 때문이다.

현자의 제자라는 칭호가 어떠한 의미를 지니는지 새삼 깨닫게 된 두 사람이었다.

그 끝을 알 수 없는 실력에 두 사람이 말문이 막혀버린 사이에 결판이 났다.

상처투성이가 되었어도 완력으로는 코카트리스가 앞섰지만 그것을 상회하는 숫자의 폭력을 당하지 못하고 또다시 땅바닥에 쓰러졌다. 그렇게 되고 나니 코카트리스에게는 더 이상 저항할 방도가 없었고, 그런 상태에서 몰려든 흑기사들로 인해 자신의 재생력으로는 완전히 상쇄시킬 수 없는 참격과 찌르기를 온몸에 받았다. 코카트리스의 몸 이곳저곳에서 피가 뿜어져 나와 눈 깜짝할 새에 대지를 검붉게 물들였다.

얼핏 보면 검은 동산이 꿈틀대는 것처럼 보이는 그 광경은 거의 집단폭행의 현장이나 다름없었다.

다크비스트가 남긴 빛의 비가 어지간히 많은 마력이 응축되어 있었는지 아직도 내리고 있었다. 돌아보니 고운 빛으로 가득한 꽃밭에는 반짝이는 빛의 알갱이가 내려앉아 있었다. 바람이 살며시 쓸고 지나가자 꽃밭은 마치 천사의 미소처럼 반짝반짝 빛을 흩뿌리며 수런거렸다.

천국과 지옥의 사이에 끼인 듯한 장소에서 레이나드와 요아힘은 슬그머니 천국 쪽으로 고개를 돌렸다.

## 20

마수 코카트리스는 흑기사 집단의 손에 무사히 토벌되었다. 뒤처리를 맡은 요아힘이 마술로 코카트리스와 레서 데몬의 시체를 태우던 그때, 노골적으로 유감이라는 표정을 지은 갈렛이 합류했다. 더 쏘고 싶었던 모양이다.

좌우간 임무를 마친 일행은 아무 일도 없었다는 듯 명랑하게 웃으며 귀로에 올랐다.

시각은 저녁쯤 되었을까. 미라는 보고를 겸해 알카이트성의 집무실에서 느지막한 간식을 먹으며 쉬고 있었다. 솔로몬으로 말하자면 요아힘이 돌아오는 길에 작성한 보고서를 훑어보는 동시에 미라의 주관적인 보고에도 귀를 기울이며 맞장구를 치고 있었다.

"레서 데몬이 코카트리스를 저주했다라. 확실히 근 30년 동안 그런 이야기는 들어본 적이 없어. 애초에 레서 데몬의 출현 자체가 10년 만일 정도인걸."

"그러했나. 대체 무엇이었던 건지. 그대로 안개처럼 흩어질 줄 알았건만, 예상치도 못한 전개였다."

"수고 많았어."

옛날과 지금, 그사이에는 커다란 차이가 무수히 존재했다. 미라는 처음 겪는 일이라도 이 세계에서는 주지의 사실일 가능성도 있었던 것이다. 하지만 원념체가 생물을 저주했다는 이야기는 솔로몬도 처음 들어보았다.

"레서 데몬이라. 어디서 튀어나온 건지."

보고서를 마저 읽고 책상에 내려놓은 솔로몬은 생각에 잠긴 채 중얼거렸다.

"어디가 되었건 저것이 얽히면 좋은 일이 없으니, 원."

"그러게 말야. 어쨌든 이상한 일이 벌어지기 전에 출처라도 밝혀내야 할 텐데."

"흐음, 출처라."

솔로몬은 한숨을 내쉬며 의자에 깊이 고쳐 앉았고 미라 역시 소파에 깊이 등을 파묻고 생각에 잠겨 신음을 흘렸다. 레서 데몬은 게임이었던 시절, 일부 퀘스트에서만 모습을 드러냈던 존재였다. 그리고 레서 데몬과 관련된 퀘스트 중 대부분은 배드 엔딩이었다.

미라는 과거의 일을 떠올리며 간식인 쿠키를 베어 물었다.

입 안 가득 욱여넣은 쿠키를 홍차로 삼키려던 순간, 어떠한 인물의 모습이 뇌리에 떠올랐다.

"가만, 그자의 이름이 무엇이었더라……."

"응? 누구 말이야?"

떠오르기는 했지만 정작 이름이 생각나지 않아 미라는 눈살을 찌푸린 채 말을 흐렸다. 여전히 남의 이름을 잘 기억하지 못하는 미라를 본 솔로몬은 다소 그리움을 느끼며 되물었다.

"왜, 성수를 잔뜩 쟁여 들고서 레서 데몬을 쫓아다녔던 NPC 악마학자가 있었잖느냐."

"아아~ 하워드 말이야?"

"그래, 그자!"

솔로몬이 곧장 잊고 있던 이름을 말하자 미라는 절반 정도 먹은 쿠키를 든 채 솔로몬을 가리키며 정답이라는 듯 고개를 끄덕였다.

"음~, 이미 죽었던 것 같은데? 처음 등장했을 때도 나이가 꽤 많았잖아."

악마에 관한 연구를 하던 하워드. 그는 성수로 약차를 우려 일행들에게 대접하던 표표한 성격의 나이 든 남자였다.

"그러했나. 뭔가 알고 있을 것 같았는데 말이지."

미라는 그 말을 듣고 풀이 죽기는 했지만 쿠키를 입으로 옮기는 손은 멈추지 않았다. 그때, 다시금 묘안이 떠올랐다.

"죽었다면, 그 뭐냐. 분명 고인과 대화할 수 있는 거울이 있었을 터인데."

"아아, 암승(暗丞)의 거울말이지? 하지만 그건 생전에 강한 인연이 있었거나 사념이 깃든 유품이 있어야 이야기를 할 수 있었던 것 같은데."

"으~음, 그랬더랬지."

퀘스트 정도의 인연으로는 강하다고 할 수 없었고 유품이 있는 것도 아니었다. 미라는 부루퉁해져서 홍차를 홀짝이며 멍하니 시선을 이리저리 굴렸다.

"그러고 보니 저주받은 거울 퀘스트도 있었지?"

"있었지. 분명 그 퀘스트 도중에 하워드와 만났었다."

"맞아, 맞아. 느닷없이 성수를 뿌리며 나타났었어."

암승의 거울이라는 키워드를 계기로 지나가버린 그리운 시절이 떠오른 솔로몬과 미라, 두 사람은 얼마간 추억담으로 이야기꽃을 피웠다.

"아, 참."

문득 솔로몬이 무언가가 생각이 났다는 듯 운을 떼자 "왜 그러지?" 하고 미라가 답했다.

"루미나리아가 난입해서 이야기가 끊겼지만, 너희의 나머지를 찾아달라고 했던 거 말이야."

"그러고 보니 그런 이야기를 했더랬지."

누구를 어떻게 찾을지. 요전에는 그에 관한 이야기를 하려던 참에 루미나리아가 집무실에 들이닥쳤던 것이다. 미라도 그 사실을 떠올리고는 티포트에서 홍차를 따르고 신발을 벗고 소파에 발을 뻗어 장기전에 대비했다.

"하여, 찾는 건 좋다만 어디에 있는지는 아는 게야? 단서라도 없으면 그 녀석들은 못 잡을 터인데."

미라의 말대로 아홉 현자는 별종으로만 구성된 집단이었다. 아마도 마음 내키는 대로 어슬렁거리고 있으리라. 어디에 있는지는 그야말로 본인이 아니고서야 알 방도가 없었다.

찾는다 한들 그런 방랑자를 어떻게 찾아야 한다는 말인가. 티컵을 기울이는 미라는 현실이 된 이 세계를 아직 완전히 파악하지 못했다는 핑계로 생각하는 역할을 솔로몬에게 몽땅 떠넘길 기세였다.

"암승의 거울이야. 그 덕에 이 방법이 생각난 거라고. 거울이 어디에 있었는지 기억해? 어디 있을지 쉽게 예상이 되는 게 딱 한 사람 있잖아."

그 말을 들은 미라는 생각하기 시작했다. 고인을 비추는 암승의 거울은 어딘가의 신전 지하에 있었던 것 같다는 것까지 생각해내자, 한 사람의 인물이 뇌리를 스쳤다.

"옳거니, 소울하울이로군."

"응, 정답."

'거벽의 소울하울.'

사령술의 탑의 엘더로 병적이라는 말이 걸맞는 불사 소녀 애호가다.

암승의 거울은 플레이어들 사이에서 지하 기지라 불리는 던전, '고대신전 네뷸라폴리스' 깊숙한 곳에 있다. 일찍이 그곳을 다 함께 모험했을 때, 소울하울이 파라다이스라 칭했던 적이 있었다. 수많은 불사계열 마물이 모여 있는 그 던전은 그에게는 그야말로 성지나 다름없으리라.

온라인 상태지만 탑에는 없다. 그렇다면 소울하울이 있을 법한 장소로 점찍어 조사할 가치는 충분했다.

"그리고 찾으러 가는 김에 밑져야 본전이니 하워드와 대화할
수 없는지 시험해봐."

"흠, 그렇다면 성수를 잔뜩 싸 들고 가도록 해볼까."

"괜찮은걸, 어떤 의미에서는 그의 대명사 같은 거니까."

그렇게 말한 두 사람은 웃음을 주고받았다. 그들의 대화에는
일반인은 이해하지 못할, 플레이어들끼리만 통하는 웃음 포인트
가 있는 듯했다.

"그나저나 지하묘지라, 조금 멀군그래. 부유도를 쓸 수 있으면
좋았을 것을."

"그건 너라면…… 아니, 이쪽에서 백업할게. 백업을 한다 한들
일단은 극비임무니 천리마차나 주량(住兩)마차 같은 건 지원 못해
주겠지만."

솔로몬은 뭐라 말하려다 말더니 원조를 아끼지 않겠다고 말을
이었다. 직접 알아채고 놀라는 즐거움. 솔로몬의 마음속에는 자
신이 30년 동안 살아온 세계를 미라가 만끽해줬으면 하는 바람이
있었다.

"천리마차? 주량마차? 무엇이냐, 그건?"

"아아, 천량마차는 네가 탑에서 타고 온 마차야. 제법 빨랐지?
술식장구로 말의 부담을 철저하게 줄인 거거든. 우리나라에서 가
장 빠른 마차야."

솔로몬은 의기양양하게 그렇게 말하며 가슴을 젖힌 채 미소를
지어보였다.

"확실히 빠르더군. 부유도만은 못하다만."

"그런 치트 아이템은 잊는 게 좋을 거야. 지금이라 하는 소리지만, 그건 반칙이었어."

치트라는 솔로몬의 표현대로, 부유대륙의 이동속도는 항공기에 필적했다.

마도공학의 결정인 아머드 지프조차 그 발끝에도 미치지 못한다. 하물며 마봉석을 물 쓰듯 들이부어야 해서 연비까지 나빴다. 그런 연유로 이 세계에서는 아직 마차가 주 이동수단으로 이용되고 있었다.

"주량마차 쪽은, 속도는 천리마차보다 못하지만 마차 내의 거주 공간에 힘을 쏟은 일품이야. 간단히 말하자면 캠핑카의 마차 버전이랄까."

"호오, 그거 괜찮군."

미라는 얌전히 달리는 마차 안에서 침대에 누워 애플오레를 들이키며 한가하게 흘러가는 풍경을 바라보는 자신의 모습을 상상하며 홍차를 홀짝였다.

"주량마차에는 꼭 타보고 싶군그래."

"뭐어, 언젠가는 태워줄게."

"민냐, 좀생이 같으니, 지하묘지까지는 데려다줘도 되지 않으냐."

"그렇게 해주고 싶은 마음은 굴뚝같지만 좀 전에 말했듯이 극비임무니까. 천리마차나 주량마차는 특별해. 국가에 관한 일이나 왕족의 송영, 그런 식으로 사용하는 거거든. 아마 어딜 가든 엄청 눈에 띌 거야."

"……그건 사양하고 싶구나."

"그렇지? 뭐, 평범한 마차를 준비해둘게."

"음, 알겠다."

미라는 고개를 끄덕여 답하고는 쿠키를 입에 던져 넣었다.

하지만 다음 순간, 집무실 문이 세차게 열리는 바람에 놀란 미라는 심하게 사레가 들고 말았다.

"임무, 완료!"

그러한 외침과 함께 모습을 나타낸 것은 불타오를 듯한 붉은 머리를 나부끼며 포즈를 취하고 있는 루미나리아였다. 미라는 그 모습을 지긋지긋하다는 듯 노려보며 홍차를 홀짝였다.

"수고했어."

솔로몬은 한 손을 들어 노고를 치하하고는 책상 위에 놓인 지도를 흘끔 쳐다보며 마물 무리가 나타났던 나머지 네 장소를 재확인했다. 그곳에서의 완료 보고는 아직 들어오지 않았고 지금도 전투 계속 중이었다. 하지만 딱히 문제는 없었다. 오히려 미라와 루미나리아가 지나치게 빨랐던 것뿐이다.

"오, 돌아왔었어? 내가 1등일 줄 알았는데."

루미나리아는 문을 닫더니 눈물 어린 눈으로 홍차를 따르고 있는 미라의 모습을 보며 말했다.

"아깝게 됐네. 한 시간 정도만 빨랐다면 이겼을 텐데."

"한 시간이라~. 이동 속도 차이가 고스란히 드러났네~."

하지만 익숙한 몸짓으로 집무실 책상 끄트머리에 걸터앉은 루미나리아의 얼굴에 딱히 유감스러워하는 기색은 보이지 않았다.

"또 아머드 지프 탔었지? 어땠어?"

루미나리아는 척 봐도 사정을 아는 표정으로 그렇게 물었다. 미라는 홍차를 비우고 나서 밉살맞은 것을 보는 듯한 눈초리로 그 얼굴을 쳐다보았다.

"어떻고 자시고 할 것 없이, 안전벨트가 없는 건 명백한 결함이 아니냐. 그리고 갈렛은 교습을 받아야 할 것 같았다만."

미라는 솔로몬에게도 시선을 던지며 반쯤 농담을 하듯, 하지만 물론 나머지 절반에는 진심을 담아 말했다.

"그렇지? 그것 봐, 역시 달아야 한다니까."

"으~음, 알겠어. 고려해볼게."

솔로몬은 마지못해 고개를 끄덕이더니 집무용 책상 서랍에서 미채 무늬의 헬멧을 끄집어냈다.

"전차모(帽)를 쓰는 게 더 멋질 것 같았는데."

그렇게 중얼거리며 전차모를 쓴 솔로몬은 부루통해지기는 했지만 어쩐지 자랑스러운 눈치였다.


"그나저나, 그 건 말인데."

솔로몬은 그렇게 음을 떼며 책상 위에서 한 장의 종이를 집어 들고 일어나서는 마치 부모에게 떼를 쓰는 어린애처럼 미라에게 다가갔다.

"보다 좋은 아머드 지프 운용을 위해, 그리고 어코드 캐논 실험 분까지 정련석이랑 마봉석을 상당수 만들어줬으면 해. 재료는 다

갖춰놨어!"

그렇게 말하며 내민 종이에는 종류와 필요 양이 세세하게 적혀 있었다. 마도공학은 국익은 물론이거니와 자신의 취미와도 연관이 있기 때문인지 솔로몬의 표정은 매우 생생하기만 했다.

"흠. 제법 많군그래. 해서 마봉석의 랭크는 어느 정도로 해야 하지?"

미라가 받아든 종이를 흘끔 쳐다보고서 말하자 솔로몬은 더더욱 밝은 미소를 지으며 말했다.

"높을수록 좋겠지만 수량이 더 중요하달까. 아아, 하지만 다섯 개 정도는 3등급쯤 되는 게 있었으면 좋겠어."

마봉석의 랭크라는 것은 그 돌에 담겨진 힘의 정도를 뜻하는 표현이다. 1이 가장 높고 7이 가장 낮다. 소재에 따라 한계가 있기에 1등급 마봉석은 그 토대가 되는 재료도 상당히 희소했다.

"뭐어, 알았다. 하지만 그러려면 탑에 돌아가서 하는 편이 빠를지도 모르겠군그래. 정련석 정도는 창고에 썩어날 정도로 있을 터이고 정련수정과 정련마정, 마봉석도 그럭저럭 있을 것이야."

"역시 굉장한걸. 네가 좀 더 빨리 와줬다면 10식도 벌써 완성됐을지도 몰라."

마봉석 생산량은 마도공학의 진보와 밀접한 관계가 있다. 때문에 솔로몬의 말은 과장이 아니었다. 정련기술의 관계자가 창고에 저장해둔 정련품이 있었다면 당연히 지금보다 한 단계. 아니, 두 단계는 더 진전이 되었을 것이다.

"필요하다면 마리아나에게 말을 했으면 됐을 것을. 이 몸이 아니라도 마리아나는 들어갈 수 있으니 말이지. 아이템 정리도 몽땅 맡겨뒀었으니."

탑의 개인실에 있는 창고를 이용하려면 당연히 개인실에 들어가야만 하는데 그곳에 들어갈 수 있는 것은 그 탑의 엘더와 보좌관뿐이었다.

"아니…… 그게 말이지. 한 번은 물어본 적이 있었거든, 창고에 정련석과 마봉석이 없는지 물어본 적이. 있으면 좀 얻을 수 없을까 해서."

솔로몬은 쓴웃음을 지으며 말하더니 몸을 빙글 돌려 소파에 앉았다.

"그러했나. 뭐냐, 설마 다 써버린 게냐?"

"아~…… 그게 있지. 거의 들은 체도 안 하더라고. 네 물건은 설령 내 부탁이라 해도 멋대로 건네줄 수 없다고. 너는 반드시 돌아올 테니 돌아왔을 때 불편함이 없도록 이곳을 지키는 게 사명이라면서. ……울면서 그렇게 말하는 바람에 억지로 명령할 수도 없었고."

"맞아맞아. 나도 같이 있었는데, 죽어도 지켜내겠다는 기세였다니까."

"그러했나."

두 사람의 말을 들은 미라는 오랫동안 자신을 기다려왔을 마리아나에 관해 다시금 생각해보았다.

'하다못해 마리아나에게는 이야기해두는 것이 좋으려나.'

쓸쓸하게 고개를 숙인, 사파이어처럼 고운 머릿결을 지닌 소녀가 뇌리에 떠올랐다. 그 고개를 들게 해줄 수 있는 것은 아마도 자신뿐이리라. 우는 여자애를 그대로 두는 것은 자신이 목표하는 이상적인 남성상과는 거리가 멀었다. 그렇게 생각한 미라는 다음에 만나면 자신이 덤블프라는 사실을 털어놓기로 결심했다. 자신의 사정은 둘째치고, 잠시뿐일 수치보다도 그것이 훨씬 중요한 일이리라는 생각을 마음속에 새기며.

"뭐어, 그렇게 된 거야. 창고에 있는 건 네 판단에 맡길게. 일단 지금은 아까 말했던 분량만 있으면 충분해. 나중에 정련실로 안내해줄게."

"흠, 그러면 자기 전에라도 만들어두도록 하지."

"그 말, 여기 있는 정련기사가 들으면 졸도할 것 같네."

책상 위에 걸터앉은 루미나리아는 두 손으로 몸을 지탱하는 자세로 상체를 젖히고서 매우 즐거워 보이는 미소를 지은 채 말했다. 성에 있는 정련기사는 주야를 가리지 않고 작업에 쫓기고 있었다. 그런 자들이 미라의 정련 속도를 보면 재기불능에 빠질 우려가 있을 듯했다.

"……재료랑 정련대를 침실로 옮겨둘게."

그 광경을 떠올린 솔로몬은 혼자서 남몰래 정련해달라고 말했다. 미라는 "그러지"라고 답하며 티컵을 테이블에 내려놓았다.

"그나저나, 뭐랄까. 자급자족 할 수 있게 되는 편이 더 낫지 않나?"

"뭐, 그게 가능하다면 좋겠지만 말이야. 기술 향상에 꽤 애를 먹고 있는지, 지금의 생산 페이스를 유지하는 게 고작이거든. 뭐

좋은 방법 없을까?"

솔로몬은 기대가 가득한 눈으로 미라를 쳐다보았다.

"뭐, 노력하기 나름이다만. 종이와 펜은 있나?"

"응, 어디보자. 자, 여기."

솔로몬은 책상 위에서 만년필을, 책상 서랍에서 양피지를 한 장 꺼내 미라에게 건넸다.

"잠시 기다려라."

미라는 그것들을 받아들어 테이블에 펼쳐놓고는 양피지에 기호와 문자를 적어나갔다.

"뭐, 이 정도면 되겠지. 나중에 이것을 정련기사라는 녀석들에게 보여다오."

"흐음. 뭐야, 이게. 난 전혀 모르겠는데."

미라에게 양피지를 낚아챈 루미나리아는 거기에 그려진 도형과 기호를 노려보며 얼굴을 찌푸렸다. 그리고 잽싸게 백기를 들고는 솔로몬에게 양피지를 떠밀었다.

"이건…… 으~음. 정련에 관한 거라는 건 알겠는데. 아무튼 이걸 보여주면 된다는 거지? 알겠어."

"음, 부탁하마."

미라가 양피지에 쓴 도형과 기호는 예전부터 고안하고 연구했던 새로운 정련대의 구도였다. 자잘한 내용이야 어쨌든 여백에는 특기사항이 휘갈겨 써져 있었다.

훗날, 이것이 마도공학의 약진을 한몫 거들게 되리라고는 아무도 상상하지 못했다.

"어디, 그럼 수색 건 말인데. 마차 쪽은 이미 수배해뒀으니까 내일 아침에는 지하 묘지로 출발할 수 있을 거야."

솔로몬은 그렇게 말하며 전차모를 벗어 조심스럽게 다시 서랍에 넣었다.

"빠르기도 하군그래. 며칠 정도는 느긋하게 쉬고 싶건만."

미라는 기지개를 쭉 켜며 온몸으로 피곤함을 주장했다.

"그래? 그럼 좀 더 여기 머물래? 너를 위해 일찍 준비시킨 건데."

"이 몸을 위해서라?"

미라가 의아하다는 눈초리로 솔로몬을 바라보았다. 빨리 가는 것이 자신에게 무슨 득이 된다는 것인지 짐작도 가지 않았다.

"응. 네가 얼마간 여기 있어주면, 그건 그것대로 우리 시녀가 좋아하겠지만 너는 별로 좋아하지 않을 것 같아서."

"뭐냐, 그게. 무슨 뜻이냐."

"시녀장한테 들었는데. 네가 입고 있던 로브를 보고 영감이 솟았다며 시녀들을 총동원해서 네 옷을 만들고 있는 모양이야."

솔로몬이 매우 유쾌해 보이는 미소로 말하자 루미나리아도 히죽히죽 웃으며 "잘됐네" 하고 말했다.

"내일, 날이 밝음과 동시에 출발하도록 하지."

"후후후. 알겠어. 그렇게 말해둘게."

마법소녀 비스무리한 의상에서 영감을 얻어 만든 옷이 정상일 리가 없다. 미라는 잽싸게 도망치기로 결심했다.

"별난 녀석들 같으니……."

미라는 진심으로 어이가 없다는 투로 말하며 자리에서 일어났다.

"변소는 어디 있지?"

"그 문으로 나가면 있어."

미라가 묻자 솔로몬은 집무실 구석에 있는 작은 문을 가리켰다.

"좀 쓰마."

그 한마디와 함께 미라는 총총히 문을 열고 그 앞에 있는 방으로 들어갔다. 테이블 위에는 텅 빈 티포트와 쿠키 몇 개가 남아 있었다.


"왕이 사는 곳이다 보니, 변소만 해도 집세가 십만은 할 것 같군그래."

잠시 후 미라는 개운한 표정으로, 하지만 몹시도 서민적인 말을 입에 담으며 화장실에서 돌아왔다. 그러자마자 역시나 상쾌한 표정으로 기다리던 루미나리아에게 곧장 체포당했다.

"그럼 다음은 백만은 할 것 같은 목욕탕으로 갈까?"

그렇게 자신을 겨드랑이에 낀 루미나리아에 의해 미라는 대욕장으로 연행되었다.


목욕을 하고 나온 미라는 솔로몬, 루미나리아와 함께 저녁 식사를 마쳤다. 그 후에는 장소를 집무실로 옮겨 친구들끼리 시시한 대화를 나누며 상당히 오랫동안 이야기꽃을 피웠다.

그러던 도중, 솔로몬의 밀리터리 담론이 슬쩍슬쩍 고개를 내밀기 시작했을 즈음 미라가 살며시 하품을 했다.

"아, 벌써 시간이 이렇게 됐나?"

졸려 보이는 미라의 모습에 루미나리아가 시각을 확인해보니 잠시 후면 날짜가 바뀔 시간대가 되어 있었다.

"빠르기도 하군."

미라 역시 확인을 하더니 마시다 만 애플오레를 들이켜고서 늘어져라 기지개를 켰다.

"그럼 이쯤 할까? 남은 이야기는 다음에 하기로 하고."

"아~ 음, 그게 좋겠군."

밀리터리 담론이 이어지면 지루하기 그지없어질 테지만, 시간이 지나면 잊겠지 싶어 미라는 적당히 고개를 끄덕였다.

"침실은 어제랑 같은 곳을 쓰면 되는데, 어딘지 기억해?"

"음, 괜찮다."

미라는 애플오레 병을 슬그머니 소파에 남겨둔 채 자리에서 일어나 문을 향해 걸어갔다.

"그럼, 먼저 가마."

"응, 잘 자."

"내일 일찍 일어나야 하니, 거시기한 짓은 적당히 하고 푹 자둬."

"그대와 같은 줄 아느냐. 잘 자라."

미라는 미소를 짓고 있는 솔로몬과 늘 그랬듯 히죽거리고 있는 루미나리아에게 시선을 보내고는 취침 인사와 함께 집무실을 뒤로했다.

## 21

해가 뜨고 저잣거리가 조금씩 북적이기 시작할 무렵.

반쯤 정신이 든 미라는 완전히 각성하지 않은 머리로 어슬렁어슬렁 화장실로 가서 볼일을 봤다. 그리고 그대로 침대로 돌아가 쓰러짐과 동시에 무언가가 반동으로 튀어 미라의 손에 걸쳐졌다.

"무엇이지, 이게……."

손에 닿은 물건을 집어 뿌리치려던 미라는 슬쩍 뜬 눈으로 껑충 튀어나온 토끼 귀를 인식하고는 벌떡 일어났다. 동시에 발치에 놓여 있던 한 장의 종이가 눈에 들어왔다.

'잠옷을 준비했습니다. 부디 입어주십시오. 시녀 일동.'

일찍이 느껴본 적 없는 전율이 미라를 덮쳤다.

미라는 지금 속옷 차림이었다. 그 원인이 이것이었다. 토끼 인형옷 같은 파자마가 이 쪽지와 함께 준비되어 있었던 것이다. 당연히 미라는 못 본 척을 했다.

어제 솔로몬에게 들었던, 시녀들이 정신없이 미라의 의상을 만들고 있다는 말이 뇌리에 떠올랐다. 이것은 그것의 제1탄이었던 것이다. 쓸데없이 손이 빠른 시녀들의 진심이 엿보이는 완성도라 할 수 있었다.

미라는 허둥지둥 메뉴를 띄워 현재 시각을 확인했다. 거기에는 아침 8시 45분이라 표시가 되어 있었다.

완전히 늦잠을 잤다고 할 수 있는 시간이었다.

불길한 상상으로 가득해진 미라의 머리는 경보를 울리며 다음에 취할 수단을 모색하기 시작했다. 하지만 그것은 침실 문에서 난 작은 노크소리로 인해 강제 종료되었다.

"미라 님, 좋은 아침입니다. 입으실 옷을 가져왔습니다."

다소 들뜬 듯한 여성의 목소리가 문 너머에서 들려왔다. 그 목소리는 미라로 하여금 도망칠 수 없는 운명이 문밖에서 기다리고 있음을 실감케 했다.

'틀림없이 가져왔을 게야!'

미라는 허둥지둥 실내를 둘러보았지만 대신 입을 수 있는 것은 토끼 파자마와 목욕을 마치고 울며 겨자 먹기로 입을 수밖에 없었던 귀여운 원피스뿐이었다. 미라가 필사적으로 타개책을 찾던 참에 타임 오버 신호가 울렸다.

"대답이 없으시군요. 아직 안 일어나신 건가요? 아침이 식을지도 모르니 제가 직접 깨워드리는 수밖에 없겠군요. 네에, 그래야겠어요."

책이라도 읽는 듯한 목소리와 함께 침실 문이 열렸다.

시녀가 가장 먼저 목격한 것은 미라의 작은 엉덩이였다.

가벼운 혼란 상태에 빠진 미라는 무슨 생각에서인지 침대에 머리를 처박았다. 그것뿐이었다. 머리만 풀숲에 감춘 꿩 같은 꼴이 된 것이다.

"미~라~니~임. 좋은 아침입니다."

종종걸음으로 다가온 시녀는 미소를 지은 채 질 좋은 모포를 살며시 걷어 올리고 쓴웃음을 짓고 있는 미라에게 다시금 인사했다.

"으……음. 좋은 아침이다."

"미라 님 전속 시녀로서 시중을 들게 된 릴리라고 합니다. 앞으로 잘 부탁드릴게요."

"그……그러하냐."

미라는 너무나도 바보 같은 자신의 행동을 수치스러워하며 시녀 릴리가 손에 든 아주 제대로 마법소녀 같은 의상에 내심 머리를 싸쥐고서 몸부림을 쳤다.

흰색과 검정색을 기조로 한, 천을 그렇게 많이 쓰지는 않은 고스로리틱한 의상. 하얀 노슬리브와 짧은 검정 플레어스커트를 합친 듯한 원피스에 로브의 앞을 튼 듯한 모양새의 코트를 걸치도록 되어 있었다. 미라는 자신의 의지와는 거의 무관하게 매우매우 귀엽게 치장을 당해 마법소녀가 되었다. 프릴과 리본이 한층 더 눈에 띄었다.

유일하게 받아들여진 요구는 레이스가 달린 속옷 말고 지금 입고 있는 것과 같은, 무늬 없는 속옷으로 해달라는 것뿐이었다.

옷을 다 갈아입은 후, 미라는 성내에 있는 유일한 금남(禁男)의 영역, 시녀 구획에 자리한 한 방으로 강제 연행되어 무수한 시녀들에게 둘러싸였다.

"자, 미라 님. 만세해주세요."

줄자를 손에 든 릴리의 말에 미라는 두 손을 들었다. 그 눈은 이미 제정신을 잃은 지 오래라, 시키는 대로 움직이는 꼭두각시가 다 되어 있었다.

현재는 가슴 사이즈를 재고 있는 중이었다. 팬티는 어디서나 융통할 수 있지만 브래지어 쪽은 제대로 사이즈에 맞는 것을 고르지 않으면 나중에 문제가 생긴다. 릴리가 그렇게 역설하는 통에 미라는 "마음대로 하거라……"라고 체념 섞인 말을 중얼거릴 수밖에 없었다. 그렇게 지금에 이르렀다.

하지만 실제로 미라 본인도 격렬하게 움직이지 않았을 때는 몰랐지만, 로브가 쓸리는 감촉을 몇 번이나 맛보기는 했다. 릴리를 비롯한 시녀들에게는 그것이 계속되면 살짝만 닿아도 엄청난 고통이 따를 것이라는 거의 협박에 가까운 말을 듣기는 했지만 이제는 아무래도 좋다는 생각이 들었다.

"굉장히 모양이 좋네요. 부러워라……."

"그러하냐……."

대충 측정을 마친 릴리는 미라의 뒤로 돌아들어 그 두 개의 언덕을 두 손으로 부드럽게 감싸 정확한 사이즈를 계측했다.

'이 고문은 언제까지 계속될는지…….'

마음이 딴 데 가 있는 미라의 의지와는 달리 가슴 사이즈를 세세히 파악한 릴리가 지시를 날리자 다른 시녀가 곧장 사이즈에 딱 맞는 브래지어를 가져왔다.

"어떠신가요, 미라 님? 아프거나 답답하지는 않나요?"

"으~음. 영 어색하구나."

"괜찮아요. 처음에는 다 그런 법이니까요."

다정한 손길로 치장을 당한 미라는 희미한 압박감을 느낌과 동시에 자신의 모습을 보고 땅이 꺼져라 한숨을 내쉬었다.

시녀들은 옷에 관심이 없는 소중한 손님을 성심성의껏 대접했다. 본인들은 좋아서 하고 있는 것으로만 보였지만, 역시 프로는 프로. 솜씨와 작업 연계성은 흠잡을 곳이 없었다.

시녀들은 가슴뿐만 아니라 미라의 온몸의 치수를 눈 깜짝할 새에 재더니 이번에 입힌 눈대중으로 지은 옷보다도 완벽한 코스튬…… 옷을 만들겠노라고 의욕을 불살랐다. 다음에 성을 방문할 때야말로 그녀들의 진가가 발휘될 때라는 사실을 미라는 아직 알지 못했다.


시녀들의 배웅 속에서 미라는 릴리의 안내를 받으며 식당에서 아침 식사를 취했다. 빵에 스프, 샐러드와 과일 주스 등, 가벼우면서도 균형 잡힌 식사를 보고서야 겨우 마음이 놓였다.

식당 한 구석에서 행복한 표정으로 과일 주스를 홀짝홀짝 마시는 마법소녀. 다정한 시선으로 지켜보는 식당 아주머니와 싱글벙글한 표정의 릴리. 상상 이상으로 어울리는 의상이 자연스럽게 주변의 시선을 끌고 있었다.

미라는 과일 주스를 다 마시고서야 고개를 들어 시선이 자신에게 집중되었다는 사실을 알아챘다.

'무엇이냐……, 이 몸을 쳐다보고 있는 겐가?'

미라는 경계심을 노골적으로 드러냈지만 당황해 수면을 두리번거리는 모습은 여성들의 보호욕구를 부추기기만 할 따름이었다. 실제로 미라의 작은 동물 같은 거동에 릴리가 몸부림을 치고 있었다.

하지만 다른 사람들의 시선에 익숙지 않은 미라로서는 그저 떨떠름할 뿐이었다. 거북스러워진 미라는 벌떡 일어나 뒤도 안 돌아보고 식당에서 뛰쳐나갔다.

식당을 나선 뒤, 미라는 자신을 달래준 릴리의 안내를 받아 집무실로 향했다.

"솔로몬 님, 미라 님을 모셔왔습니다."

릴리가 문을 노크하며 말했다.

"음, 들어와라."

"실례하겠습니다."

릴리는 솔로몬의 대답을 들은 후, 조용히 문을 열고서 예를 올렸다. 그러고는 미라가 집무실에 들어가자 살며시 문을 닫고서 밖에서 대기했다.

"여어, 좋은 아침."

"음, 좋은 아침."

미라는 인사를 하며 진심으로 피곤한 표정으로 소파에 드러누웠다. 소녀의 복장을 본 솔로몬은 입가를 손으로 가린 채 어깨를 들썩였다. 미라는 그런 소년을 지그시 노려보았다.

"잠은 잘 잤어?"

"음. 시녀들에게서 달아날 새도 없을 정도로 말이지."

토라진 말투로 미라가 답하자 솔로몬의 입에서 결국 웃음이 흘러나왔다.

"잘 어울려. 역시 우리 성 시녀들이야."

"평범한 로브면 됐는데 말이지."

미라는 스커트 자락을 쥐어 팔랑팔랑 흔들며 쓴웃음을 지었다. 아무리 보아도 하루 이틀 만에 지었다는 것이 믿기지 않는 완성도였다.

"그건 그렇고, 밤새 부탁했던 것들을 만들어줬다면서?"

"음. 아아, 그러고 보니 방에 그냥 내버려뒀더랬지."

미라는 그 말을 듣고서야 생각이 났다. 어젯밤 침실로 돌아간 미라는 그곳에 준비되어 있던 정련소재와 정련대를 사용해 잽싸게 부탁받았던 일을 끝냈더랬다.

"네가 방에서 나온 뒤에 시녀가 가져다줬어. 이걸로 당분간은 유익한 실험을 할 수 있을 것 같아. 고마워."

"그 정도는 아무것도 아니다."

미라는 당연하다는 투로 답하고는 영 거북하기만 한 가슴 부분의 감각을 신경 쓰면서 소파 등받이에 몸을 기대었다.

"아아, 참. 잊기 전에 이걸 줄게."

솔로몬은 그렇게 말하며 주머니를 던져 건넸다. 주머니에서는 잘그락, 작은 금속음이 났다.

"흠, 무엇이냐, 이건."

미라는 받아든 주머니를 흔들어 소리를 내며 물었다.

"돈이야, 돈. 앞으로 쓸 군자금."

"무얼, 그런 거였나. 하지만 돈은 불편함이 없을 정도는 있다만."

"아, 그렇구나. 탑 창고에라도 저금해뒀던 거야?"

"무슨 소릴 하는 게야. 수중에……."

미라는 그렇게 말하며 돈을 꺼내려다 멈칫했다. 게임이었던 시절과 같은 감각으로 100리프 정도 꺼내려 했지만 나오지 않았던 것이다. 참고로 리프란 이 세계의 통화 단위를 말한다.

"아, 알아챘어? 혹시 지금 알아챈 거야?"

솔로몬이 장난스러운 미소를 지으며 말했다.

미라는 허둥지둥 스테이터스 창을 띄워 소지금을 확인해보려 했지만 본래 그곳에 있어야 할, 소지금을 뜻하는 숫자가 완전히 사라져 있었다. 미라의 머릿속에 전율이 흘렀다.

"이 몸의 돈은 어디로 간 게야……."

"부유대륙과 마찬가지야. 전자 세계의 파도에 삼켜져 사라져버린 게 아닐까. 대다수의 견해에 따르면 돈은 아이템과는 달라서 아이템 박스에는 들어가지 않아. 요컨대 분류가 다르단 말이지. 지금까지는 게임 시스템으로 관리되고 있었지만 게임이 아니게 된 지금, 그 시스템은 작동하질 않아. 좌우간, 그렇게 된 것 같아."

"그럴 수가…… 이 몸의 2억……."

솔로몬의 설명을 반쯤 흘려들으며 미라는 소파에 쓰러졌다.

"많이도 모았네……. 뭐, 나도 당시에는 같은 심정이었어……."

부유대륙 건으로 다시금 마음에 상처를 입은 두 사람은 얼마간 말없이 하늘을 올려다보았다.

"그런고로 돈은 실물로 가지고 다녀야만 쓸 수 있으니까 뭐, 어제 일의 보수 대신 그걸 건네준 거야. 일단 십만 리프를 넣어놨으니까 아껴서 잘 써봐. 그런 거 잘하잖아?"

미라가 받아든 주머니에는 몇 가지 종류의 화폐가 들어 있었다. 금화가 한 닢, 미스릴화가 세 닢, 은화가 세 닢, 코발트화가 네 닢, 동화가 열 닢. 금화가 오만, 미스릴화가 일만, 은화가 오천, 코발트화가 천, 동화가 백 리프였다.

"십만…… 십만이라……."

"에이, 그만 좀 잊어. 너라면 금방 벌 수 있을 테니까. 나도 이미 잊었고. 잊었고말고……."

게임 시스템상 금전은 남에게 빼앗을 수가 없게 되어 있었고, 데스 페널티에 따른 소실도 아이템 박스에서만 이루어져 금전에는 영향이 없었다. 그러므로 창고 등에 보관해둘 필요가 없었던 것이다. 그것이 오히려 화가 된 셈이다.

"자아, 그리고 아까 말을 하고서야 생각이 난 건데, 넌 이쪽에 온 뒤에 아이템 박스를 사용해 봤어?"

되살아난 솔로몬은 30년이나 지난 일인지라 깜박할 뻔했던 게임 시절과의 차이를 생각해냈다.

"몇 번 정도 있다만, 그게 뭐 어떻다는 게지?"

"그렇게 말하는 걸 보니 아직 모르는 것 같네."

솔로몬은 그렇게 말하며 책상 위에 놓인 만년필을 집어 그것을 다시 던져 건넸다. 미라는 호를 그리며 날아드는 만년필을 받아 눈높이로 들어 올렸다.

보아하니 별다른 특징이 없는 평범한 만년필인 듯했다. 하지만 왕이 사용하고 있는 만큼 세세한 세공이 가해져 있는 등, 고급품이라는 것은 알 수 있었다.

"이게 뭐 어쨌다는 게야?"

"아이템 박스에 넣어봐."

왜 그런 짓을 시키나 싶었지만 미라는 시키는 대로 아이템 박스를 불러내 만년필을 넣으려 했다. 하지만 그것은 미라의 생각과는 달리 땅바닥에 뚝 떨어지고 말았다.

"음? 이게 어찌된 게지?"

미라는 바닥을 구르는 만년필을 바라보며 아이템 박스를 응시했다. 여유 공간도 있고 별다른 문제는 없어 보였다. 어떻게 된 일인지 이해가 가지 않아 시선을 솔로몬에게로 돌렸다.

"조금 전에 돈은 게임 시스템이 관리하고 있었다고 했지? 실은 아이템 자체도 그 시스템으로 관리되고 있었던 모양이야."

솔로몬은 자리에서 일어나 만년필을 주워서 자신의 아이템 박스를 열었다.

"게임이었을 적에는 만년필이나 깃털 펜은 잡화 아이템, 검이나 갑옷은 무구 아이템, 보석이나 금속은 소재 아이템 같은 식으로 분류되었지?"

그렇게 말하며 솔로몬은 미라도 본 적이 있는 검을 끄집어내 보였다.

"게임이 현실이 되고서 얼마 지나지 않아, 이 세계의 법칙을 해명하기 위해 일부 플레이어가 모여 연구 시설을 만들었어. 그곳에서는 여러 가지 조사와 실험이 이루어졌는데, 그 결과 아이템이라는 것은 게임의 시스템을 통해 자동적으로 분류가 이루어지고 있었다는 사실이 판명되었어. 그리고 아이템 박스는 이름대로, 아이템으로 분류된 것밖에 넣을 수가 없게 되었지."

솔로몬은 그렇게 말하며 선반에서 한 권의 책을 꺼내어 미라에게 보이도록 내밀었다.

"게임 시스템이 작동하고 있지 않은 지금, 만년필은 잡화 아이템이 아니고 이 책도 서적 아이템이 아냐. 요컨대 아이템 박스에는 안 들어가. 참고로 지금 이미 아이템 박스에 있는 건 분류가 이루어진 것들이니 문제없어."

그렇게 말하며 솔로몬은 한 번 끄집어냈던 검을 아이템 박스에 도로 넣어 보였다.

"참으로 불편하군. 그러면 이제 빈손으로 여행을 할 수 없는 게야?"

미라가 솔로몬에게 전해들은 사실에 성대하게 한탄을 했다. 앞으로 문제아들을 찾아다니려면 엄청난 양의 여행 물자가 필요할 것이 분명했기 때문이다.

"하지만 아이템 박스를 이용할 수 없게 된 지 반 년 만에 획기적인 방법이 개발되었어."

"호오…… 그게 무엇이지?"

찐 담배를 피우며 솔로몬이 내뱉은 말에 미라는 재촉을 하듯 시선을 날렸다.

"요컨대 시스템에 의지했던 일을 수동으로 하면 그만이잖아? 그래서 연구 끝에 개발된 게 '무형술 : 아이템화'. 이 술법을 아이템에 사용하면 각종 아이템으로 분류돼서 아이템 박스에 넣을 수 있게 돼."

"다시 말해서 그 술법이 있으면 지금까지처럼 쓸 수 있다는 게 냐?"

"맞았어. 간단하니까 지금 가르쳐줄게."

"음, 부탁하마."

서류를 책장에서 끄집어낸 솔로몬은 그것을 미라 앞에 자리한 테이블 위에 펼쳤다. 거기에는 술법을 습득하기 위한 수순이 상세하게 기입되어 있었다. 미라는 곧장 그것을 따라했다.

30분 후, 아이템화 술법을 문제없이 습득한 미라는 만년필에 술법을 걸어 아이템 박스에 들어간 것을 확인하고는 만족스럽게 고개를 끄덕였다.

그러고서 대충 아이템화를 시험해본 미라는 소파로 돌아가 한숨을 돌렸다.

"그리고 지하묘지 쪽 말인데. 예전과는 달리 던전 전반은 모험가 종합조합이 관리하고 있어."

솔로몬은 미라에게 부탁한 임무에 관한 이야기를 꺼냈다.

"종합조합? 무엇이냐, 그건?"

미라는 아이템 박스에서 적당히 들어 있던 온갖 물건들을 끄집어내며 되물었다.

"이 세계가 현실이 된 후, 일반인이나 힘이 없는 자들이 무턱대고 던전에 들어가 목숨을 잃지 않게 하기 위해 생긴 조직이야."

"호오…… 그러한 것이 생겼단 말이지. 던전에 있는 재보를 독

점할 요량으로 그러는 것은 아니고?"

"예전에 약간의 사건이 있었거든. ……어린애가 한 명 죽었어."

"흠, 그러하냐……."

미세하게 떨어진 솔로몬의 목소리 톤을 통해 미라는 막연하게나마 사정을 짐작했다.

던전이란 외부가 아니라 내부에 펼쳐진 필드 전반을 가리킨다. 그곳에는 재보, 비보가 잠들어있지만 외부 필드에 비해 월등히 강한 마물과 야생동물이 들끓고 있어 무척 위험한 장소였다. 그럼에도 매력이 커서 이런저런 목적을 지닌 자들이 던전에 들어가, 두 번 다시 햇볕을 쬐지 못할 어둠 속에 떨어지는 일도 그리 드물지 않았다.

게임이었다면 아무도 신경 쓰지 않았으리라. 하지만 현실이 된 지금은 간과할 수 없는 사건이 일어나기도 한다.

어린애가 던전에 발을 들인 것이다. 병든 어머니를 살리기 위해. 특별한 약재가 되는 꽃을 찾기 위해.

밤이 되어도 돌아오지 않는 아이를 어른들이 나서서 찾아다녔다. 결과, 던전 입구에서 조금 들어간 곳에서 잡아먹혀 원형을 잃은 상태의 어린애 시체가 발견되었다. 그 손에는 한 송이 꽃이 쥐어져 있었고, 그 일을 전해들은 어머니는 머지않아 뒤를 따르듯 숨을 거두었다고 한다.

현실이 된 세계. NPC는 이제 그곳에 사는 진짜 생명 그 자체였고, 그들의 죽음은 감정을 수반한 현실이 되어 사람들의 마음속에 계속해서 남는다.

그 사건을 전해들은 플레이어들은 그런 비극이 두 번 다시 일어나지 않도록 던전을 관리하기 위한 조직을 만들었다.

그것이 '모험가 종합 조합'이다.

던전에 들어가고 싶다. 던전 안에 있는 소재가 필요한데 어떻게 안 될까. 그러한 사람들의 이야기를 수렴한 결과, 지금은 던전 관리뿐 아니라 이런저런 의뢰를 실력자들에게 알선하기도 하는 조직이 되었다.

조직은 갈수록 거대해져 국가 간 분쟁에 관여하지 않고 마물 소탕 작전 시에 협력하겠다는 조건으로 각국에 지부를 두는 것을 허가받았다.

"뭐, 그런고로 너라면 물론 술사조합에 들어야겠지? 여기 추천장."

솔로몬은 한 통의 봉투를 손에 들고 다가와 웃는 얼굴로 미라에게 내밀었다.

"뭐냐, 이게 있으면 들어갈 수 있는 게냐?"

미라는 추천장을 받으며 앞면과 뒷면을 슬쩍 쳐다보고는 곧장 아이템화를 사용해 아이템 박스에 집어넣었다. 추천장은 서류 아이템으로 분류되었다.

"아니, 그건 그냥 추천장이야. 던전에 들어갈 수 있는 건 조합에 소속된 모험가들뿐이야. 그것도 던전 난이도별로 랭크가 전해져 있는데, 지하 묘지는 C랭크 이상이었던가? 이 랭크라는 건 조합에 있는 이런저런 의뢰를 달성해서, 그 성과를 통해 실력을 인정받으면 올릴 수 있어. 네가 알아듣기 쉽게 말하자면 모험가 길드 같은 거야. 오히려 게임 시절에 이런 정석 시스템이 없었던 게 새삼 신기할 정도란 말이지."

"듣고 보니 그렇군. 랭크를 올려서 보다 난이도가 높은 의뢰를 받는다. 그런 게임도 재미있었지."

조금 게임 같은 요소의 등장으로 미라의 의욕이 조금씩 상승하기 시작했다.

"그 추천장은 네 신분과 실력을 보증한다는 거야. 본래 신규 등록 후에는 G랭크부터 시작하게 되어 있지만 그게 있으면 바로 C랭크로 시작할 수 있어. 참고로 아무리 임금님인 나라도 조합 관리에 손을 쓸 수 있는 건 여기까지야."

"과연. 뭐어, 충분할 게다."

아이템 박스 정리를 마친 미라는 그렇게 말하며 실험에 이용했던 이런저런 물건들을 슬쩍 테이블 끄트머리로 밀어놓았다.

"참고로 조합에는 창구가 두 개 있는데, 전사 조합과 술사 조합이야. 이름만 들어도 알겠지만 알선하는 일의 내용이 달라."

"흠. 해서, 조합이라는 건 이 도시에도 있나? 조금이라도 빨리 등록하고 싶다만."

"응, 있어. 뭐, 대부분의 도시에는 다 있지만. 마차로 보낼 예정인 지하묘지 근처 도시에도 있어. 하지만 괜찮겠어? 등록하고서 모험가증이 발행되려면 하루가 꼬박 걸리는데."

솔로몬은 의미심장한 미소를 지었다. 미라는 그 표정에서 일말의 불안감을 느꼈다.

"뭐냐, 그런 게냐. 그렇다면 하룻밤 더……."

그때, 미라의 뇌리에 오늘 아침에 있었던 참상이 되살아났다. 하루라는 유예기간을 얻은 시녀들이 어떤 역작을 손에 들고 찾아올지 상상도 안 됐다. 솔로몬의 말에 담긴 의미를 이해한 미라는 어쩔까 하고 방법을 궁리했다.

도시에 있는 숙소에서 1박. 하지만 마차에 타기 위해 성으로 왔을 때 포획될 가능성도 크다. 도시 밖에 마차를 대기시킨다 해도 시녀가 따라와 기다리면 그 시점에서 아웃이다.

여러모로 고민해본 결과, 하루의 유예기간 자체가 치명적으로 위험하다는 결론에 도달한 미라는 곧장 출발하기로 결심했다.

"바로 마차를 준비해다오."

"후후후. 준비는 다 됐으니 언제든 출발할 수 있어."

미라는 힘차게 일어나 솔로몬과 함께 집무실을 나섰다.


미라와 솔로몬은 릴리를 대동하고 성의 마구간을 찾았다. 그곳에는 말 두 필과 탑에서 성으로 올 때 탔던 것보다 조금 더 큰 마차가 있었다. 옆에는 커다란 바구니와 가방을 손에 든 시녀와 마차를 몰 갈렛이 기다리고 있었다.

"참으로…… 자주 만나는구나."

미라는 아머드 지프의 핸들을 쥔 갈렛의 모습을 떠올리며 경직된 표정으로 말했다.

"좋은 아침입니다, 미라 님. 아머드 지프 정도는 아니지만 이번 마차도 근사한 물건이랍니다! 이 마차를 몰 수 있다니 감개무량하군요."

갈렛은 예를 올리더니 얼핏 보기에는 평범해 보이는 마차를 소개하듯 두 손을 펼쳐 무언가에 도취된 듯한 미소를 지어 보였다.

"어떤 마차인지는 아무래도 좋다. 모쪼록 안전운전 해다오."

미라가 진심어린 부탁을 입에 담자 갈렛은 상쾌한 미소로 "그야 당연하지요" 하고 대답했다.

"그럼, 조심해."

"음."

미라는 솔로몬과 짧은 인사를 나누고, 릴리의 진한 포옹을 받고서 마차에 올라탔다. 그러고 나자 시녀가 가방과 바구니를 마차 안으로 들여놓았다.

"부디 조심하시길. 미라 님. 바구니에는 가시는 길에 드실 식사를, 여기 있는 가방에는 갈아입을 옷을 준비해두었습니다."

"으……음, 그러하냐. 고맙다……."

시녀는 예를 올리고 나서 마차에서 내렸다. 미라는 안에 무엇이 들었을지 상상도 가지 않는…… 아니, 상상하고 싶지 않은 가방을 바라보며 몇 번째인지 모를 한숨을 내쉬었다.

마차가 천천히 달리기 시작하자 미라는 가슴을 쓸어내리며 애플오레를 꺼내 입을 댔다.

창밖에 흐르는 풍경이 천천히 속도를 높여갔다. 그곳에서 보이는 마을 정경은 과거에 봤을 때보다 상당히 변해 있었다. 미라는 그런 낯선 풍경을 멍하니 바라보며 입안에 퍼지는 달콤함을 곱씹었다.

미라를 배웅한 뒤, 솔로몬은 분주하게 움직이기 시작했다.

마물 무리의 침공에 숨어 있던 레서 데몬의 불온한 행동은 지금까지의 경험상 방치하기에는 불안요소가 너무 많았던 것이다.

게다가 그 목적지였던 하얀 기둥이 있는 꽃밭. 그곳은 엔젤 드롭이라 하는 특수한 약초가 채취되는 곳이기는 했지만 플레이어들에게는 그 이상도 그 이하도 아닌 장소였다. 하지만 이번 일로 인해 그 장소에는 다른 무언가가 감춰져 있을 가능성이 떠올랐다.

조사대 편성에 레서 데몬에 관한 정보 수집. 솔로몬은 그러한 일들을 잽싸게 지시하고는 미라를 태운 마차가 달려간 길 끝에 펼쳐진 하늘을 올려다보며 미소 지었다.

KENJA NO DESHI WO NANORU KENJA
©2014 by Hirotsugu ryusen
First published in Japan in 2014 by Hirotsugu ryusen.
Korean translation rights reserved by Somy Media, Inc.
Under the license from Micro Magazine Co., Ltd., Tokyo JAPAN

## 현자의 제자를 자칭하는 현자 1

2016년  8월  15일 1판 1쇄 발행
2019년  3월  15일 1판 11쇄 발행

저       자 류센 히로츠구
일 러 스 트 후지 초코
옮 긴 이 정대식
발 행 인 유재옥
본 부 장 조병권
담당편집자 정영길
편       집 김다솜, 김민지, 김혜주, 이문영, 정영길, 조찬희
미       술 강혜린, 박은정
라이츠담당 박선희,오유진
디 지 털 최민성, 박지혜
발 행 처 ㈜소미미디어
등       록 제2015-000008호
주       소 서울시 마포구 토정로 222, 403호 (신수동, 한국출판콘텐츠센터)
판       매 ㈜소미미디어
마 케 팅 한민지, 한주원
전       화 편집부 (070)4164-3962, 3963  기획실 (02)567-3388
               판매 및 마케팅 (070)4165-6888, Fax (02)322-7665

ISBN 979-11-5710-461-1 04830
ISBN 979-11-5710-460-4 (세트)